锦西卫

周建新 著

人民文学出版社

图书在版编目（CIP）数据

锦西卫/周建新著．—北京：人民文学出版社，2021
ISBN 978-7-02-016484-4

Ⅰ.①锦… Ⅱ.①周… Ⅲ.①长篇小说—中国—当代 Ⅳ.①I247.5

中国版本图书馆CIP数据核字（2020）第126199号

责任编辑　杨新岚
装帧设计　刘　远
责任校对　刘佳佳
责任印制　任　祎

出版发行　人民文学出版社
社　　址　北京市朝内大街166号
邮政编码　100705
网　　址　http://www.rw-cn.com

印　　刷　三河市宏盛印务有限公司
经　　销　全国新华书店等

字　　数　218千字
开　　本　880毫米×1230毫米　1/32
印　　张　10.125　插页3
印　　数　1—5000
版　　次　2021年1月北京第1版
印　　次　2021年1月第1次印刷

书　　号　978-7-02-016484-4
定　　价　39.00元

如有印装质量问题，请与本社图书销售中心调换。电话：010-65233595

尽管历史比虚构更残酷
我依然要清澈而又固执地表达

————写给故乡

第一章 借 兵

1

公元1931年的夏天,和往年没啥区别,一望无际的碧绿,照例铺遍辽西走廊。天风携带着渤海的清爽,如巨大的芭蕉扇,扇走了暑热,扇来了凉风,扇出一个惬意的世界。生机盎然的大地,到处奔淌着活泼的河流,迸发着生长的冲动。

青纱帐连绵不断,与风一道起伏。猛然,一股白烟划在绿野之上,拖曳成漫长的白纱巾,像仙女飘过。一列蒸汽火车,"呼哧呼哧"喘着粗气,被绿野埋住,一路吼叫,企图拱出头颅。京奉铁路就这样贯穿在辽西走廊,深藏不露。

村庄渐密,庄稼渐稀,火车在房屋与树木间,一节一节地或隐或现。车轮摩擦铁轨的"咣当"声逐次减弱,车头"哧——哧——"吐出一团又一团白雾。火车速度减慢了,千足虫般爬进连山驿车站,累得"呜呜"大叫,趴在道轨上,一动不动。

火车的末尾,是节专挂车厢,清一色的东北军。车一停,风不再从车窗灌入,满车的大小伙子,挤得车厢的温度骤然上升。尽管车厢里热气蒸腾,却不妨碍上尉军官张天一正襟危坐。直至有人提醒,到站了,他才端正帽子,系严风纪扣,大步流星,走向车门。车厢中的十几个士兵,荷枪实弹,跟随他一块儿下了车。

凉风知趣地一拥而上,抚摸这位归家的年轻人,还有跟随他的弟兄们。车站外,生长着茂盛的老槐树,知了们伏在树上,此起彼伏地吵嚷,热啊,热啊!根本不懂得辽西走廊的夏天有多么凉爽。

士兵们惬意地立在站台上,哪怕只有两个人,也要排成队,这是少帅定下的规矩。他们在张天一的身后,列成两队,齐步正行,引得上下车众多的旅客驻足观看。

本来,张天一不该在连山驿下车,这次是奉少帅张学良之命,去沈阳北大营七旅直属队履职。他是少帅贴身的警卫连长,因整日唠叨日本人有野心,少帅听烦了,嫌他多嘴,索性把他和受他影响的警卫们,都打发回沈阳,到直属队当营副。那儿离满铁守备队最近,直接和日本人打交道。

少帅念他服侍身旁,辛苦有加,格外开恩,给了一周的假,让他的弟兄们陪着他,一块儿回老家,显摆显摆,条件是吃喝拉撒所有开销,都由张天一负担。张天一喜得就差给少帅磕头了,忙给父亲张恩远拍电报,通报了回家探亲事宜,让父亲赶着大车,接他和他的弟兄们。

虽说辽西走廊里的锦西县,离北平不足千里,却是冰火两重天,北平酷暑难挨,家乡却清爽宜人。北平再热,却熬不着中华民国陆海空军副总司令张少帅,少帅住的屋子有空调,出门的轿车有凉风,进剧院听京剧,包厢旁放着大冰块儿,舒服着呢,摇扇子是玩儿谱。可怜的是他们这些警卫,炎炎烈日下站岗,晒得不如吐舌头喘气的狗,挥汗如雨,却丝毫不能动。此时放他们回东北,简直是恩赐。

走出站台,张天一怔住了,父亲的身边,多了两个人。一个头戴礼帽,手拄文明棍,正笑眯眯地看他,那是县长孙国栋。另一个身穿黑色警服,腰间别着一把短枪,满脸的威严,飘移的目光,暴露了他的心不在焉,那人便是县公安局长袁凤台。

父亲满面春光,大声武气地喊,儿子,县长来接你了。

张天一放缓了脚步,他不会想到,仅仅是探亲,就搞出这么大的动静。县里的两个主官,为什么不辞辛苦地跑了五六十里,专程从县城所在地江家屯出发,到火车站接他?

他满腹狐疑,孙国栋当过少帅的副官,袁凤台也警卫过少帅,他们都是见过世面的人,地位也比他显赫,虽说都是少帅身边的人,应该亲近一些,可再亲近,他们也是长辈,写封亲笔信,就是高看了,不该把接他的规格弄得这么高。两人不嫌五六十里的鞍马劳顿,亲自接他,肯定另有隐情。

事出反常即为妖,张天一故意将眼光散漫到四周,思忖其中的奥秘。

车站的广场,除了宽敞一些,还不如打谷场平整。几天前下了场雨,给广场留下了杂乱的马蹄印和车辙印,印里面汪着锈水。广场的尽头,歪歪斜斜地扭着几幢囤顶房子,便是连山驿的大车店了。

背着褡裢、挎着包袱、扛着麻包的旅客,三三两两走出广场,很快四散而去,整个广场一览无余。张天一没有看到接他来的马车,只见到三人背后的拴马桩上拴着十几匹膘肥体壮的马。马硕大的屁股,将火车站仅有的几间尖顶票房挤得格外渺小。

用不着猜,明摆着的事情,县长是带着这群马,来接他们的。从马的形态上看,张天一判断得出,这批老马,是服过役的战马,后来常被人拽来拉车耕地,当役畜使,才变得懒散了。

从马的眼神,转到了人的眼神,张天一看到,县长热情的眼神里充满期待,藏都藏不住。袁局长的眼睛却时常半闭着,显露出一丝懈怠。两人对他虽说格外客气,但客气方式却大有不同,县长客气地和他握手时,眼光在他的弟兄们身上瞭了好几眼,接下来,不管张天一是否引见,都热情地和每一个人握手。局长跟随在县长后边,和每个人碰了下手,他的客气只是出于礼貌,或者是礼节。

有种本事,张天一与生俱来,他能一眼看穿人心,否则,怎能贴身警卫少帅?县长如此谦恭,说白了,贪图的是他的这支带枪的队伍。这群兵,非比寻常,个个身手不凡,擒拿徒手格斗,以一当十,跳上战马,举枪便打,照样百步穿杨。若是他们出马打胡子、绿林、响马之类的土匪,那群乌合之众,哪里禁得住正规军收拾,不是鬼哭狼嚎,就是束手就擒。

县长的眼神,已经把心思暴露无遗,无非就是借兵。

张天一心里埋怨着父亲,太爱面子,也太过张扬,不过是接儿子回家,干吗满大街嚷嚷,也没想一想,你不过是县西五会的会长,五个村子推选出来的民团头目而已,高高在上的县太爷凭啥陪你来接儿子?

少帅的兵,只听少帅调遣,少帅没让他们顺路剿匪,天降金条也收买不了他们。张天一从父亲手里要出几块大洋,对士兵们下达命令,跑步向前,直抵车站旁的大车店,入住。

斯文的县长,再也斯文不下去了,急得手里的文明棍不很文明地戳着地,让张天一等一等,他还有话要说,来的都是客,到了锦西县,怎么也得住进县城,火车站刚建成,还是个屯子,怎能落脚在人畜混居的大车店?

军令如山，士兵们跑步去了大车店，县长的阻拦成了螳臂当车。

不经意间，张天一发现，一直不吭声的局长袁凤台，嘴角露出一丝不易察觉的微笑。仅仅一个细微动作，张天一立刻猜到，此次县长借兵，想攻打的人是谁了。

所谓的土匪，县里有三大股。县城西北边那股，称为胡子，那是真匪，直接占山为王，时常游走于热河与辽西之间，在两不管的地方打家劫舍，寨主叫杜清和，绰号三秃子。正北面那股，称为绿林，离县城不远，蹚过女儿河便是。他们明为民，暗为匪，平时农耕经商，貌似护村的民团，若有机会，远袭商队，干他一票大的。首领便是老烧锅村的刘存起，绰号亮山，他们家兄弟四人如狼似虎，以打抱不平著称。第三股算不上是匪，只不过是和官府对着干的民团，头人叫李树桢，本着好汉护三屯的原则，由他保护的三个村子，哪股胡匪去骚扰，他就带着人找谁去拼命，不过，他的拼命是有代价的，每家每户都要交保护费，穷的一升米、俩馒头不嫌少，富的百八十块大洋不嫌多。

有意思的是，胡子杜清和满头浓发，却叫三秃子，绿林刘存起是十足的大秃瓢，秃得只剩下后脑勺那一撮毛，人们却回避秃字，取其意，称为亮山。这三股人，各行其道，井水不犯河水，无论谁想干大票，互相都通气，若有异议，便就罢了，特别难啃的大肥票，有时他们还合伙。

尤其是对抗官府，他们出奇地心齐，弄得县长还不如村长好使。

打击胡子土匪，袁凤台决不手软，剿灭刘存起，袁凤台却心存懈怠，除了他们是表兄弟，不愿意互相伤害，更重要的是，他对这伙绿林又敬又怕。县长和他拍桌子瞪眼睛,怨他剿匪不力,却干生气没有辙。袁局长称亮山这股绿林,比县政府有钱,比警察枪法还好,公安局都没配备的机关枪,他们却有两三挺,县里的警察打光了,也剿灭不了,能互不相扰,相安无事就不错了。

县长气得直翻白眼,匪患是他当县长最大的心病,一日不除,寝食难安,所以,他才灵机一动,想到了借兵,用精锐的正规军打土匪。县长的策略是,擒贼先擒王,先灭绿林后剿匪,攻溃势力最大的刘存起,招安李树桢,最终剿灭杜三秃子就不难了。

孙县长盯住亮山不放,还有另一层原因,省政府三番五次命令缉拿匪首刘存起,他闹得太凶了,目无国法,胆大妄为,涉嫌多起东洋客商的抢劫案,惹了好几起国际纠纷,他却嚣张地在县政府眼前逍遥法外。

政府的权威何在?

现在好了,少帅警卫连的本事,孙县长是见识过的,只要他们肯出手,吓也能把绿林响马吓个半死,无论上来多少个机关枪的射手,都是少帅警卫连的靶子,谁敢露头,谁的脑袋就搬家。无论绿林还是响马,即使是冥顽不化的土匪,只有一个目的,图财,占不到便宜,还丢命的亏,他们是不会吃的。

县长坚信,只要借到了兵,就是成功了一多半。

孙国栋想,保境安民,本是东北军的天职,却没料到,借兵的话没等说出来,张天一先封了口,人家宁可在小站住大车店,也不去县城,剿匪的事情和谁谋划?

把队伍送进大车店,交了钱,订了房,安顿好了弟兄们,张天一只带出一个兵,那便是他的心腹,枪法指哪打哪的张准。张准身背两杆东北兵工厂造的步枪——辽十三,枪是老帅活着时,把德国和日本步枪的优点弄在了一起,造出了自己的枪,性能和三八大盖一样,打得又远又准,子弹也通用,比常卡壳、爱炸膛的汉阳造,好出一大截子。这种枪,莫说东北军的士兵喜欢得不得了,就是蒋介石的中央军,也格外羡慕。

重新回到县长面前,县长的文明棍还在遗憾地杵地,不断地说,锦西县农工商学,一派繁荣,只是匪患未除,民众难以安居,吾寝食难安。张天一并不搭话,他的职责是回家,探视父母,而不是替父母官剿匪。他的眼光旁若无人,越过县长,聚焦在十几匹马的身上。他看到,其中的一匹黑马,昂着头,眼睛放亮光,头桀骜不驯地摆着。他知道,那是匹闹性的马,骑上它,才算刺激。

张天一猛地拍了下黑马的脊背,马"咴咴"地暴叫,抗议他的粗鲁。直至张天一抚住黑马的脖子,捋遍了它的鬃毛,它才喷起了响鼻,以示原谅。毕竟是匹老马,被驯服了多年,再烈也知道谁要做它的主人。

黑马明白新主人是个硬茬子,不敢欺生了,前蹄刨着地,向新主人显示着它的高贵。张天一抚了下马鬃,抓住马鞍鞒,飞身上马,夹着马肚子,一溜烟地向西北方向驰去。

出了连山驿火车站,毗邻的便是连山村,屋舍稀稀落落,鸡狗猪在街上自由行走。马队的到来,惊得鸡飞狗叫。除了五六年前郭军反奉,街面上还没见过这么多马"噼里啪啦"跑,许多人家扒着柴门,看热闹。

五个人一群马,一口气跑出了十几里,过了寺儿卜,就是连绵不断的群山。张天一感觉到,冥冥之中,有双看不见的眼睛如影随形。寻找了好一会儿,直到黑马跳上了高坎,他向侧方极目远眺,果然发现二里之外的山坳,有一匹枣红马,穿行在荆棵草木间,若隐若现。

张天一的眼睛,敏锐得能瞅见几十米外的蚂蚁搬家,那么大的一匹马,不至于看走了眼。他把神枪手张准唤到身旁,手指向了远方的山坳,证实他的发现。张准的眼睛更毒,百米之外的老鼠打架、麻雀觅食,都瞅得清清楚楚,明确告诉张天一,有人跟踪他们。

县长、局长骑马伫立在下坡,不知道两人嘀咕些什么。

佯装啥也没看到,继续向前走,张天一用眼角瞥过去,骑马人的形状时隐时现,只是那人戴个草帽,又蒙住了脸,莫说几里远,就是近在身旁,也认不出是谁。看着那匹枣红马,张天一觉得那样熟悉,熟悉得像自己的手掌,突然间,记忆的闸门轰然打开。到东北讲武堂上学前,这匹马养在自己家,父亲说,把它送给儿子当坐骑,他才用心地调教。讲武堂配给的是战马,无须自备坐骑,父亲才依依不舍地将它卖给了亮山。

是不是自己家的枣红马,一试便知,张天一的手指含在嘴里,打出一个尖锐的口哨,那匹马突然间伫立,扬起前蹄,"咴咴"地回应一声,寻找它的老主人。张天一暗自一笑,既然真相已明,亮山把他的大秃瓢遮得再严也没用了,只是他不想戳穿而已。

接下来的路程,尽管张天一不断地回头张望,枣红马却遁地一般,了然无踪。暴露了行踪的亮山,不再暗中相陪,张天一反倒涌出一种失落感。

马群奔跑了一个多时辰,眼前便是八面威风的虹螺山。连绵起伏的群山中,只有一道沿河的山谷逶迤而上,道路蛇一般,与河水共同延伸。山谷的两侧,悬崖峭壁,断断续续,山石陡立之处,坚挺孤立,拒绝任何植物生长。山势稍一平缓,刺槐山榆橡树在灌木的簇拥下,挤得个热热闹闹。

张天一特别清楚,这条由东向西的倒流河,在抵达县城之前,胳膊肘弯一拐,贴着曹田屯村边,一路向北,汇入浩浩荡荡的女儿河。那里,河水又冲开一道山谷,大自然仿佛特意为锦西县城开辟了东南和东北两道山门,让世外桃源的锦西县城,有了两条路,既可自由地通向外面世界,又可关起门来过自己的小日子。

穿过两道"山门",就是数十平方公里的女儿河冲积平原,县城便居其中,肥沃的土地养育着这方土地的世代民众。

锦西县就是辽西的小四川。

离县城越近,熟悉的面孔就越多,张天一不断和人们打招呼。人们用一种羡慕的口气对他说,天天陪着少帅,是不是特牛×。张天一拱手回答,没啥可牛的,少帅把我撵回沈阳了,有事到北大营找我。

张恩远忙催马上前,自豪地说,我儿子升官了,这不,县长、局长亲自接。

父亲的虚荣让张天一很无奈,他勒马停顿片刻,想与父亲拉开距离。孙国栋很关照张恩远的面子,温文尔雅地点头称是,没有摆县长的谱儿,放慢马的步伐,很客气地等候落在后面的张天一。

张天一之所以迟步不前,还有一个原因,他看到了猎户郑世吉,郑猎户背着一杆老掉牙的火铳,远远地躲着他们。这位老猎户,刚从虹螺山老林子走出来,枪管上只拴着两只山鸡,太寒碜了,与全县最好猎手的称谓,相去甚远。

在张天一的心目中,郑世吉是最值得他钦佩的人。锦西县最大的两个民团,一个是东五会,一个是西五会。东五会的会长高荣轩,靠的是财大气粗,五个大村子的民团联盟,都由他养着。西五会的会长便是父亲,父亲钱财不足,靠一身好武艺,教五个村里的年轻人长本事。东西两个会长,为争神枪手郑世吉入伙,闹过半红脸。郑世吉谁也没加入,拿着他那支轰不出三十米远的老火铳,继续上山为猎。

张天一曾担心过,一旦郑叔遇到了熊狼豹等野牲畜,那支破火铳非但不能猎到它们,郑叔反倒会被它们吃掉。现在,他不用担心了,因为郑叔遇见了他。

领着张准,张天一拜见了郑世吉。猎人最眼馋的当然是枪了,郑叔的眼珠子掉在张准背着的两支辽十三上,抠都抠不出来。张天一的脸上露出灿烂的微笑,他从张准身上要过一杆枪,丢到郑世吉的手中,让郑叔过把瘾。

郑世吉摆弄着那杆枪,爱不释手。天上,一群野鸽子不识好歹地从虹螺山中飞出,即将掠过他们的头顶。张天一突然进出一种想法,让郑叔和张准比枪法,看谁能打中天上的飞鸽。

一声令下,两人几乎同时放枪,两只野鸽子同时落下。

枪打飞鸟,毫无疑问,两个人枪法都已练得炉火纯青,难分伯仲。张准怔了下,在枪法上,他从没遇到过对手,现在却应了那句高手在民间。没经过校正,第一枪就精准无误,他真想拜郑叔为师了。

张天一特别高兴,家乡的郑叔替他长脸了,他随即让张准掏出两盒子弹,足足有一百发,连同那支辽十三,一并赠送给了郑叔。郑世吉乐得手都不知道放哪儿了,忙说,跟我回家,炖鸡,喝酒。

2

喝酒的事情，孙国栋谁都不会让，买卖不成还仁义在呢，借兵不成就撂了脸？客人是他接来的，这场宴会，非他莫属，连张天一他爹张恩远都不行，更莫说郑猎户了，否则他就不配为一县之长。

更何况，仅仅是一个上尉的随从，枪法就到了随心所欲的程度。孙县长清楚地看到，郑猎户举枪一直追随着飞鸽瞄准，而那随从，几乎是举枪便打。窥一斑而知全豹，整个警卫连的作战能力可想而知了。

第一次借兵，虽被婉拒，但来日方长，毕竟，没有军令，张天一也不能擅自行动，他能谅解。锦西县的匪患太过猖獗，请警卫连一战定乾坤，那是早晚的事儿，所以，这场盛宴，必不可少。

马队奔出虹螺山口时，孙县长向对面的山梁挥了挥礼帽，那是盛情款待的信号。对面山梁望风的人，飞马跑回县府后院县长的家，吩咐厨房，立即生火。霎时间，厨房忙碌起来，锅碗瓢盆叮当作响，炭火柴火"噼啪"燃烧，早已剁好的鸡鸭鱼肉下锅过油，煲汤的砂锅将熬过多少遍的燕窝粥、鱼翅羹重新熬上，客厅的餐具也摆放整齐了，只等贵宾落座。

县长的月薪，只有二十块现大洋，不及小学教员的四分之一，置办这样一桌酒席，一个月的薪水就光了。不过，孙国栋不在乎，千里当官，只图青史留名，他家有良田百顷，商铺十余家，老父亲送他到日本留学，供他读完东京帝国大学都没伤筋动骨。为官一任，造福一方，县长志在立德立行立言，宁肯倾家荡产，也要剿清匪患，还全县民众一个朗朗乾坤。

别看袁凤台经常和县长意见相左，在花钱上，他是个大方的人，不能让县长自掏腰包，县长也是人，需要过日子。跟随县长过来时，他兜里的大洋已经按捺不住了，"哗啦啦"地响，只等跳出来替县长埋单。

县长制止了袁局长，这是他的客人，无须旁人分担，尤其是公安局，莫说是一顿饭，就算是剿匪行动，缺了公安局，又能怎样，他就不信，缺个臭鸡蛋，就做不了槽子糕了。

请张天一剿匪，并非县长心血来潮，他们父子和土匪有仇，张恩远不止一次地向县长告状，民国初年土匪杜三秃子绑了自己岳父的票，为榨出更多的油水，拷打致残，交了赎金后，却命丧九泉，这笔血债，必须清偿。

县长满以为借兵剿匪，张天一会欢欣鼓舞，可以名正言顺地替姥爷报仇。县长的策略是，三股惯匪扯着耳朵牵着腮，不管先打哪一股，只要张天一陷入这泥淖之中，他就拔不出去，必须把三股匪清剿干净。

掐指一算，孙国栋来锦西县已经五年了。他的前任县长，自认为当个县太爷，会很风光，没想到陷到锦西县，成了风箱里的耗子，到处受气，无钱无粮无枪无人，连一个胥吏都指使不动，又深陷在匪患之中，被省政府逼急了，想多征几个钱打土匪，结果，亮山闹起了民变，把县长堵在了县衙门里，不让出来，直至被迫挂印逃走。

没有县长的日子里，亮山学起了李逵，自封为县长，升堂审案。他不懂问案是严密的推理，干脆用绿林的方式解决纠纷，理掰扯得糊里糊涂，案审得个自相矛盾，常被人钻了空子，弄得啼笑皆非，闹出了好几起笑话，听说省里派来了新县长，才草草收场。

孙国栋清晰地记得，大马车拉着他们一家老小前来就任时，亮山带着上百号人,扛着大抬杆,背着火铳,居然来到虹螺山口接他。那副样子,仿佛是要拉他一块儿入伙。他掏出手枪,冲天打了一枪,命令所有人扔掉武器,抱头蹲在地上。他宁愿被打死在赴任的路上,也不能像前任县长那样,被这群乌合之众吓跑了。

亮山还算识趣,乖乖地目送孙县长走远。

五年间,孙国栋励精图治,县城日渐繁荣,茶楼酒肆林立,客栈商铺相连,粮棉果蔬连年丰收,家家户户余粮满囤,还引进日本技术,合资成立了电报电话局,修建了女儿河码头,开设了一座西医医院。工商矿业,他依赖南方商人陈应南,建了发电厂,开掘铁矿锰矿,还发现了钼矿,闲杂人员不再投匪谋生,而是去了矿山。当然,文化教育,也必不可少,他聘请归隐乡里的老学究曹凤仪出山,建成公立的中小学校,所有费用均为县府承担。农事上,他倡导种棉花,种水稻,借用乡绅高荣轩的势力,修渠引水,灌溉农田。求医治病,他靠的是日本名牌医科大学毕业的刘芷芳。

下一步,他还要把铁路从锦州引到锦西,再延伸到热河。他要在女儿河畔开坞,将锦西县的工矿和农副产品用船运出去。他还要建炼铁厂,兵工厂,把锦西县变成繁华的城市,堪比日本的神奈川。

他唯一的焦虑,就是匪患,这是锦西县未来发展的肠梗阻,通达四方的商贸,都会因为匪患,而错失商机。尽管袁凤台没少出去剿匪,却从来没有斩获罪魁祸首的首级。唯一能说得过去的,是县城的治安,让人稍许有些宽慰,各股土匪从不敢进城绑票,也不敢纵容手下进城劫掠,甚至,偷盗案发生得也不多。

这一点,袁局长还是挺配合县长的,就连最爱惹事的亮山,莫说没有把他撵出锦西的念头,甚至从来没进城刁难过孙县长。表面看,亮山行侠仗义,没有民恨,事实上,却是国之大害,他专门抢劫锦州大和银行、贸易株式会社、日本商团等,劫获的财富多得惊人,日本人已经找到亮山抢劫的目击证人,再不抓捕归案,那就升格为中日之间的外交摩擦了。弄不好,又会闹出"中村事件",让少帅疲于应付。

省政府再三督促,抓捕亮山归案,有几次县长得到可靠消息,亮山就在老烧锅村,派袁凤台去围剿,结果几次围剿,双方默契地朝天开枪,打了场嘻嘻哈哈的仗,还得骗县长杀猪宰羊犒劳他们。

有一次,县长有意将袁凤台支出去,突然集合队伍,亲自带队,到老烧锅村去围剿。原以为会打亮山一个措手不及,可是,他前脚走了,后脚就有人骑着快马报信儿。到了老烧锅村,不但没包围住亮山,反倒中了亮山的埋伏,机关枪压得警察们头都抬不起来,公安局的火力居然连还手的余地都没有。警察们个个怕死,枪架在墙头,身子却缩在墙下,子弹都偏得十万八千里了。

幸亏亮山不想和县长做仇,放了一马,让县长体面地撤退了,否则,连县长屁股上的肥肉,都得被包成人肉馅的饺子。

县长打了败仗,袁凤台就有了推托之词,不是他剿匪不力,剿匪是要死人的,县长给公安局的钱,人吃马喂还不够,莫提受伤致残的医疗费,死一个警察,光抚恤金就是几百块,他拿不出来。土匪个个都是亡命徒,命不值钱,官府和他们拼不起。

为此,孙国栋焦虑不已。他暗暗发誓,就当自己被土匪绑架了,倾家荡产也要将三伙土匪绳之以法。

张天一的到来,让孙国栋看到了剿匪的另一道曙光,那就是借兵。

绕过县城东南面的凤凰山，眼下就是宽阔的女儿河冲积出来的盆地，一条白亮亮的大河，几度弯曲，浩浩荡荡地流淌下去。河的南岸，便是县城，一条笔直的大街横贯东西。大街上人来人往，车水马龙，楼房与平房错落有致，商铺与店堂相互衔接，仿佛是幅流动的《清明上河图》。

整座县城，只有东街还算清静。一座城隍庙，钟磬之声绵绵不断，善男信女却稀稀落落。两所学堂，国民初中和国民小学，校园宽阔，操场平整，花香四溢，书声琅琅。三座衙门，县政府、公安局和教育局，青砖瓦舍的三套院，紧紧密密地挨在一起。之后，便是给人治病疗伤的医院、维护街面秩序的保安队、投寄书信加转接电话和收发电报的邮电局。再往西北延伸，就是森严壁垒的监狱了。

县长的家，就在县政府的后院，一座标准的四合院。民国县长，异地为官，盖县政府必须配套县长的公寓。马队从凤凰山脚一路走下，县政府的门口，聚集着县里各方头面人物，中学校长曹凤仪、工矿商贸大老板陈应南、乡绅土豪高荣轩、西医院院长刘芷芳。教育局长、民政科长等等官员，只配站在两侧。

这个阵势，只有接待省长时，孙县长才肯摆出。

乡风民俗，父子不能同席，张恩远拱手告辞，县长没有挽留，父亲在场，如何能让儿子唱主角？一行人入席，县长将张天一让到了主宾的位置，才在上首坐稳，袁局长自觉地坐到了主陪的位置，各方头面人物依次落座。

找几个县政府的公职人员端茶送水，布桌上菜，那是理所应当，孙县长却免了，既然是家宴，侍候客人只能用家里人。他把女儿伊兰从学堂里唤回，给客人斟茶，把儿子春城轰出书房，给客人点烟，夫人在厨房和客厅间里里外外地张罗。

餐桌布置停当,县长的一双儿女,穿梭在厨房与餐桌之间,像饭馆里的跑堂。

县长端起酒杯,开场白对张天一百般褒奖,什么东北讲武堂的高才生,老帅钦点的人物,少帅的铁杆亲信,夸得张天一酒不醉人人自醉了。县城里的各路头面人物众星捧月地敬张天一,称自古英雄出少年,锦西县头一位将军,非张天一莫属。

恭维击鼓传花般,依次传播下去,孙县长看到,张天一由最初的谦让,渐渐过渡到了来者不拒,举杯豪饮,难以把控了,甚至拍着胸脯表态,他永远是县长的子民,为锦西县效犬马之劳。县长等的就是这句话,他连干三杯,以示敬仰。

伊兰睁大好奇的眼睛,瞅着被大家夸成了神武英豪天下第一的张天一,父亲向来严谨,从不言过其实,怎会莫名其妙地把人夸得这么高?

就是这一眼,让张天一从不可自拔的干杯中停顿下来,心中摇荡出比酒还要甘醇的舒坦,那就是伊兰小姐的明眸皓齿。他眼光挑剔地瞅着伊兰,鼻正口方,脸蛋浑圆,身材婀娜,无论容貌还是形体,都无懈可击。

我的天神,锦西县哪儿来的天仙似的美人儿?

如火如荼的敬酒场面,就这样突然停顿下来,谁都知道停顿的原因,只是没人捅破。孙县长忽然意识到了是自己的疏忽,他脑子里完全被张天一是扛枪打仗的军人占满了,忽略了那也是激情燃烧的青年,或者是只为客人高兴,没去想其他的事情。

县长淡淡地向张天一引见,小女伊兰,就让女儿退下,喝酒的高潮还要延续下去。

不会恭维人的只有校长曹凤仪,他呷过一口酒,干咳了几声,揪断了张天一的眼光。曹校长是伊兰的校长,同样也是张天一的校长,校长永远也不会忘记教书育人。他告诫张天一,不管有多大的出息,回到家乡,时刻牢记,知廉耻,懂敬畏。

张天一收敛了放肆的目光,离开伊兰的背影,给座上的各位长辈敬酒,直至酣畅淋漓地大醉。

酒归正传,孙县长喝丢了斯文,喝得个甩开了膀子,竟然指着袁局长的鼻子说,老子养着警察还不如养狗,狗还知道冲锋陷阵呢,警察遇到了土匪,连叫唤都不会了,一个个都尿裤子了。

袁局长的脚踩在板凳上,大声说,县长教训得对,咱以后不养警察了,专养狗,你当狗县长,我当狗局长,见了土匪咱不打枪,就靠汪汪。

张天一听出了火药味儿,佯装大醉,趴在桌上不起来。

孙县长拍着张天一的肩膀说,这兵,我是借定了,你张天一官小,不敢做主,不怕,我从省警务处借,让警务处长黄显声发话,别说借一个连,就是一个团,也能给我个面子,我就不信了,灭不了那几伙毛贼。

县里的那些头面人物,见酒喝得把憋在心窝里不敢说的话,都迸出来了,再进,就擦出火星子来了,便把县长架到炕上。县长挣扎着,爬起来,还想喝,说客人没陪好呢,锦西县能否安宁,我全指望客人呢。

伊兰边喂着父亲茶水,边劝说,客人酒足饭饱,走了。

"客人"张天一从桌上抬起头,瞅着伊兰小姐,一个劲儿地傻笑。

县政府门外,昏暗的灯光下,停着一辆马车,马头前丢着个麻袋，里面装着干草和饲料，马低下脑袋，悠闲地把嘴拱进麻袋里，"嘎嘣嘎嘣"嚼饲料。张恩远抱着鞭子，坐在车辕上，不时地向院里探着头，看儿子的酒喝完没有。

马车上，还坐着张天一的母亲张崔氏，姐姐张月娥扇着蒲扇，她不是给母亲扇凉风，夜里，锦西县城不热，她是在驱赶蚊虫，怕母亲被叮咬了。

天上的三星移到了头顶，已是夜半时分，等得母女二人都打了瞌睡，才等来酩酊大醉的张天一。张恩远看到，儿子被公安局长袁凤台和随从张淮架着，歪歪斜斜地从县政府的院里走出。县长请客，不喝醉才怪了呢，母亲早就熬好了醒酒汤，灌进了葫芦里。

齐心协力地将健硕的张天一送入车厢里躺下，张恩远赶着车，穿过县城的一字长街，再摸黑走上三里路，就是他的家——龙王庙村了。母亲让张天一的头枕在自己的大腿上，不断地擦拭儿子被汗沤咸了的脸。姐姐不时地往弟弟的嘴里灌醒酒汤，减少烈酒对身子的伤害。

不管怎么说，县长亲自宴请儿子，对于张家，也是破天荒的荣耀。张恩远兴奋地甩出一个响鞭，几只在黑暗中盯着他马车的绿眼睛，被清脆的响声惊住了，绿光错乱而又分散地逃远了。

那是几头觊觎他们的狼。

3

东方渐渐发白，启明星越来越亮，龙王庙村的大公鸡开始亢奋地鸣叫。

张天一猛地打个激灵，一骨碌爬起来。天不亮出早操，是他的军旅习惯,雷打不动。他揉了揉眼睛,突然醒悟过来,这里不是少帅的警卫室,而是家里的土炕。蒙眬中,他看到父亲坐在炕头,倚在火墙上,叼着烟袋,一口一口地抽,红红的烟袋锅让屋里一明一暗。

他本想拍醒睡在身边的张准,让他陪着自己一块儿出早操,想一想,便罢了,小兄弟常常昼夜站岗,该让他好好歇歇了。找到了地上的鞋,他蹑手蹑脚地走出了屋子。父亲的动静也很轻,早就悄悄地出了屋子,去地里干活,父亲每天都是如此。

张天一没有穿军装,捡起了几年前的旧衣服,沿着村里的路,用平时行军的速度,向三里外的县城跑去。县城很安静,一字大街上,有几盏电灯在醉意蒙眬地相互呼应,几条不知疲倦的狗,来回穿梭。蛐蛐们享受着晨露,幸福地低吟,几条逃出家门的狗,放肆地奔跑。

街两边的巷子,顽固地依恋夜色,东方的鱼肚白只是给夜幕挂了一道纱而已,街巷的房屋依然沉浸在昏暗之中。忽然,有一盏灯鹤立鸡群般骤然亮起,那户家门,张天一认识,是猎户郑世吉的家。他背着张天一昨天给他的枪,早早地赶往虹螺山中,看样子是要打埋伏,猎杀狍子、野猪、獾子等值钱的猎物。

张天一没有惊扰郑世吉,一拐弯,一口气跑上了凤凰山顶。凤凰山是城东南一座孤立的小山,山顶平如凤凰的脊背,一座哨棚矗立其间,瞭望孔射向四面八方。这座哨棚是上任县长设立的,棚顶上还悬着一口大钟,无论哪个方向流窜过来土匪,都会一览无余,哨兵立刻敲响大钟,提醒县长,准备战斗,提醒乡民,躲避匪患。

张天一站在山顶,迎风而立,他要亲眼看到太阳跳出虹螺山,把整座县城唤醒。一套军体拳打下来,天光大亮了,世界仿佛突然间复活,鸡鸣狗吠小贩们沿街叫卖声,此起彼伏。

好几年没回县城了,一字长街上凭空掉下来了一溜二三层小楼,临街的商铺、作坊,一座挨着一座,街面上也是车水马龙。他清楚地记得,离开县城,到东北讲武堂念书时,也是站在凤凰山上往下眺望,那时就是个大屯子,比如今的连山驿强不了多少。短短五年,孙国栋县长就把有模有样的县城摆给大家看了,锦西建县二十几年,这样的县长还是第一个。

当然,张天一对孙县长的好感,还来自另一个层面,那就是伊兰,他怎么就能生出这么好的一个闺女?爽快自然,通情达理,美若天仙。这么完美无缺,幸亏没给玉皇大帝当闺女,否则张天一怎会一饱眼福?

出于对县长的好感,张天一要好好地逛一番县城。凤凰山不高,从山上一溜小跑下来,钻过庄稼地里的毛毛道,就到了县城最东头的县政府。县政府门外也有个电灯,日上三竿了,还没灭,大白天萤火虫一般微不足道。

张天一忽然明白一个道理,县里这些新气象,都是被称为电的这玩意儿带来的,城北二十里外的南票,有挖不尽的煤,煤烧开了大炉里的水,推动了大轮子,电就从那儿拉了过来,扯进了县城里那座嗡嗡作响的变电所。从变电所拉出的线,拴个灯泡,能把街里的夜照成白天。当然,用得起电的,都是大衙门和大店铺。

医院也用了电,电让医院里添了许多新玩意儿。所谓的医院,一个大招牌下分东西两院,县长硬是把中西医捏在一起,称锦西的中西结合从医院开始。医院总共有两名医生,西院的是老中医,白发银须,鹤发童颜,好像有一百来岁,找他看病的大多是年岁大的人。另一名是西医,不到三十岁,叫刘芷芳,昨天晚宴,县长请的唯一女人就是她。医院里的新玩意儿,都归她用,她时常点亮一只大灯泡,眼睛上戴个贼亮的镜子,透过镜子中间的孔,照妖镜一般,看人的眼睛、耳朵、鼻子,还有嗓子。

张天一念东北讲武堂之前,她就从外地来了,满嘴海蛎子味儿,自称家在关东厅。

关东厅这三个字,别人听过也就罢了,唯独父亲张恩远,耳朵却听不得。他记得,陪父亲给母亲看病时,父亲忽然恼了,大声纠正着,狗屁,是旅顺口,你他妈的是日本娘儿们啊,动不动叫关东。

刘芷芳吓得打了个哆嗦,忙向父亲赔不是。

不过,刘芷芳的本事是不容否定的,不管孩子病得多重,小药针一打,命就领回来了。她没来前,被人们传说成神医的老中医,经常丢了神气,摇着头看着得病的孩子断气。人们抱着裹在小被子里的孩子,奔跑着来到医院,却夹着裹着草席子的孩子,哭哭啼啼地去了城东南的凤凰山。

山下有条大壕沟,是县城枪毙犯人的地方,也是专门扔死孩子的地方。隔三岔五,总会有几个死孩子,横七竖八地扔在那里。

几只丧家的狗,守在那里,红眼狗撕开草席子,拱进嘴巴子,如狼似虎地吞。自打刘芷芳来了,那几只丧家狗,饿疯了,居然跑到大街上,红着眼睛咬活孩子。壮汉们抡起棍棒,满街狂追,直至杖毙恶狗。

刘芷芳救回的孩子命,不计其数,人们便送她绰号,观音菩萨。

现在,刘芷芳不忙,立在医院门口,看见张天一过来,恭恭敬敬地点个头。这种客气,不是因为昨晚的相逢,她总是这样,对所有人都客客气气,城里城外的人也都愿意和她说话,唠一些烦恼的嗑,所以,县里的大事小情,都瞒不住她。

张天一瞅了眼刘芷芳,昨夜喝酒时,他没有认真地瞅刘芷芳,现在,他定定地看下去,看得刘芷芳毛愣愣的,那眼神像是要把刘芷芳吃掉。刘芷芳一时手足无措,不知道张天一是喜欢上了自己,还是发现了什么。

冥冥之中,张天一忽然觉得自己好像打开了第三只眼,在刘芷芳白亮亮的脑门上,他瞅到了县长孙国栋,也瞅到了一个鲜红的圆圈儿。那个圆圈儿到底是啥,他一时没弄清楚,凝视了好一会儿,才恍然大悟,那是一面太阳旗。只因为刘芷芳的额头太白,旗的形状不很明显。他喜欢太阳,却不喜欢太阳旗。他不再理会刘芷芳,他是能瞅太阳的人,怎能随便地瞅女人?尽管刘芷芳长得白白净净,挺招人喜欢,可他并不觉得怎样,白骨精白,孙悟空照样不喜欢。

刘芷芳叫了他一声,张家少爷。他没有理会她,径直走过去。

他喜欢的是伊兰小姐,不能随便搭讪别的女人。

张家少爷,刘芷芳又叫了一声。

他回敬一句,我没有病,大步走开。

中街和东街完全不同,东街衙门多,板着脸,龟在大小不同的院子里。中街店铺多,没院子,热热闹闹,是个市井的社会。街上人来人往,大马车小驴车独轮车拥来挤去,挑担子的小贩,背褡裢的游商,购货物的客户,还有漫无目的逛街的闲人,汇在大街上,形成了一幅千面图。

街的两侧,店铺林立,各种招牌迎风飘舞,繁华的程度,赶上了张大帅在沈阳城精心打造的北市场,除了缺少些楼亭殿阁,和《清明上河图》一样的热闹,热闹得有些拥挤了。建县才二十几年,五行八作却都兴旺起来,只要勤快,即使家里藏不成两囤粮,也能留下几件真金白银,或者在钱庄存上几十块现大洋。

城里最忙的是铁匠炉,街上的几家铁匠炉,都是张恩远家的,谁家钉马掌,打镰刀,錾菜刀,修锄镐,都离不开张家的铁匠炉。三伏天,本是挂锄的季节,农闲了,铁匠炉不应该忙,可是,几家铁匠炉的大风匣,依旧呼呼地拉着。红红的炭火中,一块长条铁被烧红了,接着又烧成了通透透的橘黄。火候到了,大铁钳夹出来,摆在铁砧上,大师傅的小锤和小徒弟的大锤相互配合,在反复敲打。叮当作响的声音,有轻有重有急有缓,音乐般好听。时而水池子里有哧哧的淬火声,便成了锤打的间奏。

他们在打制长矛和大刀,西五会没有充足的火器,也不能拿烧火棍子防匪,长矛大刀至少每人一件。铁匠们如此卖力,缘于张恩远要搞一个比赛,看哪个师傅打的刀最快,矛最利,获胜者奖励的是白花花的大洋。

看见张天一路过这些铁匠炉,师傅们再忙,也要叫一声,少东家。

少东家嘿嘿一笑,摆下手说,忙着,忙着,别误了火候。

几家铁匠炉的两旁,有德顺昌粮店,德裕和果匣铺,德聚丰油坊,德泰昌茶食店,德生泉烧锅,还有德字号的饭馆、粉坊、豆腐坊、大车店等等,这些以德为头的店铺,都是城东大户高荣轩的。高大老爷家有良田百顷,喜爱各种美食,他所经营的买卖,大多和吃有关。

高荣轩说,民以食为天,不管哪朝哪代,谁都丢不掉这张嘴。

街面还矗起了几座楼房,青砖灰瓦,雕梁画栋,很有气派,那是广东的大买卖人陈应南的产业。一幢楼是汇通天下钱庄，怀里揣上一张汇票，顶得上几百块现大洋，买卖人用不着担惊受怕地背着大洋做生意了，几张纸就能完成交易。钱放在钱庄里，还能下崽，不够了，还可以从里边借，利息比民间借贷低得多。

另一幢楼是祥盛金首饰店。陈老板开了许多矿，城北二十里的南票，是他的通裕煤矿公司，还用机器采煤，煤多得能堆座山。城西北四五里远的柴屯，他开挖了一家锰矿，和铁熔在一起，造出来的大刀，削铁如泥。当然，锰离不开铁，铁矿他早早就开了，而且开得有模有样，就在城西南的三里外。当然，铜矿铅锌矿他也不会放过，也开出了好几座。他家金银首饰店里的好东西，都是这些矿里的副产品，搂草打兔子，啥都不耽误。

还有一幢楼在城里也挺有号，便是虞美人成衣铺，楼上卖女服，楼下卖男装，楼上没有男人，女人可以光着身子试衣服，楼下的男人很少买衣服，抻着脖子往楼上看，看不到光身子的女人，只看得到女人们穿着旗袍，凸凹有致光鲜鲜地从楼上下来。

除了这些，陈应南还有一家制铁厂，张天一陪父亲去过。制铁厂在城西南铁矿的一旁，南票的煤精把铁粉和锰粉烧成了鲜亮亮的水，灌在模子里，凝成了火铳子的管儿。挑挑选选，打打磨磨，最后能装成火铳子的，没有几支，其他的管子都废了，投在火炉子里重炼。

联庄会、民团，还有绿林英雄、土匪胡子们，都盯着这几杆火铳子，大洋叮当响地往这儿甩，只图把家伙什儿弄到手。

陈应南没有一亩地，却成了全县首屈一指的大户。他称自己为实业救国。

中街的街面上熙熙攘攘,街巷里也不寂寞。十来头毛驴排成一队,驮着荆条筐,"嘚嘚"地从街巷深处走出来,筐里的东西,被黑色的油纸裹得严严实实。用不着打开,张天一灵敏的鼻子远远地闻到了火药的味道。

造火药是危险的行当,硝石硫黄和木炭混在一起,碾轧时丝毫不能马虎,弄不好就会爆炸。因此火药铺不在街面,而在街巷的最顶头,城南沟畔旁的荒地里,孤单单就那么几间房,免得爆炸起火,殃及别人家。

火药铺的老板是个蔫人,两只眼睛只会盯着火药,一眨不眨,来了人不瞅是谁,也不跟人家说话,老实得用火点着了屁股都不会跑。不过,这倒也好,管了那么多火药,再生出个火药脾气,火药铺子不知要毁掉多少回了,这么多年了,哪能安然无恙?

火药是热门货,官府用、矿山用、胡匪用、绿林用、联庄会也用。即使火药铺连轴转,也不够用,况且硝石和硫黄又是紧俏货,做不了很多。需要火药的,都是惹不起的人。所以,当火药铺子的老板,是个脑袋别在裤腰带上的活儿,没有强硬的靠山,那是绝对不行。

火药铺开张以来,没人敢抢,也没人敢祸害,人们怕的是幕后老板,谁惹得起县里最大的绿林头子刘存起呀,连皇上他都敢抢。不过,刘存起仗义,养了一堆没人要的鳏寡孤独,即使是秃子,没人敢贬低他,还给他起了亮山这个好听的号。

张家与刘家,貌似没啥瓜葛,实则非同一般,父亲与亮山是磕头兄弟,只差一个妈生的。多年来,锦西县形成一种习惯,能摸到枪的人,表面上水火不容,各逞其能,动不动就喊出一决高下,事实上却形成了一种默契,谁也不真刀真枪地干一家伙,找个中间人一说和，就罢了。兵戎相见，是要死人的，钱财谁多谁少，过去就拉倒，不记仇，一旦出了人命，那就是世仇。

张恩远和刘存起都是养得起枪的人，县长是外乡人，无论怎么努力，也融不进乡俗民风，耳朵再长，也听不到默契的声音。说到默契，两人暗中联手，干了一桩大票，别人不知道，父亲却不瞒儿子。劫道绑票勒索大户之类鸡零狗碎的事儿，亮山不干，他家有田有地，还有火药铺的生意，养活一大家子人不成问题。问题是他养了一群弟兄，舞枪弄棒，没有营生做，纵使陈应南等商户为求亮山照应，免得受土匪欺负，时常慷慨解囊，也只能是应急。他把眼睛瞄在了锦州城，那里有日本人开的大和银行，钱厚实得很。

父亲蒙着面，暗中随行。亮山抢劫了运钞车里的钱，银行的日本护卫，快速反击，双方开战，打得难解难分。幸亏父亲早就选好了埋伏地点，百步穿杨的枪法，让亮山转危为安。劫来的一大箱子钞票，父亲不闻不问，分文未取，潜回村子，依然如故地过日子。

此外，张天一还知道一个秘密，城南火药铺子其实还有一个大股东，就是公安局长袁凤台。

一般人用火药大多是一头毛驴驮，开矿的陈应南再想要火药，也不可能让他一下子驮走这么多，火药如此紧俏，谁不想多要？如此随心所欲地驮，不用问，准是火药铺真正的主人亮山。

张天一望着这支驴队，心里琢磨着，这么多火药，主人不亲自押运，怎么可能呢？可别浪费了自己那双好眼睛，瞅一瞅这个秃脑袋到底藏在了哪儿。他踮起脚，眺望远方，四处寻找，终于看到街巷之外的土坎上，有一个骑马的身影。换了别人，或许看不到是谁，可这双眼睛是张天一的呀，只要在视线之内，和望远镜一样好使。没错，那匹马就是昨天的枣红马，马上那个扛着枪的人，就是亮山。

既然火药铺是亮山的,亮山也在后面监视着,张天一就有胆子开他们的玩笑。

张天一钻进了胡同,突然夺下一杆枪,"哗啦啦"拉响了枪栓,勒令那些牵驴的人面对墙,抱着脑袋蹲下。那些牵驴的人,倒也听话,张天一怎么喊,他们就怎么配合,居然忘了他们手里也有枪。

这么多年了,没人敢抢拉火药的人,况且在光天化日之下。胡同的外头还是人来人往,根本没注意胡同里边发生了什么。押运火药的这些人,从没经历过这种事情,都傻了,除了乖乖地照办,不会别的。

张天一抱着枪,很响地吹了个指哨,一脸的坏笑。

用不着有人飞跑着报信儿,枣红马昨天就在找吹指哨的人,现在,它终于发现了从前的小主人,一路飞驰而来。

亮山跳下马,捋着张天一的脑袋,就差捋光那头浓密的头发,让他也成秃子,边捋边骂,臭小子,放着好好的官兵不当,也想当土匪呀!

张天一嬉皮笑脸地说了声,试试他们的胆子,没想到,都是怂蛋包,得罪了,真的派我来剿匪,恐怕你早就是光杆司令了。

亮山摸了下自己的秃脑袋,指着张天一说,臭小子,枪炮无眼,千万别拿你叔开涮。

貌似玩笑,其实两人已心照不宣,亮山跟踪县长去连山驿,侦察出了张天一无意与他为敌。张天一也等于把底牌告诉了亮山。

还了枪,两个人便分了手,张天一走出胡同,拐回正街,继续西行。

西街有些杂乱，骡马市、柴草市，还有杂货市都挤在了一起。这边骡马驴昂扬地叫，那边卖菜、卖扫帚、卖刷子、卖锅碗瓢盆的吵成一团。街头，有几个卖小吃的露天摊铺，阳光下，几个老爷们围着木桌，光着膀子，"吸溜溜"地喝羊汤，汗珠子水洗般往下淌。

西街乱是乱，却满是人间烟火，除了牲畜，别的东西都很便宜，平常的庄户人家，都愿意到西街来。

西街门市不多，一家画匠铺，堆满了花圈，纸人纸马纸牛纸房纸屋，还有纸的金马锞。进去的人呜呜地哭，很少有人讨价还价。唯一安静的地方，就是路南的染坊。染坊后边有院子，和乱糟糟的外边儿隔开，雪白的布从染缸里出来，就成了大红大绿大蓝大紫大黑的布，这些布，高高地挂着，风一吹，满院子飘飘扬扬，煞是好看。

一大早出来，逛了这么久的街，张天一有点儿口渴，便折过身，钻进一道小巷，向北而去。没走多远，就到了女儿河畔，河水浩荡，却不失清澈，张天一捧着河水，喝了个痛快。抬起头来，便看到了河岸边高高矗立的水车。水车是张家的水车，浇灌着张家的良田，有稻田，有瓜田，也有黄烟田。

紧挨着水车，有几间简易的房子，那是张家的磨坊。河水推转了水车，水车带动着轮盘，轮盘咬合着齿轮，带动了磨盘，只要闸门一给，就会联动起来。整个县城，唯有张家的磨坊，不用毛驴。

父亲张恩远正在稻田里挑沟，他才不管儿子是谁的警卫呢，老远对着儿子喊，咱家不养闲人，过来，干活！

4

夏天是荷花的老情人了。

暖风一熏,后湖里的莲叶就藏不住春情的萌动,挺出了鲜嫩的花瓣。朵朵红艳,点缀在碧绿的荷叶间,煞是耀眼。风携着荷,一波一波地涌动,醉心地摇曳着。一时间,后湖活润起来。

粗犷的辽西走廊,本该山秃水瘦,女儿河迤逦着冲过重重山坳,汇聚在锦西县城,冲出一片天府之地,便生出了水乡的气韵。尤其盛夏,韵味更足。伊兰小姐心旌摇荡了,再也坐不住课桌,不时地探头张望,向后窗瞭去。后湖的荷花,如同魔咒,诱惑得她无法自控。

校工的铁榔头敲响了大铁钟,这是下课声。伊兰躲过校长曹凤仪的目光,像一只轻巧的小猫,钻出教室,溜出学堂,绕过县政府的大门,避开父亲县长大人的视线,转向后街,抛开大路,沿着小径,走进了荒野之中。回头望去,见不到人影儿了,她才放下心来,蹦蹦跶跶地一路向北,跑进后湖,把自己融进了接天莲叶无穷碧中。

县城里的女人,平常人家奔里奔外忙生计,富裕人家关门闭户养小脚,只有开明得像民国县长这样的人家,才能养出伊兰这样的大小姐,既娇蛮得无拘无束,又优雅得玩弄琴棋书画。

宽阔的女儿河,像泼辣的少妇,哗啦啦地流泻下去,河坝外汪着的百亩后湖,显得格外安静而又羞涩,反倒成了真正的女儿。伊兰觉得,那花那叶那水,就是自己心有灵犀的另一半,她忍不住蹲下来,戏荷弄水,脱口而出地吟着《爱莲说》:予独爱莲之出淤泥而不染,濯清涟而不妖……

湖外的河边,那只硕大的水车,吱吱扭扭,缓慢地转,不慌不忙地汲着水,浇灌偌大的一片田地。张天一谨守父亲的指令,戴着一顶草帽,挂着一把铁锹,挑沟引水,浇灌瓜田。他的随从张准,被父亲借走了,教诲西五会那群拿锄把子的手怎样端枪瞄准。

瓜田里的西瓜,正在旺盛地生长,一只只西瓜,像渴极了的大肚汉,拼命地喝水。水在瓜田里,缓慢地行走。很多的时间,张天一闲着呢,他对眼前的荇水荷风视而不见,伫立在水车旁,眼盯苍天,一动不动。

天瓦蓝瓦蓝,一丝云彩都没有,炽白的太阳赤裸裸地泊在高天。张天一的眼睛就这样直视着太阳,一眨不眨。望久了,眼里只剩下黑白两色,天是黑的,太阳是白的。

这个特殊的本事,他不知啥时拥有的,和父亲说起,父亲高兴得直蹦高,竖起拇指说,我儿是天子之命。母亲忙捂住父亲的嘴,唯恐泄露天机,惹来杀身之祸。父亲不以为然,天下大乱就因为皇上没了,袁大脑袋、曹三傻子,还有妈了个巴的张小矬子,都能坐上金銮殿,难道说我儿子就不可以?何况我儿的名字就是天下第一,肯定能剪灭各路军阀,一统天下。

母亲连声说,不说,不说,大逆不道啊,心知肚明即可。

母亲张崔氏是城西崔刘屯人氏,生在殷实之家,姥爷曾请私塾教舅舅打算盘做算术,顺便带会了母亲识文断字。可惜的是,民国初年,姥爷被土匪杜三秃子绑了票,荡尽家产赎回时,却被打坏了肺子,终日吐血。临终前将女儿托付给武茬子张恩远,为的是不受胡匪的气。唯一的舅舅呢,虽说尚未长大成人,却也能当家做主了,筹赎金时,把家里的田亩屋舍全卖给了城东大户曹田屯的高荣轩。高大老爷相中了他双手打算盘的功夫,便随着家里的田地一块儿去了高家,当了人家的管家。姥爷总算能放心地撒手归西了。

自打姥爷家门不幸,母亲变得胆小了,丈夫大嗓门张扬儿子独一无二的本事,令母亲惶恐不安,她害怕因此招来杀身之祸。好在张恩远识劝,不再言语,却执意中断儿子的学业,不再跟校长曹凤仪学什么狗屁《大学》《中庸》,扔出白花花的银子,托人走了张大帅的关系,送到东北陆军讲武堂。

百无一用是书生,想君临天下,必须是行伍之人。这个简单的道理,连粗人张恩远都懂。

去奉天上学前,母亲再三再四叮嘱,不许显露本事,藏在心里,永不言说。后来,张天一从古书上看到"狼步鹰顾,目可视日"是弑君逆主之相,可这三种本事,他却样样具备。

讲武堂三年,他听从母训,三种本事,样样不显。老帅他不用怕了,乘坐的火车被日本人炸了,殁于皇姑屯。他怕的是传到少帅耳朵里,成了第二个杨宇霆。少帅是他的学兄,对他们这群学弟刮目相看,他还想攀上这棵大树呢。

少帅武力调停中原大战,红得发紫,年纪轻轻就成了民国二号人物,行营都搬到了北平。张天一有幸成为上尉侍卫官,时常陪着少帅穿梭于沈阳与北平之间。

凝视太阳,看得脖子发酸了,他才低下头,闭目养神。想一想,古时候,天子都规避太阳,他却能熟视无睹,难道说他的未来要取代蒋委员长?这个想法一冒出来,他就觉得,既是天方夜谭,又是无稽之谈,可他就是想不明白,老天为什么给了他这么多超乎寻常的本事。

许多年过后,历经了种种磨难,他才明白,这些本事,苍天不是白给他的,冥冥之中,是和日本人有关。

待到张天一睁开眼睛,缤纷的世界又回来了,天蓝水清叶绿花红。忽然，一幅活动的画面袭入他的眼帘，把他的眼点得雪亮。县长孙国栋家的千金伊兰小姐，像画里的人一样，如梦似幻地浮现在湖的对面。

谁都知道，伊兰是县国民初中的优等生，更是一朵娇艳的校花，哪个男人不想据为己有？可惜的是，名花有主了，张天一刚刚知道，县长孙国栋瞎了眼睛，非要把伊兰许配给校长曹凤仪家的公子曹觉知。曹觉知未及弱冠，便已执教于学校了，讲授国文，比班里的大龄学生还要小。

张天一不以为然，一介书生书读得再多，又能怎样？生在乱世，男儿就得上马能征战千里，下马能口诛笔伐。他不信曹家的小白脸儿，能守护得住伊兰这朵花儿。

张天一拿出了凝视太阳的劲头，凝视着伊兰，虽说两人相距起码有一里路，但他依然能把伊兰看得真切，这是他练习枪法的结果，无论多远，都能避开虚光，看到本质。看着看着，他蓦然发现，自己生出了第四种本领，伊兰的额头上映出了一幅幅画面，那些画面就是伊兰的未来，在伊兰纷繁的画面中，他居然看到了自己。

他的心狂乱地跳动起来，想跑过去，把自己的发现告诉伊兰，又觉得太唐突，两人平时素无交往，一旦伊兰反感了，自己的图像就有可能在伊兰的未来里消失，那可就晚了。这么一想，他有点进退两难，抓耳挠腮了。

忽然间，他的眼睛掉在了西瓜地里，一个又大又圆的西瓜牵住了他的眼神，他忽然计上心头，摘下西瓜，抠出瓜瓢，剜出两个窟窿，戴在头上，拿出武装泗渡的本事，潜入后湖，在层层莲叶的掩护下，悄悄地接近了伊兰。

伊兰被荷花上立着的蜻蜓，荷叶上飞翔的蝴蝶所吸引，根本没有意识到危险来了。张天一的手已经探到了伊兰的脚下,只要一伸手,就能握住她的脚脖子,稍稍一用力,立马能拖她下水。

这是他心里最想做的,可冷静下来一想,不妥,这样有点儿过分,不再是嬉闹了,拖人下水,指责你谋害,那是有嘴难辩,招惹到伊兰的怨恨,反倒弄巧成拙了,还是换个法子吧。这样想着,他的手和脚在水里配合着,折断了一根荷叶茎。

伊兰看到,荷叶的下边,气泡泡一串一串地往上冒,而且越冒越大,她以为大鲤鱼被吸引了过来,想在她面前跳跃呢,根本想不到有人来捣蛋。她新奇而又兴奋地寻找着,企图看到"那条鱼"究竟有多大,怎样从水里跳上来,是红鲤鱼还是黑鲤鱼。

张天一看着伊兰欣喜的脸,还有裙子下光洁的小腿,真是招人喜欢,他太想摸一把了,却忍住了,怕吓到她,便悄悄地将荷叶茎伸上去,代替他延长的手,轻轻地挠伊兰的小腿肚。

那种冰凉的感觉像条蛇,从伊兰的小腿倏地爬上大腿,伊兰惊叫着跳起来,眼睛瞅向后腿,身子却向前倾了。"哧溜"一下,脚下打滑,"扑通"一声,溅起了一片水花,伊兰掉湖里了。

伊兰不会游泳,到了水里就蒙了,手乱拍,腿乱蹬,眼睛闭得死死的。张天一在水里张开了手臂,接住了伊兰,他把伊兰弄成仰面朝天,双手托着伊兰的脖颈和大腿,让她的脸浮出水面,呛不到水。即使如此,伊兰依然沉陷在惊恐中,双手"噼里啪啦"地拍着,拍到了坚硬的西瓜,她突然找到了依靠,双手便拼命地抓挠过去,抓得西瓜皮"咚咚"响,直至把西瓜皮拍裂,露出张天一的本来面目。

水里突然间冒出个大活人来,伊兰大惊失色,挣扎得更凶了。张天一的双手不再若即若离地托着,不得不把伊兰抱在怀里,控制她胡乱的挣扎。那一瞬间,他感受到了伊兰的胸,像两只弹性十足的小香瓜,滚在他的胸口,伊兰的腿,像条鱼,结实而又滑腻地扭在他的手里,还有伊兰的脸,红涨得像含苞的荷花一般。

张天一醉了。

伊兰的手打到了他的脸上,打醒了他的沉醉。张天一忽然意识到,虽说是烈日炎炎,伊兰却不喜欢在水里。他便向岸边游去,把伊兰推上了坚实的大地。

伊兰的手指头抹向眼角,不知道抹去的是泪水还是湖水,顾不得浑身还在湿淋淋,沿着荒草甸子中的小径,边哭哭啼啼地往县城走,边骂张天一,坏人,流氓。

张天一"嘿嘿"一笑,他还在回味着伊兰在他怀里挣扎的感觉,对着伊兰的背影喊着,你不应该恨我,别忘了,我刚才救了你的命,你这辈子欠着我的。

伊兰还在骂,兵痞。

张天一还在笑,他说,县长大人家的千金,水牛犊子似的在街上走,谁人不笑话,到我家水车旁的简易房里,把衣服拧了,晒干了再走。

伊兰骂,流氓。

张天一指着天说,我就立在这儿不动,敢耍流氓,天打雷劈。

伊兰虽然还在骂流氓,却不由自主地折过身,迈向了水车旁的简易房,整个荒草甸子,只有那个地方还能避开人的眼目。

这个季节,衣服拧干,用根木杆探出窗外,晒上十几分钟,就能干个差不多。伊兰晾衣服的时候,张天一躲得远远的,不会让伊兰感觉涉嫌偷窥,更不能让她知道,她的落水,与他有关,直到伊兰穿上干衣服,走出来,他才尾随过来,认真地说,你是知书达理的人,应该知道,我没有耍流氓。

伊兰举起小拳头,打向张天一结实的胸脯,哭着说,你还说没耍流氓,把我的身体都摸遍了。

张天一忙向伊兰小姐抱拳,求求大小姐,摸了你,是救你不得已而为之,千万别说我是流氓,传出去,少帅会枪毙我的。

伊兰惊讶地睁大眼睛,真的?

张天一忍住了,不看那双大眼睛,把身子转过去,背对着伊兰,大声说,我爹就我一个儿子,我还想给老人家养老送终呢。

伊兰捂住了嘴,再也不责备张天一了。

很快,伊兰恢复了快乐,一步一颠地往回走,直奔东街的国民中学,回到教室。被校长发现了逃课,会训斥她的,她是个好学生,不能挨批评。她不会想到,身后那双热辣辣的眼睛一直跟随着她,哪怕她走出了一里远了,那风吹杨柳的婀娜身姿,依然深刻在张天一的心里。

张天一瞄着伊兰的身影,一直进了街里,别看伊兰瞅不见他,他却能把伊兰的一颦一笑看得格外透彻。他只顾盯着伊兰了,忘记了合拢沟渠,径直从县城走回了龙王庙村,大水漫灌进了西瓜地。

此时,父亲陪着张准,正在庙前的大广场上训练西五会的弟兄们,他们有的静静地端枪,枪管悬块砖头,练习瞄准。有的虎虎生威地耍着大刀,好像身边都是敌人,砍得树枝乱飞。也有持着长矛,一门心思地练拼刺,不把面前的木头人扎碎,决不罢休。

瞄准和拼刺,都是张天一在讲武堂学的,他教会了张准,张准又转教给了西五会的弟兄。唯有耍大刀,他不行,那是父亲的拿手好戏。

看到儿子回来,父亲阴沉着脸,骂他,妈了个巴的,不好好守水车,到哪儿闲逛去了,丢了我两支好枪,十几发子弹,三四桶火药。

张天一愣了,水车旁的简易房里根本没有武器,西五会丢了东西,跟他有啥关系?父亲接着骂,让你接下来浇黄烟地,你浇起西瓜地没完了,瓜秧都漂起来了,长熟了的西瓜全炸了,让我卖给哪个爹去?他明白了,父亲是在责备他擅离职守,他只顾跟随伊兰的身后,远远地护送伊兰回街里,忘了看管水渠,把西瓜地灌冒了。他只好任父亲责罚,这是张家的规矩,犯了错必须付出代价。

父亲说,你是当兵的,就用当兵的方式吧。所谓的当兵的方式,就是十几个西五会的弟兄,手持枪头缠了棉花的木枪,和张天一拼刺刀,挨了打,受了伤都是活该。张恩远放下话,谁能把张天一刺倒在地,赏谁一支能打子弹的汉阳造。

有一把火铳子就不错了,还能赏给汉阳造,谁心里不痒痒?十几个弟兄一齐围过来,争先恐后地要把张天一撂倒。

如果败在这群乌合之众的手下,有辱东北讲武堂的名声,张天一拿出了看家的本事,狼一样快步地跳到圈外,沿着村西边的山崖东突西跑。追赶中,十几个人的体力和耐力渐渐显出了差距,追上来的人也是稀稀落落的。跑到前边的人追了上来,缠住了他,和他拼刺。给后边追上来的人可乘之机了,绕到后边想偷袭,谁料到张天一居然鹰一般,把脑袋甩到后边,一个腋窝回刺,便将偷袭者刺倒。

不消半个时辰,十几个人,被张天一各个击破,坐在地上,不是捂着屁股,就是揉着胳膊。

张淮站在旁边观战,一个劲儿地叫好。张恩远不再心疼一地的西瓜,对儿子竖起了拇指。省下的那杆汉阳造,被母亲变成了大洋,装进了张天一的行囊里。

5

几天的假期,转眼就要满了,公安局长和县长走马灯似的来看张天一。

公安局长袁凤台以观赏西五会的民团演练为名,特意来到龙王庙村,看二三百个拿着火铳子、长矛大刀的小伙子,表演防贼防盗防土匪。末了,袁局长把公安局淘汰的几支大抬杆奖励给了西五会,称他们是保家护民的表率。

张天一看出了门道,若是操练,西五会比不上高大老爷的东五会,那边不缺德国的毛瑟,还有日本的三八大盖,十几把快枪,把东边的五个村子防得铁桶一般。平时的训练,还有高人指点,哪儿像西五会,二百多人,一套军体操居然能打出八百六十样。局长把奖品送给西五会,说白了就是感谢张天一,没被县长鼓动着去剿匪。否则,他的公安局长真的没法当了。

当然,只要张天一不走,孙县长借兵的可能,就依然存在。只要除掉匪患,不出三五年,他会把锦西建得比锦州还要好。日本人也好,德国人也罢,听说你们天天闹土匪,谁还来县里投资办厂?

刚来锦西当县长时,孙国栋最想招抚的就是亮山这股绿林,毕竟他们没有民恨,宽大了,不会惹出麻烦。老烧锅村,出土匪,也出好酒,否则就不会叫老烧锅了。他到村里讲话,让村里的男女老少,不再助贼为匪,一心酿酒,他这个当县长的,帮老烧锅卖酒。

卖酒的几个钱,岂能打动亮山,老烧锅村把每壶酒的价格抬到了一块大洋,县长干瞪眼,一两也卖不出去,招抚自然失败。

孙县长执迷不悟地向张天一借兵,还有另一层打算,他最怕警察、土匪、民团勾搭连环。然而,锦西的现状却偏偏如此,哪怕是天天剿匪,也会是剿而不灭,死灰复燃。张天一剿匪,却是另一番局面,要么土匪投降,甘心把牢底坐穿,要么就会与西五会结成世仇,剿匪不再是官府单兵作战了。

孙国栋与省警务处长黄显声通了好几次电话,请求黄处长沟通七旅,把张天一的警卫连留在锦西县,剿匪。

儿子究竟有多大价值,张恩远并不懂得,他觉得县太爷已经是很大的官儿了,几次三番光临他家,是他张家门庭的荣耀。他一厢情愿盼县长替岳丈报仇,根本不会想到,孙县长把他也拎上了博弈的棋盘。

自然,孙县长来家探望张天一,商谈的还是剿匪的事情。张天一见到县长,却不再是初次见面时的那样客气和委婉,开诚布公地说,除非你是我的老丈人,否则,这事儿没个商量。

孙县长支吾了好一会儿,才如实地说,小女已经许配人家了。

张天一说,这事儿不难,悔婚呗,向你亲家说,我雇个冤大头,和土匪互掐,早晚中枪毙命,那时候,咱们再续前缘。

这番不着调的话,噎得孙县长不知如何是好,只能悻悻而走。

张天一收拾好了行囊,准备第二天早上返回,事情却发生了突变,他不想借兵也不成了,人家找上门来了,逼着你出手。

消息是亮山通报给张天一的,亮山骑着枣红马,把马屁股都抽肿了,直抵龙王庙张恩远的家。亮山身上的汗和马身上的汗,混在一起,劈雨般往下流。马停下来了,四条腿却还在"突突"地发抖,头拱在张天一的怀里,眼里水汪汪地流泪。

此时,父亲没在家,正忙着训练他们那批乌合之众。母亲张罗着让女儿月娥烧水,给客人沏茶。亮山摆摆手,没工夫喝茶了,急切地说事儿。

消息确实是坏消息,不过,事先得到了消息,坏消息就坏不成了。亮山告诉张天一,自打警卫连驻进连山驿的大车店,就被杜三秃子盯上了,他馋这批辽十三,馋得直淌哈喇子,和大车店的伙计勾连上了,准备趁张天一不在,率四五十人,今夜偷袭大车店。

张天一瞅了眼天,太阳已偏西,剩下的时间不多了,需争分夺秒。大车店里有酒有肉,伙计想算计他的弟兄们,太容易了,下点儿蒙汗药,就全军覆没了。他直奔马厩,牵出家里最好的大白马,鞴好马鞍,把自己的盒子枪也交给了张准,让他快马加鞭,赶到大车店报信儿。

亮山猛地抓住张天一的胳膊,请求放杜三秃子一马,此番留他一条活路。

张天一犹豫了一下,虽说江湖险恶,却有江湖义气,他不想破了江湖规矩,把缰绳交给张准,问了一句,我亮山叔的话,听明白没有?

张准回答道,明白,除了放走杜三秃子,其他人一律活捉。

不愧为自己的心腹,话到嘴边留半句,张准都能懂。亮山拍拍张天一的肩膀,竖起了大拇指,夸侄儿深明大义,不为私仇所困。

大白马蹿出张家的院子,一道闪电般消失在绿色的原野里。

张天一瞅着亮山,诡秘地笑了下,感叹道,真是人老奸马老滑呀,移花接木之计玩得不错。

亮山会心一笑,说了句,聪明。

送到了信儿,亮山的心敞亮了,多余的话不再说,也没有见张恩远的意思,他牵着马走向女儿河畔。刚才,枣红马跑得太急,需要遛一遛。

这些刚刚涌动的暗流,莫说是县长,就是神通广大的袁局长,也蒙在鼓里。县长孙国栋做梦也不会想到,他不遗余力地借兵,企图剿灭绿林魁首亮山,始终一无所获。可是,一桩不劳而获的剿匪成果,已经悄悄地接近他了,贪婪的杜三秃子不请自来。

这场仗怎么打,张天一无须关心,对付草寇,弟兄们有的是办法,只要摸清敌情就可以了。现在,他最关心的是伊兰,想的是如何把"彩礼"送进县长家。

日薄西山的时候,张天一穿着藕色绸衫,摇着折扇,敲开了县长家的门。回家这么多天,他还是第一次登门拜访县长。孙县长的热情溢于言表,请出夫人,给张天一沏茶倒水,还自谦地称夫人为拙荆。张天一看到县长夫人的容颜,确实有些捉襟见肘了,地道的黄脸婆,难怪街上的人谁也不知道县长夫人长什么样儿,人家大门不出二门不迈,怕的就是给县长丢脸。张天一无法相信,这样容貌平平的妈,能生出伊兰这个水灵灵的妮子?他抬头瞅了眼孙县长,虽说眼角也刻上了岁月的痕迹,却不失一表人才,他释然了。

张天一摇了下扇子,试探着问,你家千金还在学堂?

孙县长明知张天一问的是啥意思,却不置可否,来者不怀好意,他不想让闺女露面。

张天一打开天窗说亮话,告诉孙县长,借兵的事情,他同意了,不就是把几十个土匪送进监狱里吗?不是什么难事儿。

孙县长感到意外,推托了这么久,眼看着要走了,突然回心转意了?他抓住张天一的手说,太感谢了,知道你们兵寡人少,此番无须劳师动众,只要擒获匪首亮山,其他的匪就树倒猢狲散了。

张天一抽出自己的手,他说,兵是我带来的,怎么剿匪,那是我的事儿,县长不必操心,谁罪大恶极,我很清楚。

话不说自明,张天一主动剿匪,理所当然地先打杜三秃子。这与孙县长剿匪策略大相径庭,抢劫的土匪,灭了杜三秃子,还会有李三秃子、郑三秃子,就像割韭菜,一茬一茬没个完。只有灭了亮山,才是去根儿,让所有的匪都失去靠山。

接下来的对话,两个人很难形成共鸣,有时说点不着边际的话,有时干脆冷场了,谁也不说话。喝茶时,茶杯盖与杯的碰撞声,都觉得刺耳。

客厅里的座钟"嘀嘀嗒嗒"地响着。张天一看钟,那是计算着弟兄们收拾那伙土匪的时间,如果一切顺利,夜半时分,该把土匪们押回县城了。县长孙国栋也看那钟,暗含之意是逐客,夜已深,谁都需要休息。可是张天一就是赖在客厅不走,直至孙县长说出,还有事儿吗?

张天一说,当然有事儿,没事儿谁坐到大半夜不走?

孙县长说,只要在下能办,决不推辞。

张天一说,我要看一眼伊兰小姐,还要给您老人家送一份厚重的彩礼。

孙县长的眉头紧皱,都说兵匪一家,看来没错,张天一深夜来访,图的是他家的闺女,还拿把扇子,充当彩礼,玩笑开大了吧?

县长家的座钟接连不断地响了十二下,与钟声相呼应的是远远的马嘶声,张天一听得出来,那是他们家大白马发出的,随后,就是鞭子的三声脆响,响得把整个县城的夜空都划裂了。

张天一牵着县长的手,把已经打瞌睡的县长弄醒了。他说,彩礼到了,陪我去接。

县政府门外,人欢马叫,四辆大马车,一字排在门前,十几支火把高高举起,门外边那盏电灯忽然间变得暗淡。张准带着弟兄们,押着三四十名五花大绑的土匪到了。张天一大声说,这就是我送给你的彩礼,告诉我,校长曹凤仪有这个本事吗?教员曹觉知有这个能耐吗?

孙国栋县长看傻了眼,困意顿时烟消云散。他不认识般瞅着张天一,没想到张家的公子,也能和诸葛亮一样,坐在家里,摇着扇子,就把敌人消灭了。

张准告诉张天一,这场仗打得毫无悬念,把伙计捉进房间,伙计就尿了,怎么里应外合,与杜三秃子谋划劫枪,一五一十交代个透彻。弟兄们将计就计,本来是土匪包围官兵,结果让弟兄们打了个反包围,来个瓮中捉鳖,除了杜三秃子撒了丫子,全部活捉。大当家的跑了,有人也想跟着跑,结果,谁动谁的帽子就会被子弹打飞,除了乖乖地举手投降,别无选择。

杜三秃子偷鸡不成反蚀米,积攒多年的家底,一夜之间丢了一大半儿,四辆马车、几十号人马刀枪,轻而易举地被官军缴获了。

县长孙国栋突然间来了精神,不管这兵是否是自己借的,活捉了这么多土匪,既成事实,若是不声不响,等于承认剿匪和县政府屁毛关系都没有,必须大造声势,把剿匪的功劳挽救回来。他连夜致电省警务处长黄显声报捷,为张天一摆功。

一夜未眠,孙县长找来监狱长,把土匪关进去,安排校长曹凤仪,组织学生沿街庆祝,还有县城的工农商学绅,都要行动起来,庆祝剿匪获得大捷。毕竟,建县以来,匪患不断,一下子捉了这么多土匪,还是头一次。当然,县长也要借官兵剿匪的事情,寒碜一下公安局长袁凤台,剿了这么多年匪,越剿越多,还不如刚来几天的兵蛋子。

第二天一早,县城开始了一场大游街,大锣"咣咣"地开道,鼓敲得震天动地。五花大绑的土匪,串在一起,每个人戴着尖尖的白纸帽子,被押到了大街上,游街示众。警察们来了精神,连踢带打地收拾不听话的土匪。那些深受杜三秃子欺害的老百姓,扔石头,抽柳条,拿土匪泄愤,甚至有人喊出活剥皮,点天灯,祭祀死于匪患的亡灵。

警察和保安队的人,费了好大劲儿才维持好秩序。

张天一和他的警卫连的弟兄,骑在高头大马上,身上披着县长亲自戴上的大红花,跟在游街土匪的后边,倾听人们崇拜地喊他们,英雄,英雄。

面对着鼎沸的民声,孙国栋县长问张天一,老百姓要点土匪的天灯,可否顺应民意?张天一淡淡地说了句,等主犯落网,一块儿祭天吧。

骑着高头骏马,享受被人追捧的崇拜,张天一知道了什么叫心花怒放。更让他心花怒放的是伊兰小姐,昨晚还在家装睡不理睬他,今天学校组织了学生上街助威,伊兰小姐高举着小拳头,率领众多女学生,一块儿向张天一喊,英雄。

张天一沉醉了。

他知道,他俘虏的不是土匪,而是伊兰的芳心。

张天一和他弟兄们的归期,不得不推迟一天,县里为他们摆了庆功酒,也是饯行酒。这一次是大张旗鼓用公款,那么多的缴获,都归了县里,县长卖出一头骡子,就够好酒好菜招待他们半个月了,出一次血,满招待一次,算不了什么。

与此同时,张恩远也摆了家宴,款待的是亮山,若不是亮山报信,吃大亏的将是儿子这群弟兄,即使不丢命,让土匪缴了枪,那也不是轻罪,儿子身上的污点洗也洗不净了,这辈子的前程,也就此断送了,更甭说今后的安邦定国九五之尊了。从某种意义上讲,亮山报信,也是张家的救命之恩。

张恩远吩咐弟弟张恩发到集市买来鸡鸭鱼肉,媳妇张崔氏、女儿月娥在厨房蒸溜煮炖、煎炒烹炸,家里热闹得过节一般。

亮山拎着自家存了十年的老烧刀子来的,他来张家,不是接受答谢,而是感恩来的,感谢张恩远生了个仗义率真的好儿子,没有和县长穿进一条裤腿。同时,他也钦佩这群小伙子,智擒杜三秃子这伙悍匪,居然不费吹灰之力。假若遂了县长的意愿,去老烧锅村剿他,灭掉他们这伙绿林好汉,也费不了多少周折。

能有命和结拜兄弟喝酒,托的是侄子的福。

酒席间,张恩远与亮山击掌约定,结为儿女亲家,将张天一的姐姐张月娥许配给亮山家的老大刘天柱。

正准备给炖菜添汤的张月娥,闻听此话,满脸羞怯地退回厨房。

第二章　红棺材

6

　　按照少帅的指令,回到沈阳,张天一和十几个警卫连的弟兄,被编入七旅直属队。张天一的职务是营副,军衔还是上尉,其实和当连长差不多,统领三个排。上任两个月来,他带着直属队的弟兄,只做一件事,跑。尽最大可能,不和日本守备队摩擦。

　　然而,跑得了和尚,跑不了庙,该发生的事情,还得发生。

　　出事那天,沈阳城出奇的静,静得放屁能撞响故宫的钟。这是一种恐怖的静,只是没人留意。

　　西垂的太阳,嗅出了凶险的味道,忽然间憋红了脸,瞬间膨胀得硕大无比,抓住远处的烟囱,迟迟不肯落下。烟囱刺破了红红大日,鲜血飞溅而出,相互牵挂和撕扯着,红绸一般,飘飘扬扬地甩向天空。

　　没人觉得这是征兆,也没人相信太阳会流血。它悲凉地瞭望着人间,凄凄然地陨没下去。没有太阳的天空,血还在挣扎,半个天幕,红得耀眼。血色黄昏,在麻木中暗淡,在沉默中凝结,绛紫色的天,最终沦落成墨。

"呼啦"一声,沈阳城黑了。

鞋窠子里的土还没抖搂净的沈阳市民,虽说小买卖让他们钱褡裢里的铜钱和大洋撞得叮当响,但依然秉承着庄稼人的习惯,日落而息。宁可倒在炕上抽烟唠嗑,死活不点张大帅白送的电灯,恐怕好不容易鼓起来的钱褡裢瘪了。没人觉得,这一夜是噩梦的开始,也没人会想到,张大帅遗留下来的恩赐,到此为止。

这种静,是悄然无声,也是突如其来。

昨天晚上,日本的商人浪人还有小女人,长衣飘飘地走出南满铁路附属地,南市场北市场满大街地逛,东挑西拣地买东西,惹得街上灯火通明。可今天晚上,北市场的嘎石灯还亮着,奉天驿站的火车还在喘气,街上却没有多少人影了。没死的沈阳城,死一般静,确实有点儿异常。

除了大上海,全中国最热闹的就是沈阳城了。大上海是大租界,挂着万国旗,沈阳城就不同了,街上只有两样旗,满铁及满铁的附属地挂着太阳旗,日本人说了算,其他的地方,挂满了五色旗,张氏父子说了算,日本人在南市场开店,卖的都是日本货,老帅就开他个北市场,专门卖中国货,两个市场打起了对垒,热热闹闹地争夺客户。

后来五色旗换成了青天白日旗,卖两种货的人便针尖对麦芒了,常以拳脚相加。

商人做买卖,军人练刀枪,城里买卖兴隆,城外炮声隆隆。无论中国人日本人还是朝鲜人,无论是商人居民还是军人警察,各忙各的,虽说难免闹纷争,都在民间,也很容易说和,大不了使些大洋或者是东洋票,给日本人一个面子,息事宁人。

前一段日子,城外更为闹腾。南满铁路守备队的兵营里,总有人三五成群地跑出。这群小矮人，追来追去，像小孩子玩游戏，偶尔开几阵子枪，放几声小钢炮，算是给沈阳城凑个过年该有的热闹。

他们称之为演习。

演习挺好玩儿，比看戏有意思，比看电影真切。闲着没事儿的大嫂，牵着或抱着孩子，登上外城墙，看热闹，觉得特刺激。沈阳城和别的城完全不一样，有两道城，外圆内方，内城是皇城和皇宫，规规矩矩的正方形，外城却是个大圆圈，像枚大钱。由此，城里以不缺钱著称，大街小巷都在流传一句话，沈阳城钱没腰，就看你会捞不会捞。

有闲钱，就会有闲人，大嫂子们在外城上跑圈儿，无论日本兵在哪儿演习，她们都能看得到。她们只顾看热闹了，从来没意识到枪炮不长眼，是要命的东西，也没觉得子弹会往她们身上飞。因为日本兵的演习，目标特别准确，从来没出过事故。

演习过后，日本兵还去北大营拜访，带着鸡鸭鱼肉，和东北军联欢，一块儿拎着瓶子喝大酒。驻守北大营七旅的弟兄们，没把这些日本兵当回事儿，看铁路的守备队不过是五六百人，七旅一万来人呢，有枪有炮有坦克，小泥鳅能翻啥大浪？相互间拉胳膊拍肩膀，个个喝得东倒西歪。

忽然间，游戏结束了，演习停止了，枪炮声没了，城外寂静了，日本兵都回到了兵营，人们反倒不习惯了。她们抱着孩子在城墙上骂，这些小日本，真抠门，咋不替咱们放炮仗了？

沈阳人喜欢记阴历，这一天是一九三一年八月初七。

没人觉得这个日子有啥特别，包括城外北大营七旅的人。可是，夜深时，一声平常而又沉闷的爆炸，突然让这一天成了特别。

事后,人们去翻看阳历牌,这一天便永久地凝固了——"九一八"。

熄灯号吹响时,挂着半轮月,天地不明也不暗。

北大营中间偏东的那幢房子,是东北军七旅的直属队。黑暗中,上尉营副张天一翻来覆去地睡不着,大睁着眼睛望窗外。虽说是半个月亮,却满月般皎洁,清水般流泻,夜空清澈,稀疏的星,嵌在幽深的天幕上,不安分地眨着眼。

渐渐地,月光在张天一的眼里无限放大,大成了一片白光,白得他啥也看不到了。他忽然觉出,月亮咋会比太阳还刺眼,还灼热?他是敢和毒辣辣的日头对视的人,怎么会害怕月光?他一激灵,一骨碌坐起,心里像揣个小兔子,眼睛警惕地搜寻四周。

四周都是他的弟兄,折腾了好几天,弟兄们都累了,倒在南北大通铺上,睡得个呼噜四起,丝毫没有觉出沈阳城的异常。

前几天,旅部得到情报,说驻守满铁的满铁守备队想到北大营找碴儿,少帅不想弄出第二个"中村事件",嘱咐稳慎、避让。直属队的弟兄们腿跑圆了,到处传达命令。北大营里的三个团,趁着黑夜,悄悄地转移到了十几里外的东大营,远离铁道,远离守备队,不和日本人起冲突。转移演练连续好几天,结果,日军根本没来挑衅,白忙活了一场,又传令全体回营。弟兄们快累散架了,所以才睡得这样死。

月亮如此炫目,到底要提醒他什么?他觉得,月光令人恐怖的白,确实不同寻常。一种不祥的预感,倏地一下子涌遍全身,他像喝了烈酒,满心不安,浑身燥热。

他深吸一口气,睁大眼睛,面壁而坐,努力让自己安静下来。

渐渐地，一些破碎的画面拼接了起来，连续地播放在他的脑子里。最初的图像，涨满了他脑子，那是一种颜色，猩红，像油漆过的棺材。后来的图像越来越清晰了，毫无疑问就是棺材了，而且是两副，比平常的大两倍还多。

猩红色的棺材是坐着火车来的，两副棺材占据了整整一节车厢。卸下火车时，棺材上边有锁链吊着，下边扛棺材的日本兵多得像千足虫，还是被压得龇牙咧嘴。有两辆三套大马车接下了棺材，那群兵齐心协力地推动着，才能让大马车缓缓启程，路很平展，行进得却十分艰难。

张天一有一点怀疑自己穿透时空的本事了，一种疑惑诞生在他的胸间，拉棺材的六匹骏马累得汗水顺着毛尖往下滴，四蹄全湿了。车辙里的石头，被马车的轱辘轧得"嘎嘣嘎嘣"响，直至四分五裂。

谁的尸体，如此沉重？

张天一那双眼睛，能穿透时空，却无法穿透那厚厚的棺材板，看到里面的尸骸。他猜不透，棺材怎会重如泰山？他唯一看得清楚的是，大马车走得很慢很慢，也走了很久很久。

两副棺材的两旁，护卫着两列荷枪实弹的日本兵，他们神情肃穆，仿佛棺材里躺着的是他们的大将军。张天一心生疑窦，多大的官儿，也是两个死人，用得着这样戒备森严吗？更何况日本的大官儿死了，应该从沈阳往外拉，才能回归日本本土，怎么也不应该把棺材拉进沈阳啊！

大马车终于停下了，停在一个高岗处，透过还在颤抖的马腿，他看到了模糊的影像。他认得那些尖顶的楼房，也认得高耸的水塔，他知道，那里是奉天驿火车站，站前有日本人在沈阳最大的地盘——满铁附属地。

棺材从马车上移下时,车辕骤然翘起,辕马被肚带提到空中,四蹄悬空蹬踏。棺材板再也承受不住反复的扭动,轰的一下,四散分离,一堆钢铁零件散落出来。

张天一恍然大悟,不再怀疑自己的看穿时空的眼睛。毕竟在东北讲武堂学了好几年,用不着把那些钢铁零件拼凑上,他已经完全清楚了,两副棺材,装的是两门24口径的榴弹炮。不知不觉中,日本人瞒天过海地运来了重炮。

红棺材没了,伪装被彻底剥下,日本兵忙着组装大炮,炮口直指北大营。

他惊出一身冷汗,以前,他也没把看守南满铁路的日本守备队当回事儿,就算有事儿,你有刀枪,我也有刀枪,真刀真枪谁怕谁?可是,日本兵有了重炮,情形就大不一样了,东北军新兵老兵都怕炮,日本人也晓得,炮声一响,东北军就会惊慌,仗就不会打了。

与北伐军和俄军打仗,东北军本来士气正昂,最后吃亏,都在炮上。

翻下了自己单独睡的床,张天一抡起了裤带,抽打着每个士兵,嘴里低声吼,小日本要炮轰大营了,快起来。

大营里有铁的纪律,起床号不吹,不许乱动,不许点灯。若是集合号半夜响起,士兵们必须摸黑打背包,穿戴整齐地跑到操场。没有号令,营副的裤带不好使,下尖刀子也得躺在被窝里,不能动。

他们累得要死,刚刚入梦,睡得正香,就被弄醒,心里老大的不愿意。抽筋扒骨地坐起来,骂着营副,发癔症,梦游,胡说八道,还让我们活不?

张天一不再胡乱抽打了,目的已经达到,他需要大家清醒,自己也需要系上裤带。弟兄们不听他的,没有错,没有军令,他们寸步难移。然而,事情迫在眉睫,他顾不得那么多了。

一幅幅画面接二连三地闯进他的脑海。日军守备队的枪械库打开了,南满铁路附属区里的日本人,不分男女老幼,领足了枪支弹药。昭陵的制高点——皇太极的坟头上,架起了好几门迫击炮,瞄准的还是他们的北大营。一群鬼魅的黑影出现在北大营西南一里多路的柳条湖,他们爬上铁道,挥锹扬镐地忙碌着,日本守备队居然视而不见。还有,远在虎石台的日本守备队,登上了铁道上的铁甲车,枕戈待旦。

尽管夜静得掉根针都能听得见,可张天一的脑子里却闹哄哄的吵得很,老帅挨炸之后,他那双洞看未来的眼睛,平静很久了,可今天晚上,如此的拥挤嘈杂。若不是真的要出大事儿,老天也不会这样催促他。他很想向弟兄们讲清楚,一旦道破天机,他的眼睛就会重新沦为庸常。这是上天赐予他济世救命的天赋,他不想失去。所以,他的警告,就成了无缘无故的折腾,弟兄们无法相信。

冷静地想一想,弟兄们没有错,既然大家都不信,就去找长官,他不信长官也糊涂。

张天一将17岁的小号手张响从大通铺上拎出来,让他跟随自己一块去旅部,一旦长官允许,不管是战斗还是转移,马上让小号手吹响号角。直属队不缺号手,吹得最好的却只有张响。

张响,不是小号手的本名,从前的名字叫二埋汰,他还有个堂兄叫大埋汰。两年前的小满节气,张天一奉少帅的委托,到奉天的学校挑兵,别的学生都在教室里朗朗地读书,只有这哥儿俩,游荡在校园的柳树丛里。弟弟嘴里含着柳叶,哥哥手持石子,两个人戴着柳圈儿帽,藏身在柳树棵子里。弟弟薅下一枚柳叶,含在嘴里,吹成了鸟叫,引来了一只又一只飞鸟儿。哥哥扬起手里的石子,百发百中,没多久,两人装上了一兜子鸟儿,兴高采烈地往教室走,准备烧了,给同学们当午餐。

张天一看得入迷,他是淘气包,也喜欢淘气包,这两个小子有超常的本事,不再招别的兵了,就他俩。他凑上前去,与哥儿俩攀谈,得知了两个人的名字都叫埋汰,大埋汰的爹在五六年前横死在野外,二埋汰的爹心疼自己的侄儿,收养了大埋汰,带着两个孩子一块儿来到奉天。二埋汰的爹是个铜匠,在城里有一号,只要挑上挑子,走在城里的街巷,就会忙得头不抬眼不睁。有人给他编个顺口溜,铜盆铜碗铜大缸,铜个小盆不洒汤,拿我的新缸换旧缸……

别看生意小,活儿多,零钱碰整钱,二埋汰的爹多少攒下了一些钱。他不忍心俩孩子当睁眼瞎,送到了学校。可是他们却不是读书的料,老师嫌他们淘,名字都懒得改,反正你们家大人说贱名好养活,大埋汰、二埋汰地叫,也好记。

这哪儿是学生的名儿啊,张天一搂着两个兄弟的肩头,给他们改名儿,大埋汰是甩石头的高手,改叫张准。二埋汰随手拿个树叶就能吹得嘹亮,改叫张响。哥儿俩一高兴,书包都不去取了,跟着张天一当了兵。

没用多久,张天一就把哥儿俩训练成了东北军最优秀的神枪手和司号手。

一笔写不出两个张,没准五百年前和张大帅同宗同源呢,张天一把小哥儿俩当成自己的亲兄弟待,无论走到哪儿,随从一样带在身边。今天晚上,有一个小号手就够了,他没去拎张准,让这小子养足神,真的动起手来,得靠他的枪。

夜深时，半个月亮挣扎了几下，一头栽下天幕，霎时间，繁星填满天空，却吝啬地不肯释放光亮，大地一片漆黑。幸好旅部值班室的灯，醉意蒙眬地亮着，指引着他们的路。没走多远，两个人就来到了旅部。除了哨兵，旅部空空荡荡，连续不断的转移训练，长官们也累得承受不了，回到大营南边十里远的城里搂着老婆睡觉去了。好不容易叫醒一个参谋，却把他轰了出来，骂他是睁着眼睛说瞎话，不肯带他见值班的参谋长。

两个人正在争执，忽然间，那声沉闷的爆炸声骤然响起，打破了夜的寂静。再也不是幻境了，事实就发生在眼前，张天一甩过头去，看到柳条湖那边火光一闪即逝，爆炸声过后，就是一阵清脆的枪声。

画面又一次势不可挡地闯进他的脑海，一个黑影点燃了铁轨连接处的导火索，一条火蛇向着铁轨"哧哧"地飞奔。黑影跳下路基，藏好身子，爆炸就响了。枕木的碎屑还没落净，另一群黑影抬着三个黑影，一拥而上，他们将三个黑影丢在地上，随意地摆弄着。

张天一的脑子里突然颤抖出一个光斑，月光仿佛重新燃烧起来，还是那种炽白的光。他无比透彻地看到，那三个倒在地上的黑影，头朝着爆炸点，眼睛闭得紧紧的，嘴却七扭八歪地张着，有苍蝇在嘴里飞来飞去。尽管他们戴着东北军的帽子，却遮不住又长又脏又乱的头发，身上的军服也不合体，身旁丢着东北兵工厂造的步枪——辽十三。

东北军的军官，大多是东北讲武堂和保定军校出身，就连最普通的兵，也得识文断字，或者就是学生兵。他们人人短发，个个精神，怎会有邋遢兵？

耀斑中，张天一清晰地看到，那群黑影穿着日本关东军的衣服，留着仁丹胡子。他们拔出王八盒子，往三个人身上补枪。子弹射向了那三个人，打在麻袋上一般，伤口没有流血，留下的是紫黑的洞。

那是三个早已死掉的人。

随后，他们打了鸡血般兴奋，"嗷嗷"叫着，冲下路基，奔向二百米外的北大营，射出了一连串的子弹。

守备队营房的大门顿开，几百名荷枪实弹的日军，群情激愤地冲出来，高呼着，东北军炸了我们的铁路，找他们算账去，揪出罪魁祸首。

不用猜，一切昭然若揭，日本关东军耐不住了，找了三个乞丐当替死鬼，又制造了一个阴谋，企图强占沈阳城，拔掉东北军。

这桩蓄谋已久的事变，选在这个精心谋划的日子，不可逆转地发生了。

7

铁道被炸的那一刻，除了张天一急不可待，北大营的官兵们睡意正酣，丝毫没有意识到天要塌了，"狼来了"喊了多少回，没有一回是真的。反正爆炸声不算大，枪声也不密集，他们以为日本兵又恢复了演习，习以为常了，被窝都懒得起。

刚领完饷，又恰逢周末，旅部的长官还有团长营长们，回家孝敬老爹老娘或老婆去了。军营里最大的官儿，只剩下旅参谋长赵镇藩。好在赵参谋长没那么糊涂，爆炸声一响，立刻追问是怎么一回事儿？此时的张天一，正焦急地等在旅部门外，参谋张口结舌时,他抢先干净利索地报告,日军炸了柳条湖铁路,嫁祸我们,准备进攻我营,直属队随时等候传送长官作战命令。

参谋长满脸愠怒,呵斥道,谁说要打仗了?能不能不蛊惑军心?

张天一条杆笔直地站立着,他知道,长官和其他人一样,不会相信他有一双超越时空的眼睛。他用立正证明自己的判断。

参谋长问了句张天一身后的小号手,是真的吗?

小号手敬礼,报告长官,真的。

不管怎么说,和日本人长长短短地摩擦好久了,出事儿的预感早就埋在参谋长的心里,他没怀疑张天一的未卜先知,缓和了语气,派旅部直属侦察连瞧一瞧,到底是怎么一回事儿,接下来冲张天一摆下手,让他回去待命。

从旅部回直属队,途经赵参谋长的办公室。参谋长怕热,没关窗户,他看到了参谋长从走廊里急匆匆地进了屋,也听到了参谋长摇着电话焦急地找旅长。可旅长不在家,参加公益活动去了,怎么也联系不上。他又把电话摇给了长官司令部,请示荣臻参谋长,荣参谋长往北平打电话,找少帅,少帅也不在。

侦察连回话,张天一说的完全属实,日本人真的要闯北大营了,西卡子门外的哨兵已被他们打死了。这一回,狼跳进院里来了,可打不打狼,没人发话。赵参谋长焦急地拿着话筒,眼睛空洞地望着远方,等待指令。

七旅六神无主了。

枪声接连不断地响,子弹带着哨音,从营房的上空掠过,划出一道道流星。

一幢幢营房,围绕着正南方宽阔的操场和检阅台,扇形铺开,留下了黑色的剪影。没有命令,枪声再响,也没人敢点灯,更没人敢跑出来,北大营依旧沉浸在沉默中。

张天一在心中祈祷,但愿这是一场虚惊,可这样的安慰,连他自己都不相信。日本人想动手,聋子都听见了,更何况北大营就坐落在铁路旁,把铁路两侧10公里视为国土的日本满铁,怎会容忍离铁路不到一里路的东北军军营的存在,早就当成眼中钉肉中刺了。只是碍于军营早于铁路存在了几十年,没找到理由驱逐而已。

卧榻之侧,岂容他人酣睡?尽管双方早有协议,共荣共存,可那是狼向羊的承诺,毁约是早晚的事情。

此时,张天一的脚步灌了铅一般沉,他特别怀念大帅活着的时候,日本人杀了东北军七旅的一个兄弟,大帅亲自到日本领事馆理论,人家写了一张五百元的支票,轻蔑地打发了大帅。大帅啥也没说,回来就给全军放假三天,不管是谁,找个能说得出嘴的理由,给我杀掉两个日本兵,重重有赏。那时,他还在东北讲武堂上学,听到消息就直奔日本人开的妓院,非要和两个守备队的日本兵抢一个日本妓女。争执刚刚开始,他就手起刀落,两个日本兵应声殒命。事后,日本领事馆来抗议,大帅让人还回那张五百元的支票,另开出一张五百元的支票,打发了事。

事后,他的手哆嗦好几天,老帅却拍着他的肩头,冲着少帅说,小六子,这小子是块好料子,老子就把这小子留给你了。

现在,少帅当政三年了,日本人逼一步,躲一步,再躲不过去,就易帜,当国民政府的副总司令,让国民政府替他顶着,大帅身上的骨气,再也看不到了。日本人射杀了我们的哨兵,我们居然还指望着调停,真是仔卖爷田不心疼啊。

小号手跟着张天一步一回头地走,期待着旅部有人追出来,传达反攻的命令。可是,没等走回直属队,日军的大炮就响了。

张天一看到,重炮山炮迫击炮的炮弹像长了眼睛,轰倒了兵营的西围墙,轰塌了西卡子门,轰进了兵营的院子里,轰开了迫击炮弹仓库。霎时间,爆炸声震耳欲聋,几座营房蹿出了火苗,瞬间燃起了冲天大火。

有士兵光着屁股跑了出来。

炮声的间歇中,坦克履带"嗒嗒嗒"的声音一阵紧过一阵地传来,日军从塌陷的西南角压上来。与此同时,南北的枪声也一阵紧过一阵,试探性的进攻有板有眼地开始了。读过讲武堂的人,都能听明白,日军实施的是重点突破,两面包抄的战术。

撞开宿舍的门,张天一看到直属队的弟兄们光着膀子,还坐在被窝里,你瞅我我瞅你地发愣。他喊了一声,快起来,抄家伙。大家还是没有动,七旅是劲旅,听命令是全旅官兵基本素质。尽管他们对营副能未卜先知佩服得五体投地,可营长没在,又没有上级的命令,张天一依然指挥不灵。

他妈的小日本,肯定先侦察好了,知道了旅长、团长、营长都不在军营,特意选在这个发饷的日子。近万人群龙无首,不知所措,再不自救,那不是引颈待宰吗?

一发炮弹炸在了宿舍外的院子里,大通铺像大海里的小船,摇晃了好几下,震得弟兄们不得不捂住耳朵,有的还被震掉下了炕。再不行动,就直接死在宿舍里了。炮声动摇了大通铺,也动摇了弟兄们执行命令的决心。

小号手被爆炸冲击波推进宿舍里,张天一看了他一眼,踩了下他的脚。小号手到底是个机灵鬼,立刻明白了,喊道,王以哲旅长有令,就地反击。张天一高声喊着,听到没有,全连集合,手持武器,准备战斗。

本来,直属队没有武器,旅部害怕官兵们与日军斗气儿,动起刀枪,弄出争端就麻烦了,枪支弹药,全锁在枪械库里了。幸好张天一留了个心眼儿,私藏了十几支驳壳枪,好几百发子弹,眼下,该派上用场了,让它们成为全营的护身符。

这些私房货,和七旅关系不大,旅部不知道,张天一根本没想上缴。

驳壳枪是在一个月前获得的,那时,沈阳城的治安已经被日本人搅得日夜不安,奉天驿火车站南满铁路附属地里,有十几家日本人开的店,不卖吃的、不卖穿的和用的,卖起了大盖枪、匣子枪,还有子弹。而且专门卖给和政府作对的土匪,民团和护家护院的人想买,他们还不卖。土匪买了枪,城里城外到处打劫,把许多大户抢得倾家荡产。警察去抓他们,他们就开火,实在打不过,就躲进满铁附属地里不出来,让日本人当保护伞。警察怒不可遏,进去抓人,被日本人扣留了,打个半死才给丢出来。

警察吃了亏,不甘心,求到旅部,镇镇这股歪风,这样纵容土匪翻来覆去地抢,一旦日本人把土匪武装成了部队,那就晚了,东北军又多了一支强敌。旅部惹不起日本人,尤其是军人,更不能和日本人起冲突,一时间没了主意。

倒是张天一鬼点子多,得到旅长默许,挑选了一个班的弟兄,化装成了土匪,专门打劫买了枪的土匪,偷袭卖大烟的日本商铺,捎带着绑几个奸商的票儿,干得轻车熟路,比土匪还像土匪。每劫一票,还报出大号,老子他妈的是新民来的大绺子,叫"后羿",专门和日本人过不去。新民虽然隶属于沈阳城,却是锦州口音,没人怀疑是东北军假扮的。土匪们闻听报号"后羿"的绺子,早就吓出尿来了,我的妈呀,后羿是专门射日的,连日本人都敢收拾,可别惹,于是就乖乖地缴了械。

张天一心硬如铁、杀人不眨眼的狠劲儿,就是那时练出来的。

旅部的长官问他,你小子,咋装得这么像,日本人都相信了,督促旅部剿匪呢。

张天一笑而不答,心里想,这可不是装的,我爹拜把子的兄弟就是绿林,胡匪的黑话,绑票的套路,打劫的暗号,早就烂熟于心了。

除了匣子枪、子弹,外加一杆狙击步枪,被张天一悄悄地带进军营,藏在了他们的大铺下,以备不时之需。狙击步枪不是收缴的,用绑票的钱买的,德国造,走私货,花掉的大洋,差不多和枪一样沉。

好马配好鞍,张天一把它配给了神枪手张准。

得到命令的弟兄们,猴子一般跃起,瞬间穿好了衣服,背好了行装,整齐地列在宿舍的外边。炮声停了,大火却没有停,越烧越旺,烧红了半个天空。大火来自620团一座营房,被炮弹击中后燃烧,那些死里逃生的士兵,赤裸身体,奔跑过来,无处可藏,一头钻进了他们刚刚空下来的营房。

张天一把头扭回来,眼光投向西边。大火的映照下,日本兵已经涉过了沟堑,刺倒了哨兵,顺着残缺的大营围墙,爬了上来,占据了西南和西北角,伏在墙垛上,居高临下地端着枪,虎视眈眈地瞄着院里。

日军早已把北大营侦察得透透亮亮，院里的地形地貌兵力分布一清二楚，唯一不清楚的只是七旅的防御策略。他们做梦也不会想到，战火已经烧起来了，七旅居然是人枪分离。他们之所以步步为营，是把七旅估计高了，一万来人对付几百人，就算是一群羊，也能把他们困死。所以，他们没敢轻举妄动，等待着援兵。

这时不反击，恐怕就没有机会了，张天一瞥了眼那些鸠占鹊巢的士兵，跑到了队伍的前边，对着弟兄们吼，别回头，身后的营房，咱们不回去了，那些坛坛罐罐，咱们也不要了，老子再给你们置办，一排跟随我，传达旅长命令，揍他娘的小日本；二排去枪械库，让全旅的弟兄们即刻领到枪支弹药；三排去营房东北角的高地，修整工事，别他娘的让小日本抢了先。

正准备出发，旅部的传令官气喘吁吁地赶来，传达长官司令部的命令，回营房睡觉，不许抵抗。

弟兄们面面相觑，回狗屁营房，大通铺被620团光着屁股的士兵占据了，没他们的地儿了。最后，他们把眼光都投给了张天一，旅长和长官司令部的命令怎会截然相反呢，抵抗还是不抵抗，究竟是谁说了谎？

张天一的眼睛被大火染得血一样红，他一步蹿到传令官面前，伸手抽了一个大嘴巴，那声脆响，赛得上枪声，把传令官打得原地转了好几个圈儿。他骂了句，我让你撒谎。趁着传令官还在发蒙，他一个大背跨将传令官摔倒在地，让弟兄们绑了。

没了炮声，枪声也停了，大营里忽然静下来，只剩下大火"噼噼啪啪"地烧，还有伤兵长一声短一声地号。传令官挣扎着爬起来，喊道，听着，枪声停了，你们都回去，发生了什么事情，有长官去交涉，别给咱少帅张副总司令惹祸。

张天一抬起一脚，踹在了传令官的肚子上，踹得传令官岔了气，躺在地上捂肚子，半天没缓过劲儿。他把传令官指定为日军的奸细，是日本人派进来的第二个"中村"，他用手指头指点着弟兄们，你们都给我记着，今天咱们不抵抗，明天早上，小日本就会把膏药旗挂在长官司令部，你我将死无葬身之地。

说罢，张天一被自己的话吓住了，那双能看到未来的眼睛，突然蹦出了一幅画面，大火烧成了一团大球，如嗜血的太阳，刺刀下，军营里，街巷上，血流成河，张氏帅府的大青楼上，有日本兵冲上楼顶，面对着血红的太阳，升起了膏药旗。

用不着解释，他们已经明白了，等待命令，等于送死。弟兄们心里很清楚，营副就是这种屌人，敢把天捅个窟窿，旅部的传令官谁不认识，不可能是日军奸细。营副是故意的，命令不过是营副的擅自主张，假传圣旨。既然有人敢领头，还怕个屌，弟兄们没有一个跳出来追问命令的真伪。

带着一个排的弟兄，张天一急匆匆往西赶，那边是621团的营房。日军已经从西围墙的缺口压上来了，先头部队虽说还没冒进，却也加快了步伐，试探着大营里是否有埋伏。

小日本子，把兵训练得比耗子都精。张天一心里骂道，眼见得日军从豁口处接二连三地跳进来，却无能为力，凭着他们十几支短枪，没办法御敌于营门之外，好在西卡子门是铁大门，炮火轰塌了门楼，大门却卡在了里边，把门洞子堵死了，外边的坦克虽然碾过了壕堑，却顶不开铁门，爬不上半截子围墙，只能在外边打转，掩护不了日军的进攻。

进了军营的日本兵，匍匐在围墙至军营间的开阔地上，此时反击,正是歼灭来犯之敌的好时机,哪怕用一个营的兵力,也能打个平手。遗憾的是,没人下这个命令。更为遗憾的是,带来的这些弟兄,手里的枪太少了,只有一个班,其他的弟兄,有人拿着训练时剩下的手榴弹,有人干脆拿起了在营房空地里种菜的锹镐和锄头。

日军真的训练有素,匍匐前进,也是蛇一般地快,已经兵临621团的营房。张天一他们跑得再快,也不能提前赶到了。他找到一架梯子,命令张准爬到房顶,用他的狙击步枪,击毙爬在最前头的日本兵,给日军一个下马威,让他们知难而退。

真的拿活人当靶子,神枪手张准还是第一次,他的手就不好使了,哆嗦成一团,瞄准器在他眼里跳来跳去,扣扳机的手也僵住了,一颗子弹也发不出去。

张天一没时间教张准怎样杀人,率领一排,贴着墙急忙忙往前赶。

看不到反击的身影,日本兵越爬越快,接近621团营房时,突然跃起,一阵冲锋,直逼门前窗下。张天一本想靠狙击步枪的杀伤力阻止日军前行,为反击争取时间,可是,张准这个怂蛋包,居然一枪都不敢开。

日本侦察兵已经擒获了几名官兵,弄清楚了,旅部下达的指令是,原地待命,不得反击。他们简直是心花怒放,没想到遇到的是这样的对手,干脆将子弹退出枪膛,放心大胆地踢开军营的门,亮起刺刀,逢人就刺。

打又打不得,退又退不得,泥做的人还有土腥味儿呢,待宰的羔羊也要蹬几下腿儿,何况他们还是军人。621团的官兵,有人拾起了棍棒,有人抡起了饭桌,找不到家什的拿胳膊挡,与持枪闯入的日军周旋着。

日军的斗志被撩拨起来,他们喜欢拼刺刀,训练和演习时,用的都是假人,拼得没兴趣,现在遇到了不拿刀枪的东北军,正好拿他们的身体做练习。

棍棒格挡刺刀的声音在营房里"噼里啪啦"地响,悲惨的哀号声连续不断,有人从窗户逃出,被日军守株待兔地挑在刀下。有人侥幸地从营房里逃出,被日军追得满院子跑。

被窝里躺着太多弟兄们的尸体了,他们瞪眼看着死在日军刺刀下,再遵守命令,下一个轮到的就是自己。谁的命都不是咸盐换来的,士兵们手里没武器,赤手空拳怎能抵挡得住刺刀?逃跑是唯一的选择。

张天一赶到621团团部时,还是晚了一步,日本兵已经破门而入,端着刺刀,挨个扎。团长、副团长,甚至参谋长都不在,中校参谋肇庆,是最大的官儿。此时的电话线还没断,团指挥部里,参谋肇庆还在给旅参谋长打电话,大声哀求着,日军已经冲入营房,再不抵抗,全团快被杀光了。

旅参谋长赵镇藩嘶哑着嗓子喊,杀光了也得挺着,谁敢抵抗,我就毙了谁。

真是个狗屁命令,被日本人杀光了,你他妈的还能枪毙谁?

逃命是人的本能,谁也不甘心等死,士兵们四散奔逃,满院子都是人。

621团乱了。

肇参谋再次摇响电话,还是请示反击。两个端着枪的日本兵,踹开了团指挥部的门,一前一后进来了,把他逼到了墙角,走在前边的日本兵,刺刀对准他的胸脯,"嗨"地叫了一声,猛刺过去。

他闭上了眼睛,流下了两行热泪,一行给父母,一行给长官。

他的灵魂也出窍了,飞到了长白山天池,拜见了自己含着红果的祖先。

张天一灵活得像只狸猫,一步跃上窗台,抬手就是一枪,击中了日本兵的太阳穴。

刺刀的冲击力顿时颓泄,歪斜着滑到肇参谋的膝下,"当"的一声,捅入土坯墙。另一名日本兵,"哗啦啦"地拉起枪栓,却已迟了,这一枪,张天一更准,直击眉心。

不抵抗命令的命令,就这样被撕碎了。上尉营副、少帅的前警卫官张天一,在那天晚上,打响了反抗的第一枪。

灵魂出窍的肇参谋,没有意识到魂兮归来,木然地接受着日本兵的尸体软塌塌趴在自己身上。张天一跳入团指挥部,踢开日本兵的尸体,揪起了肇参谋的脖领子,大声骂道,我肏你妈的,兔子急了还咬人呢,刀架在脖子上了,你他妈的咋还不反抗?

肇参谋这才醒过腔来,睁开眼睛时,愣愣地看了一会儿,才明白,捡回了一条命,抚着快要跳出来的心,连连感谢张天一。

听到枪声的日本兵,接二连三地赶过来,再不走,就晚了。张天一抓过两杆大盖枪,扯起肇参谋,一同跳出窗户,随手把大盖枪扔给没枪的弟兄,冲着肇参谋吼,还磨叨个啥?下令,打!

肇参谋还犹豫,旅部的命令是,对进入营房的日军,要什么给什么,无论出了什么事儿,都由长官交涉,任何人不准开枪,谁惹事,谁负责。他不想违抗命令。

张天一吼道,你他妈的喝迷魂汤了?这一次不是冲突,是战争,你死我活,不打,七旅和你刚才一样,等死。

看到肇参谋迟疑与麻木的脸,张天一接着吼,知道炮弹从哪打过来的?从北陵,日本人把钢炮架在了皇太极的坟上,那是你们爱新觉罗氏的祖先,再不下命令,你还有脸去见祖宗吗?

中校参谋肇庆这才睁大惊愕的眼睛。

8

日军肆无忌惮地追逐着,621团的弟兄几乎是手无寸铁,躲避刺刀的唯一办法,就是盲目而又狼狈地逃跑。劈刺的动作,已经让日军上了瘾,他们在比试,看谁的动作干净利索,谁能在瞬间一刀毙命,谁能迅速地拔出刺刀。既然七旅有不抵抗的命令,他们便有恃无恐了,放心地使用刺刀吧,还节省了子弹。

营门口,林荫道,操场上,菜地里,横七竖八地躺着弟兄们的尸体,哪儿有七旅弟兄们的身影,哪儿就能看见日本兵在追逐。

瞪眼看着日军放肆地屠杀,弟兄们牙咬得吱吱响,他们各自选好有利地形。看到营副把手挥下来,十几把驳壳枪一同开火,几个追兴正浓的日本兵应声倒地。反击的枪声,让日军怔住了,他们停止了追杀,迅速卧倒。621团那些惊恐万状的弟兄,冲着枪响的方向张望几眼,忽然醒过腔来,救援的人来了。他们不再像没头的苍蝇,到处乱撞,面向东方,一路狂奔。

中校参谋肇庆忽然间换了一个人,临时代替团长,命令逃过来的弟兄们到枪械库集合,拿起武器,替死难的弟兄报仇。

虽说只有十几把枪,挽救的却是621团两千条人命。人流像涨潮的海水,从他们的身边漫过去。那些受了伤的,有的拖着肠子,一步一挪地跑;有的一条腿被刺中,单腿往回跳;双腿都受伤的,在地上爬,爬不动就滚。他们只有一个渴望,回到弟兄们的身旁。有的伤兵没绕过卧倒的日军,又被补了一刀,便气绝而亡。

张天一很清楚,驳壳枪方便灵活,射速又快,适合近程搏杀,阵地战却不如大盖枪射程远,也不如大盖枪精准。刚才,杀了日军一个冷不防,等到他们弄清楚反击的人这么少,会凶猛地反扑过来,这次阻击,会成为秋风里的一片落叶。现在,最要紧的是,不让日军摸到底细,用狙击步枪威慑敌人,谁敢抬头就打死谁。

神枪手张准没经过枪林弹雨,汗珠子淹了眼睛,尿水浸湿了裤子。他的本事仅限于训练时打一里地之外的瓶子、香瓜、土疙瘩,还有天上的飞鸟,指望他警告式地清除掉胆敢冒进的日军,已经不可能。张天一把希望寄托给了小号手张响,让小号手吹冲锋号,迷惑敌人。

号声急促而又嘹亮地响起,声音中没有慌张,只有坚定,张天一冲着小号手竖起了拇指。退却下去的621团官兵们突然停住了脚步,他们弄不明白,刚下令撤退,怎么又让我们冲锋,赤手空拳的,冲上去不就是送死吗?

肇参谋立刻派人告诉官兵们,唬小日本的,快去枪械库。

日军的机枪冲着小号手扫射过来。小号手躲在一堵墙的后边,只是把喇叭口露在墙外,子弹扫射不到他。

机枪声遮盖住了驳壳枪的声音,趁此机会,张天一带着一排的弟兄们,悄悄地撤了下去。尿了裤子的张准,被张天一扯下房顶,裹挟在腋下,伤兵一般拖着走。

战场上,只留下小号手一人。冲锋号激昂地响。

枪械库前,乱成一团,不远处的迫击炮弹仓库,已经夷为平地,四分五裂的檩子椽子还在燃烧,没有殃及枪械库,已经是万幸了。各团各营都要领取枪支弹药,中校枪械官死活不让打开库门。炮声刚刚响起时,620团有一个连已经抢走了一批武器,好不容易才追缴回来,现在,别人想仿效,甭想摸到门。旅部命令,勿发一枪一弹,即使日军勒令缴械,均可听其自便,宁丢生命,不能输理。

人家都炮轰你的大营了,你还等着讲理,愚蠢至极了。直属队的弟兄,和他们的营副一个臭脾气,受不得屈,他们再也按捺不住了,强行去撬库门,枪械官毫不犹豫地开了枪,尸体就横陈在那里,以儆效尤。

枪械库的外边,620和621两个团官兵围在那里,有人怒眦欲裂,有人暴跳如雷,有人在石墙上把拳头砸出了血,有人抱头痛哭,肝肠寸断。可这些都没用,不管谁敢取枪,枪械官六亲不认,一律按兵变论处,当场击毙。

张天一奔跑上来,看着朝夕相处的弟兄变成了尸体,嘴唇都咬出血来了。他真想一枪毙了枪械官。可是,看守枪械库的士兵,已经架起了机枪,谁敢接近枪械库,就把谁打成马蜂窝。

日军识破了小号手的伎俩,冲锋过来,小号手狸猫般钻进黑暗中,撤了回来。621团彻底落入敌手,一营的部分弟兄,要将命令执行到底,他们将门窗堵得死死的,不让日军闯入。日军懒得破门而入,干脆纵火焚烧了营房,活活地烧死了那些弟兄。

随后,日军便急速地压向营房中部的620团,嗜血的刺刀,又一次见红,营房内外,惨烈的屠杀与621团如出一辙地发生了,最忠于职守的士兵,躺在床上,最早地被杀身成仁了。只不过620团吸取了621团血的教训,多数官兵不肯等死,跑了出来,聚到枪械库前等枪。

北面和南面的日军,配合西面主攻的日军包抄了进来,围住了

620团的营房，围住了旅部，连个口子都没给留，目标直指旅参谋长赵镇藩，既然你下令不抵抗了，索性再下一道命令，全旅举手投降。日军开始攻心战，铁喇叭直呼赵镇藩的名字，劝他好汉做事好汉当，炸了铁路就承认，关东军是友善之师，只要交出元凶，不伤七旅一兵一卒。

真敢瞪眼睛说瞎话，北大营都血流成河了，还不伤七旅一兵一卒。张天一塞上了耳朵。

一队日军脱离了对营房的包围与剿杀，径直向东北方奔来，目标就是枪械库。

再不抓到武器，日军闯上来，枪械库就是人家的了，七旅即将全军覆灭。枪械官如此的糊涂和固执，把命令执行到了愚蠢的程度，简直和日本人穿上了一条裤子，日本兵还尽量用刀不用枪呢，他居然对自己的弟兄们开枪。

不可能指望枪械官了，他比死人还死性，比日本人还日本人，反正枪械库也不止一个，没必要在他面前哀求。张天一把直属队刚刚聚齐的两个排带在身后，奔向第二座枪械库，见了面，二话不说，三下五除二地下了值班官兵的枪，击碎门锁，让弟兄们快搬，把急需的枪支弹药扛到军营东北角的馒头山，进入阵地，与三排会合。

看见了张天一他们砸开了另一座枪械库，两个团中那些劫后余生的官兵，突然从焦急与慌乱中惊醒过来，呼啦啦地跑了上来，找枪找子弹。

整个七旅，只有619团遭受的损失最小，他们在营房最东边儿，日军没法蛇吞象，故意网开一面。619团摸清了事情的来龙去脉，不再遵守等在营房、决不抵抗的命令，砸开了第三座枪械库，拿走了属于他们的武器。

日军的先头部队,人不多,不到一个小队,抬着一架沉重的重机枪,扛着一挺不轻的轻机枪,却快步如飞地追过来,迅速地逼近了第一座枪械库。

双方对峙在一起。

忠于职守的中校枪械官笔直地站立,双目直视一名近在咫尺的日军军曹,喝令道,军械重地,不得侵扰,退后。

军曹嘴角微微地露出一丝冷笑,连眼睛都没眨,转瞬间枪已横握在手,一个劈刺,直抵枪械官的心窝。一气呵成的刺杀动作,快如闪电,看守枪械库的士兵们,看得直眉瞪眼,还没缓过神来,就被一拥而上的日军缴了械。七旅最重要的枪械库,弟兄们用鲜血都没换来,却轻而易举地拱手相让了。

刺刀依然停留在枪械官的胸膛,火光中,他的眼睛空洞迷茫而又无奈地望着军曹,双手紧紧地攥住枪管,似乎想弥合那颗破碎的心。军曹抬起脚,踹在枪械官的肚子上,猛地拔出了刺刀。一腔热血喷射出来,天空中洒满血雨。

站在远处的中校参谋肇庆,直挺挺地看着,傻在了那里,似乎觉得那把刺刀穿过的是他的胸膛,他的脖子后头冒着凉风。

第二座枪械库没有窗,门也不宽,人人都想拿枪,两个团的人挤成一团,进进不去,出出不来。眼见得日军从第一座枪械库奔跑上来,夺第二座枪械库了。不管怎么说,枪支和弹药都比刚才多了,张天一带着一排,往前奔跑了一百多米,选择好了阻击的地势。

肇参谋的魂儿终于回来了,他扬起皮鞭,整顿秩序,让弟兄们从库里到库外排成两排,形成流水线,枪动人不动,一件一件往外传输。

张天一带着他的弟兄们用墙角和石头做掩体,打响了第二次阻击。

趁着七旅没完全把枪支弹药运出来,日军要抢占第二座枪械库,他们轻重机枪一齐响,压得张天一他们几乎抬不起头来,身边开枪还击的弟兄们一个接一个地倒下。张准趴在一块大石头的后面,把自己也趴成了石头,一动也不动。张天一拍着他的屁股,让他拿出平时的准劲儿,敲碎敌人机枪手的脑壳。

张准还是不敢动,张天一扯着他的腿,把他扯了过来,左右开弓地打他的嘴巴,他还像丢了魂似的。张天一薅起他的头发,撞向死去弟兄的伤口,让他去舔血,去品尝弟兄的死。他闭着眼睛挣扎着,不敢看弟兄的尸体,也不肯舔尸体上的血。

张天一抓了把尸体上还在咕嘟咕嘟往外流的血,抹在自己脸上,舔在自己的舌尖,沙哑着嗓子对张准说,兄弟,舔吧,血就是咱们的魂儿,舔了它,你的魂儿也跟着回来了。

张准还是不敢抬头,张天一抓过狙击步枪,想一枪击毙那个打死枪械官的军曹,可是,枪在他的手,却不能得心应手,子弹偏了,军曹居然浑然不觉。这时,张天一看到,张准的头缓缓地抬了起来,手伸了过来,不是抓枪,而是去抓血,抓过几下之后,一狠心抹在了自己的脸上。

张天一终于舒了一口气,既然张准不敢把准星对准人的脑袋,也别太为难他,眼下,机枪是最大的威胁,瞄着机枪的枪眼,只要打坏了机枪,削弱敌人的火力,迟滞住敌人的进攻,就是救了弟兄们的命,功劳不亚于杀敌无数。

张准抓到狙击步枪,狠狠地抽了自己几个嘴巴,深深地吸了几口气,稳了稳神儿,眼睛慢慢地靠近枪托。张准毕竟是张准,第一枪就把子弹送进了重机枪的枪眼,张天一冲他竖起了拇指。第二枪,轻机枪也成了哑巴,第三挺轻机枪原本就是七旅的,既然为敌所用,就不能让它成为夺下弟兄们性命的狮子口,张准的子弹居然让那挺机枪炸了膛,机枪手也随之丧命。

看到有人死在他的枪下,张准的手又开始哆嗦了,他丢下枪,埋下头,双手抱着脑袋。

本来准备发起冲锋的日军,忽然间缩下身子,双方你来我往的枪声立刻势均力敌了。

张天一继续鼓励张准,当兵没有不杀人的,你不杀他,死的就是你,看到身边的弟兄了吧,你不想成为他,就要勇敢地消灭敌人,瞄准的时候,别看他的脸,也别把他当成真人,当成稻草人,把他的左胸脯当成小鸟儿,就像当年甩石头打鸟儿,就像虹螺山下打鸽子,就像打土匪的帽子。

张准的耳朵听着张天一的教导,身子渐渐地放松了,手抖得也不再那么厉害了,他按照营副教他的办法,抓过枪,对准了军曹胸前的勋章。军曹的脸没了,左胸前的勋章渐渐地活跃起来,跳跃成了树上的一只鸟儿。

军曹在劫难逃。

日军的坦克突破了沟堑与围墙,开了进来,而且还是好几辆,每一辆坦克的后边,跟随着更多的日军,他们的援军已经源源不断地跟了上来。西南北三面合围620团的日军,已经清理完了多数营房,正在向枪械库转移。

几辆坦克的炮口忽然同时移动,对准了张天一的阻击地。

再不走，就来不及了。反正枪支弹药已经分配得差不多了，不能恋战。张天一大吼一声，撤！一排的弟兄们鹿一般一跃而起，向着北山的土围子上奔去。

跳出掩体，往小北山上跑，是开阔的上坡，日军的枪口下，每一个人的背影都暴露无遗。日军不会错过这个机会，也跳起来，边开枪边追击。

弟兄们接二连三地中弹倒地，张天一用身体护着张准与张响，倒退着跑，双手握着驳壳枪，交叉扫射。这两个兄弟，是直属队的宝贝，要保护好。弟兄们越打越少，日军越来越多，他们陷入了绝境。

突然间，一匹高头大马跑上北山头，马上是620团的团长王铁汉，他是绕到了东卡子门，才进了军营。看到弟兄们傻傻地观看日军追杀直属队，他吼道，手里的枪是烧火棍啊？给我狠狠地打。

几百发子弹从北山上的战壕中一同射出，北大营的抵抗，这才真正地开始。

日军霎时全部趴下，失去了射杀的机会，直属队躲过了一劫。张天一带着弟兄们喘着粗气爬上战壕时，王铁汉团长伸出手，一把将他拉了上来。

他感受到了王铁汉团长手的分量。

虽说开枪还击了，可抵抗依然是混乱的，仗打得没有章法。旅部反击的枪声也响了起来，七旅是张副总司令的心肝宝贝，也是东北军的精锐，张副总司令再不想打仗，也不可以将心头肉割给人家，这是底线，电话线已被日军割断，无法向长官司令部请示。好在旅直属警卫连的枪支没有入库，他们掩护着赵参谋长，杀开一条血路，与619团在东卡子门会合了，沿着前两天演习的路径，撤向东大营。

日军坦克上的炮,北陵坟包上的炮,还有南满铁路附属地的炮,都轰向了北大营的北山。炮弹密集地爆炸,薄薄的掩体,承受不了重炮的攻击,阵地无论如何也守不住了。王铁汉团长带着弟兄们从北卡子门突围,到榆林堡集结。

平时的转移训练,都是由东卡子门奔向东大营,日军一心想捉住旅参谋长,集中兵力往东追,没太在意已经被他们占领了的北卡子门。张天一随着王铁汉团长,杀了过去,没费太多周折,便从北边突围了出去。

天亮了,这是沈阳城唯一一次只有狗叫、没有鸡鸣的早晨,放弃了北大营,并没有换来平静,城里的枪声与爆炸声一如昨夜。太阳出来了,拱出地平线却不是圆的,而是方的,活生生的像一口猩红色的棺材。

张天一怔住了,他联想到冥冥之中看到的日本人的棺材,难道这是天意?

一路狂奔,跑出北大营十几里,到处能看到甩出去的鞋、衣服、皮带、军刀甚至还有行李。胆大的老百姓,趁机捡起来,藏在家中。张天一的弟兄们,军容还算规整,敲开一户人家的院门,进去讨水喝的时候,没有让人家害怕。

院里,几只刚刚出笼的公鸡歪着脑袋,困惑地望着东方与南方,判断着哪个才是太阳。

顺着公鸡的眼神望过去,张天一看到,南风在疾速行走,满天浮荡着黑烟,向他们追随而来。北大营完全被烈焰覆盖住了,大火翻滚着,卷上天空。日军劫掠过七旅的全部家当,一把火烧了北大营。

可怜了这座历经五十年风雨的老军营。

张天一带着自己的弟兄,没有奔向东北方的榆林堡集结,脱离了丢盔弃甲乱糟糟的队伍,一直向北。再走下去,就是文官屯了,那里驻扎着一队日本守备队。他们便折身向西,走上了与集结地背道而驰的路,寻找一个没有火车和日军巡道车通过的空当,跨过铁路线,转入了北陵以北茂密的树林中。

爬上一个高岗,张天一望下去,阳光下,两道铁轨闪着寒光,一列列火车冒着浓烟,"轰隆隆轰隆隆"地轧在铁轨上,接二连三从东北方开过来,目标只有一处——沈阳。

他看得到,火车上载着兵,载着炮,载着装甲车,源源不断地呼啸而至。

沈阳完了。

9

北陵以北,皇太极坟头的后边,是一片大得无边的树林,黑松的巨伞遮盖得林下不见天日。这里不是军事要塞,也没财富宝藏,荒郊野外,没人引路,日军不会追到这里,应该是沈阳城外最安全的地方了。

弟兄们死里逃生,一路奔波,已疲惫不堪。他们的腿面条一般软下来,七扭八歪地躺下,有人昏然欲睡,有人瞪眼发呆,有人低声抽泣,也有人唉声叹气。

张天一清点着人数,跟随自己的弟兄们,聚在树林里的还不足一半儿,三个排长,一对半不见了。可621团的中校作战参谋肇庆,却不离不弃地跟随在他们的队伍中。他们团挺着等死的人最多,残了,都是因为听了他的命令,他没脸去见所剩无几的弟兄。既然命是张天一给的,就跟着他们走了。

等到歇过了乏,已日上中天,枪声逐渐稀落。用不着想象,傻子都能猜得出,城里城外,飘扬的该都是膏药旗了。昨夜事情来得突然,现在又脱离了大部队,该何去何从?每个人的心都在焦虑。

张天一说出他的想法,这种屌兵,不当也罢,拉杆子,做胡匪,反正"后羿"这个绺子的旗号已经喊出去了,干脆就弄假成真。

肇庆不同意,当兵的怎能为匪呢?他想带着弟兄们去锦州,投奔正回家吊孝的副帅张作相,那才是条正路子。

北大营里的一摊摊鲜血,烙铁一般烫在张天一的心上,他以当兵为耻了。他脸红脖子粗地冲肇参谋吼,老帅被逼无奈时,还当过几天绿林呢,不照样挺着胸脯活?我拉起杆子,不受约束地抗日,怎么就不行?他冲肇参谋甩了下手,就当救一条狗命,滚吧!

肇庆忍住了辱骂,没有提出分道扬镳,反正张天一回老家当绿林,与他去锦州投副帅,都是一条道儿,也能结伴而行,到锦州再说吧。

张天一不会勉强弟兄们,绿林这碗饭,不好咽,不野蛮,不凶悍,不心狠手辣,六亲不认,没有非同寻常的本事,没法护住脑袋。不管是跟着他,还是去锦州,或是回家种地,他不勉强,自愿选择。好多弟兄把枪一丢,子弹一扔,衣服一甩,嚷着,不当这窝囊兵了,选择了回家。

毕竟是从军营仓皇出逃,没备干粮袋,没背行军装,连顿散伙饭都吃不成。张响不想弟兄们这么薄情地分离,从野地里挖出几把苦麻子、荠菜、山芹菜,每个人分了一小捏,弟兄们苦苦地嚼下去，蔫头巴脑地各奔东西了。

剩下的，都是铁杆，二十几个，包括张天一最喜欢的俩兄弟，张准和张响。

一直向西，朝着新民县走，渴了，路边有水泡子，捧着喝几口，饿了，到村庄里讨口饭，可每家每户的门关得严严的，防匪一样，防着败兵。显而易见跑散的东北军，不止他们一股。

老帅活着时，常用口头语骂他们，妈了个巴的，你们吃老百姓种的粮，穿老百姓纺的衣，老百姓是你们的衣食父母，欺负他们，会遭雷劈的。张天一谁也不怕，就怕老帅，老帅死了，留下的话还好使。他宁愿饿着，也不冒犯任何一户人家。

太阳西斜，一整天没吃饭了，弟兄们饿得受不了，一路上满是高粱地，高粱粒红了，却没熟透，生着嚼是涩的，咽不下去。想打点儿乌米充饥，乌米老了，一碰一股烟，吃一口，嗓子冒烟，无法下咽。顶多是撅断一截高粱秸，当成甜秆嚼。

忽然间发现远处一片泛黄的庄稼地，那该是苞米地的颜色，弟兄们欣喜若狂，不顾一切地奔上去。果然被他们猜中，兴奋地钻进去，"噼里啪啦"地擗苞米，准备生起一堆火烤着吃。

一阵马车的銮铃声从后边传来，两挂三套马车疾驰在路上，鞭子在空中带着风声甩过来，"叭"的一声，鞭梢子灵巧地绕过苞米秆，刀子一般抽向一个弟兄的后颈，一声惨叫惊飞了一群栖身在苞米地深处的麻雀。又一声鞭响，又一声惨叫，十几米开外，鞭子一抽一个准儿，每个人的鞭伤都在后颈，几乎丝毫不差，硬是把他们从地里抽出来。

张天一看到，扬起长鞭打人的车老板，有三十几岁，面色俊朗，嘴角刚毅，鞭子甩下去，腰身居然一动不动，一看就是练家子。车上还坐着几个精壮的伙计，手都叉在腰间，那样子谁都看得明白，时刻准备掏枪。

他让弟兄们别动，谁也不准碰枪，不是绿林道上的高手，没这个胆子，也没这个本事。自古民不与官斗，官兵虽败，也是官兵，敢伸手就是不能惹的硬茬子。他站在路边，很客气地向赶车人抱拳，说起了绿林黑话，掌柜的，哪路哒，嘛价嘛价？（哪个路子上的人，干什么去？）

赶车人抱着鞭子，眼里流露着蔑视，冲自己竖起拇指，上房揭瓦，烟楼子上是家。（老梯子，高鹏振。）

张天一眼里闪出亮光，原来遇到了辽西最大一股绺子的头儿，这股绺子抓秧子（绑票），抢商号，劫枪支，全和日本人有关，发了一大笔洋财。半个多月前，东北军派了最能剿匪的杨扒皮，带着一个团，动枪动炮地去围剿，差一点被老梯子"扒了羊（杨）皮"，据说是炮弹皮崩坏了老梯子的腰，双方才罢了休。

或许天生就该是土匪种儿，读过讲武堂，服侍在少帅身边，晋升到上尉军官了，也无法改变，张天一见到绿林豪杰格外亲。只因未曾与老梯子谋过面，不知真假，按照道上的礼数，他甩甩袖子，掸掸尘，深深地作了个揖，又刮了下自己的鼻子，踢了下自己的后脚跟，示意自己是晚辈。

看着张天一做完一连串试探性的动作，老梯子笑了，亲切地骂了他一句，小猪屁股（嫩），言外之意，嫌他的动作江湖味不太足。

张天一这才自报家门，乌鸦满天飞，拿下拿下（后羿），老饯（父亲）弓长子（姓张），海冷（当兵的）捡活路。

老梯子高鹏振忽然收起了轻蔑的目光，一脸的庄重，他双手撑着车沿，艰难地下了马车，端详着张天一，咂舌不已，想不到，名震沈阳城的"羿"字号，居然不是胡子，是当兵的，难怪神龙见首不见尾，不合道上的手法，也不和道上的人来往。瞅了一会儿，他忽然醒悟，拍了下脑门，叫了一声，哎呀，你是张天一？

下车的动作，证实了老梯子的身份，腰间没伤，谁也不会只用两手吃劲儿。他不明白的是，两个人素昧平生，自己又没在道上闪过名字，老梯子是怎么知道他的真实身份的？

老梯子显出了特别的热情，忙拱手道歉，大水冲了龙王庙，招呼着弟兄们，上车上车，指着马车上的箩筐，冲弟兄们喊，别祸害人家的庄稼了，车上有苞米饼子，有咸菜，有大葱，够你们吃了。

弟兄们有些发蒙，刚才是雷霆万钧的暴怒，现在是春暖花开的热情，两个到底说了啥，亲热成这个样子？张天一根本不解释，挥挥手，让大家都上车。

两辆马车，足够二十几个弟兄搭脚了，反正走累了，车上的麻袋里装着些布匹和粮食，正好能当床，躺下来，睡上一觉。张天一坐在老梯子的身边，相见恨晚，互述衷肠。对于老梯子怎样入绿林，杀官军，鼓捣日本人，张天一如数家珍，他还知道，辽西各绺子中，只有老梯子的书从义县念到了奉天，学通了日英两国外语，却不为官，不行武，不入商贾，文武双全，却偏偏喜欢落草。

老梯子闭口不谈往事，对昨夜的北大营，却感慨万千。昨天晚上，他就住在南卡子门外的村子里养伤，站在朋友家的烟楼子上，拿着单筒望远镜，看得清清楚楚，包括大营里的两次阻击战。只因为是黑天，看不清领头的是啥模样。天亮之后，有个逃兵钻进朋友家避难，讲述起了夜里的事情，才知道那个第一个跳出来还击的汉子，叫张天一，全沈阳的头面人物都在找他。

讲完这些,老梯子叹了口气,可惜呀,就这么一条铁铮铮的汉子,日本人到处逮他,东北军到处抓他,省警务处还发了通缉令,土匪头子也想拿他的人头到日本人那里换一万块袁大头。找他的人都不怀好意,都想拿他的脑袋说事儿。

张天一苦笑一下,没想到,一夜之间,自己的这条贱命就值钱了,从五百元升到一万。

傍晚时分,大马车赶进了大车店,店掌柜的和老梯子是故交,煮了一大锅高粱米干饭,菜是酱辽河嘎鱼、炖大胖头鱼,还有成盆的河蟹,不用问,这里离辽河很近了。这么多好吃的,又都是壮小伙子,该是吃得狼吞虎咽,可是弟兄们却是心事重重。

打鱼人传来坏消息,日军从铁路上卸下一个班,占领了毓宝台渡口,构筑了防御工事,扣留了所有的船只,盘查所有可疑的人,已经有二十几个庄稼汉,只因为手上的茧子厚,怀疑是当兵的,就被砍下头,铁丝穿过耳朵,脑袋排成一排,挂在渡口外的两棵树间。

时节刚入中秋,几天前还下过一场暴雨,辽河还在汛期,河水湍急,暗流汹涌,河床肿胀得像孕妇的腰。天凉了,武装泅渡很危险,过辽河已无可能,一行人只好滞留下来。

入夜后,店外边的路上,渐渐地形成了人流,都是从沈阳城逃出来的,嘈杂的脚步声,由远及近,接踵而至,一拨接一拨的难民、败兵、警察、老师、学生,还有一些大富商、小业主都拥了进来。到了后半夜,大车店已人满为患,乱成一团。人们吵嚷着要住宿,要吃饭,伙计们被逼得不知所措。店里莫说在炕上多挤几个人,就连牲口棚子都腾出来了,还容纳不下越聚越多的人。昔日的达官贵人,能挤在灶坑前蜷缩着睡,不在外边接露水,就不错了。

张天一无法入睡,这一夜,他听到了无数的哀叹。败兵们哭诉着只因为不让抵抗,北大营、东大营、讲武堂、兵工厂、东塔机场相继失守,二百六十多架飞机、三千多门火炮、六百来挺机枪、几十辆坦克、十几万支枪,一千多条弟兄们的性命,都被小日本顺手牵羊般,轻而易举地剥夺了。富商与职员们相拥而泣,沈阳城银行里几百亿块大洋,大商铺里的所有货物,被日本兵洗劫一空,卡车不够用了,用装甲车拉大洋,一夜之间,几十年的心血,化为乌有,除了捡条性命,啥都没了。百姓们哭得更惨,房子被烧了,闺女被祸害了,儿子只因不慎一脚迈进了日本人画满马路的白圈圈,就用刺刀给挑了。哭干眼泪的,还有大学的老师和学生,他们的学校被强征为军营,书本全被焚毁,实验室被砸光。大家还议了汤玉麟公馆和大帅府,他们的损失最惨,好东西从天刚亮拉到快晌午,两家积攒的富可敌国的财富,尽落敌手,光从大帅府拉走的金条就有八万根,十六万斤。

老帅攒下的这些厚家底,一夜之间,都被小日本掠走。

沈阳城完全被颠倒了,给日本人出馊主意,领道儿,干尽坏事儿的,不是地痞流氓,就是奸商掮客,还有早就和日本人勾搭上的土匪恶棍。沈阳成了人间的地狱,汉奸的天堂。有良心的,有学问的,有财产的,有本事的,都选择了逃亡之路。

然而,逃亡之路的咽喉——毓宝台渡口,也被日军堵上了,逼着他们回去当亡国奴。

这一切的一切,让张天一的胸口堵了一团猪毛一样,憋闷得要死,他恨不得立刻吐出这口恶气。

天亮了,几百人聚在大车店,人吃马喂的,都要粮食,掌柜的没备那么多。老梯子赶着大车出去了,到村子里找了一个高门大院,从地主家买。地主怕奉票子变成废纸,不卖,高低要东洋票子,或者是现大洋。

现大洋是什么?是枪是子弹,军火贩子只认大洋不认人,一发子弹就敢要一块,老梯子是干吗的,能给他吗?正好逃难的人多,大车店里不缺人,带人直接去了地主家的苞米地,愣掰下了一大车,装得满满的走了,临走时把一堆奉票子摔给地主,骂了句,狗逼夹盐豆(抠门),大帅活着,你敢不要?

地主抱着奉票子,喃喃自语,他老人家不是不在了吗?

苞米还含着浆,没熟透,磨不成面,从棒上拧下来,饱满得像一粒粒洁白的牙,炒着吃正好。大车店里的几口大锅,烧得滚热,伙计们拿着大铁锹,不停地翻炒。一锅锅炒成金黄的苞米,一捧捧地分给了逃难的人。

炒苞米的香味,顺着西南风,飘到了几里之外,更多逃难的人聚拢过来,饥肠辘辘地伸出手,炒苞米分净了,后拥进来的人,只能看着别人嚼苞米咽唾沫。这么吃下去,再掰一车也不够,店老板把毛驴拴在石磨上,把剩下的苞米磨成了子,煮粥。

逃难的人群,再也不必分穷人和富人,现在都是一无所有的人,填饱了肚子,却囊中羞涩了。老梯子一摆手,谁的钱也不要,国难当头,有一天扯旗抗日时,把吃下去的苞米粒当子弹,送给我。

饥饿的人就差喊老梯子万岁了。

肚里有食,就有了精神头。有几个胆大的,不听别人劝告,带着一家人,非要到渡口过河。结果,男人被砍了头,咋死的都没弄明白。女人呢,留下了一条命,充当了慰安妇。孩子被挑在刺刀尖上,任人玩耍。

渡口外的两棵大树下,走过来了两个日本兵,一群苍蝇从那串人头上轰地飞起,远远望去,像腾起一片黑云。

站在离渡口最近的大庙台上,几个人交替着拿老梯子的单筒望远镜,观察渡口。渡口外的两棵树间,那一串人头的下面,又丢了几颗血淋淋的人头,那几个面孔刚才还在他们面前晃动,转瞬间,尸身分离了,新鲜的血在脖腔依依不舍地流着。两个日本兵蹲下身子,用铁丝穿耳朵。没多久,两棵树之间的人头串里,又多了几个死不瞑目的脑袋。

望远镜传递到了张天一的眼前,他只瞄了一眼,便放下,人头上的血似乎一下子灌进了他的眼睛,令他眼白尽失。他昂着头,一动不动地望着天上的日头,过了好一会儿,突然把头甩过来,对肇参谋和老梯子说,咱手里也不缺家伙,干他娘的小日本,夺下渡口,把逃难的兄弟姐妹送过去。

说罢,他跳下庙台,奔跑回大车店,带着弟兄们就走。老梯子有伤,肇参谋腿慢,两个人追在身后,拦都没拦住。

渡口攻击战,打得一塌糊涂,张天一太着急了,把肇参谋知彼知己的劝告当成了耳旁风。他那双能看到未来的眼睛,也没有提醒他,这是仓促之仗,不该打。十几把驳壳枪对十几把大盖枪和两挺机关枪,还有一门迫击炮。日军有工事有碉堡,根本看不到人家在哪里,你打人家,是盲目射击,人家打你,枪枪有目标。神枪手张准唯一的功劳,是打断了日军插在渡口上的旗帜。可他藏身的地方,却成了日军射击的重点,打得他抬不起头,幸好距离在一里开外,影响了大盖枪的准确度。可是,前边进攻的弟兄就没那么幸运了,折了两个。

虽说连根日军的汗毛都没伤着,可他们却十分恼怒,旗帜倒下了,像战败一样耻辱。他们发现了狙击手的位置,动用了迫击炮,一炮就炸在了刚才张准隐身的地方。幸亏张天一让他打一枪换一个地方,滚出了那个隐身处,否则,已经粉身碎骨了,囫囵身子都找不到。

张准又尿裤子了,枪都拿不起来,眼睛直勾勾地看着迫击炮弹炸出的坑。张天一把张准抱在了怀里,拍着他的肩头,哄孩子一般,别怕,你是小日本的阎王爷,谁死你也死不了。

第一次夺渡口,无功而返。

看着他们撤退的影子,日军站在碉堡顶上的瞭望台,挥舞着太阳旗,高呼着,支那猪,支那猪。

吃了败仗后的一整天,张天一只做一件事儿,一里地之外的壕沟里,一个弟兄扛着画有日本兵的靶子,飞奔着。靶心在壕沟里时隐时现,张准端着枪瞄了很久,怎么瞄都是真人。壕沟里的弟兄,腿都跑软了,张准的第一枪始终没有打出来。

张天一忽然喊了一嗓子,大埋汰,知道你爹是咋死的吗?就在柳条湖边上,踩脏了日本人的铁路,人家就开枪打碎你爹的脑袋,这是你叔亲口告诉我的,你忘了吗?

张准额头上的青筋突然跳起,分散的眼神一下子就回来了。他凝神定气地瞄着靶,一直瞄到忘了自己,手便不再抖了,轻扣扳机,一枪击中了靶心。他很高兴,跳起来喊,我又行了。

回到大车店,张天一反思自己的鲁莽,还是肇参谋说得对,毕竟人家是作战参谋,不能因为在北大营里的那副熊样儿,就把人家看得一无是处,你连小日本的影子都摸不到,这仗咋打?不过,第一次交火,并非一无所获,起码搞清楚了日军的火力配置,还有作战能力。

掌灯时分,三个人坐下来,商量对策,肇参谋和老梯子都认为,凭着咱们这些散兵游勇,直接攻下渡口不大可能,人再多也没用,只能送死,最佳作战方案,调虎离山,把小日本诓出渡口。

研究了大半宿,用了种种假设,都觉得骗不了小日本,最可行的是,拿张天一这只肥羊当诱饵,豁出命去做赌注,演一出比苦肉计还苦的戏,否则没办法引蛇出洞。如果计策成功,老梯子带着他的绿林兄弟就可以乘虚而入,攻入渡口,肇参谋可以带着其他队伍设伏,围歼追击的日军。

肇参谋称这一计为釜底抽薪。

最后,两个人把眼睛都盯在了张天一的身上。

张天一淡淡地一笑,问了一句,让我死几回?

三双大手攥在了一起。

兄弟三人设计得倒挺周全,可是,釜底抽薪的战术没等实施,他们却被别人釜底抽薪了。

攻击渡口的诱饵丢了。

那时候,张天一一心一意地筹备拿下渡口,根本没有防备有人要拿下他。瞅着大车店里聚集着这么多的败兵、警察,他就想,只要稍加组织,就是二三百号人马,外加老梯子的绿林兄弟,至少一个营,对付不了十几个小日本?更何况肇参谋思谋了好久,动用了所有的智慧,制定了好几套随机应变的战术。

独自一个人,张天一聚精会神地看着肇参谋送过来的作战方案,尽管这是一场小仗,肇参谋的每一步设计都有奇思妙想,火攻水攻地道攻循环攻,个个攻法有序,疑兵计、苦肉计、拖刀计、引蛇出洞计、调虎离山计,计计连环相扣,除非小鬼子是神仙,只要棋错一着儿,就会着着儿中计,攻下辽河渡口,还不是小菜一碟。

他看完每一着儿,赞不绝口,最后,他拍案而起,心里喊着,他娘的,肇庆参谋就是"羿字号"的军师了,捆也要把他捆走,想去锦州投副帅,没门儿。

正当张天一踌躇满志时,意外发生了,几个应召而来的警察,假意听从张天一的调遣,围拢在他身旁,趁着他手指着肇参谋绘制的地图、布置警察的进攻路径时,突然一拥而上,将他按倒在地,五花大绑捆个结实。

老江湖高鹏振,作战参谋肇庆,望着眼前发生的这一幕,惊得目瞪口呆,仗还没打呢,内讧先来了,有心解救张天一,遗憾的是,几只匣子枪不是对着张天一的脑袋就是对着心口窝,谁敢轻举妄动,无论哪一只手动了扳机,都会要了张天一的命。

他们只好眼睁睁地看着张天一被带走。

一路上,张天一不断地恳求,这场仗,必须得打,从沈阳城逃难出来的人,全指望这个渡口呢,我是这场仗的诱饵,把小日本骗出渡口,你们趁机夺下,我死了也值。

警察骂他,你他妈的想当英雄,整个沈阳城为你垫背,你不开第一枪,小日本充其量就占个北大营,这下可好,你给了他们借口,老帅少帅的家,都被你败了,城里城外的人都被你害了,你回沈阳城看看,街道上的路是红的,两旁的商铺是黑的,谁家不死人?哪个店铺不被烧?

张天一把嘴闭上了,他知道,警察们的脑袋也灌水了,杨宇霆的死,让所有的人都学会了听话,头缩在壳里,不愿意动脑子了,小日本不是憋足了劲儿想拿下沈阳，单纯的偶发事件，怎会方圆几百里调兵？战术配合得怎会如此天衣无缝？

想逃跑已绝无可能，老梯子肇参谋小号手不离不弃地跟在后面。张天一想，跟得再远有啥用，何况警察真的敢开枪往他们身上打。他大声吼着，你们回去，该干啥干啥。他们只好驻足而立，心酸地望着他远去。

天上的白云和路上逃难的人群一样，疾速而行，只不过一个在蓝天下，一个在黄土上，朝着相反的方向飞奔。风刮得很猛，吹得高粱弯下了高贵的头，吹得大豆荚虚情假意地鼓掌，吹得张天一的心里乱七八糟。

警察押着张天一，绕过一片接一片的高粱地，奔向一个隐蔽的村落。走到村子的中央，眼前是一座影壁高耸的深宅大院，两个便衣隐身在门楼里，端着枪，警惕地站岗。抬眼望上去，墙角的炮台上，有几个脑袋藏在垛口里，巡视四周。不用问，大院里住着的是大官儿。

张天一被推进了二进院的正堂，居中八仙桌旁的太师椅上，坐着一个身穿普通士绅衣着的人，他一眼就认出了，那人是辽宁警务处处长兼沈阳公安局长黄显声。警察向黄显声报告，抓到了重要疑犯——张天一。

黄显声的眼睛丢在张天一的脸上，毫无表情，他淡淡地对那几个警察说，松绑吧，你们抓错了。

警察们疑惑地看着黄显声，确定无疑就是张天一，怎能错呢？

黄显声说，这个人我认识，他叫张天一不假，却不是通缉犯张天一，他是少帅的警卫官，在长官司令部，不在七旅，两个人重名了。

　　警察们疑惑而又失望地走了,眼里流露出了没打到狐狸惹出一身臊的表情,边走边嘀咕,怎么会抓错呢?不可能呀,黄局长是不是看走眼了?

　　张天一表露出了一副好汉做事好汉当的表情,坦率地说,就是我,没错。

　　黄显声说,打沈阳城的日军,总共伤亡还不到五十人,我知道,差不多有一半倒在你们的枪口下,我还知道,你在策划打渡口,乱世缺人杰,你走吧,向日军开第一枪的罪过就让我担着,少帅怪,就怪我,打渡口时,别穿军装,别再给少帅添堵了,就当是民间武装。

　　张天一冷笑了一下,都愿做抗日的第一人,王铁汉也是这么说的,打响第一枪有个屁用,见到谁为守沈阳血战到底了?他低下头,瞅见了那串绳子,刚才这串绳子还紧绷绷地把他捆得骨肉酸麻,现在,却软塌塌地躺在地上。他觉得,整个东北军的军官都像这绳子,该软的时候不软,该硬的时候不硬,他妈的,当兵就是打仗的,还不让穿军装,怕个屎。

　　他抬起脚,愤恨地踢向绳子。绳子飞起来,挂在中堂的一幅画轴上,晃荡不已,那画叫岳母刺字。

　　张天一扬长而去。

10

　　借着月光,张天一从高粱地里钻了回来。

　　后半夜,苍黄的月亮沉落下去,霎时间,天地掉进了黑暗的深渊。

按照事先的谋划,张天一、老梯子、肇参谋带着各自的人马,悄然无声地摸了出去。大车店人多嘴杂,没准会有人把他们的行踪泄露出去,日本人个个是间谍,若是混在难民里,闻到了他们攻打渡口的腥味儿,所有的谋划将会是水中捞月了。

张天一带走的人很少,只有四五个弟兄,其余的都给了肇参谋,包括张准张响两兄弟。肇参谋带人打埋伏,人少了不顶用,在北大营,小日本的厉害大家不是没尝过,不管承认还是不承认,人家都能以一顶十。

拂晓时,张天一带着几个弟兄,一身短打扮,一人扛着一面"羿"字旗,搅起一片尘土,嚣张地奔跑在通往渡口的黄土大道上。他们不穿军装,不是怕连累警察和东北军,而是为了麻痹日军。

离渡口一百多米,张天一立住了脚步,再走下去,就进了敌人的准确射程,几个弟兄的命都会交代出去。他让弟兄们挥舞起"羿"字旗干扰敌人的视线,自己举起铁喇叭,痛骂着,渡口是老子的,你他妈的是哪个路子上的黄狼子豆鼠子,敢到我的老虎窝里撒野,赶快滚,爷爷我发了威,让你们坐上土飞机。

渡口里的日军,早就牢记了"羿字号",这个叫后羿的新民土匪,不知搅了他们多少好事,拆散了多少个与绿林武装的联盟,劫掠了多少银圆和钞票,他们曾派出数十个情报高手,始终没摸清后羿的来历。现在好了,俘虏和降过来的东北军共同证实,后羿就是在北大营斗胆向皇军开第一枪的人——直属队上尉军官张天一。这是东北军通匪的铁证,关东军司令部把炸柳条湖南满铁路的幕后黑手指定为张天一,只要抓住他,柳条湖事件的证据链就算完整了。

双方的枪战立马开始,第一次攻打渡口的情景立刻重现了,"羿"字旗被打得千疮百孔,不得不丢弃掉,跟随张天一的几个弟兄都"死"了,倒在地上,一动不动,只有张天一一个人不计后果地开枪,没有目标地撒手榴弹,疯了般大骂,有本事伸出你们的乌龟头,老子一枪一个要你们的命。

张天一的顽固,惹得碉堡里的日军哈哈大笑,随从都死光了,一个人想夺下渡口,岂不是蚍蜉撼树。他们发动了两辆挎斗摩托车,追击出来,看一看张天一怎么要他们的命。张天一在一挺机关枪的威逼下,没有了还手的余地,抱着脑袋,寻找着隐蔽物,向着辽河上游逃窜。

日军也不再开枪,群狼追小鹿一般,不急不忙,戏弄着张天一,高低要让他累得瘫倒在地,然后拎小鸡子一样,把他装进挎斗里。

张天一鹿一般的长腿算是没有白长,专拣沟坎与砾石的地方跑,而且越跑越快,弯越拐越急,挎斗摩托颠得快要飞起来了,眼看抓住了,还是被逃脱了。不知不觉中,他们越跑越远,直至掉进了肇参谋的埋伏圈,依然毫无察觉。

老梯子骑着高头大马,领着六七个弟兄,来到渡口,"哇啦哇啦"地向里边喊日语。弟兄们听不明白,可老梯子心里很清楚,他喊的是地地道道的北海道日语。那是他在奉天念书时跟老师学的,老师家住北海道,他天天和老师厮混在一起,混得比父子还亲,与老师的腔调分毫不差。老梯子冒充关东军司令部委派的便衣督察队,督察防务。他训斥驻守在渡口的日军,不该放弃坚守不出的训导,遭到土匪或东北军的余部袭击,如何应对?

尽管老梯子伪装得天衣无缝,渡口里留下的日军,并没放松警惕,毕竟他们从未谋面,缺少信任的基础,除了"哈依哈依"地承受着训斥,就是不肯打开大门,放他们进来。老梯子不急,也没露出非要进去的企图。大家谁也不说话,牵着马伫立在门外,老梯子警告渡口里的日军,追击出去的人不回来,他们不会走,不放心渡口的安全。

"督察队"的担心很快成了现实,四五里之外,枪声大作。

追击张天一的日军,摩托车开进了铁蒺藜阵,歪歪扭扭地开出来,轮胎的气已经跑光,再往前开,车轮耍龙,车把扭曲,无法正常行进,更谈不上追击了。眼见得活捉张天一无望,他们便想打死他。肇参谋甩掉伪装,开了第一枪,张天一手下的十几个弟兄,还有老梯子召集过来的几十个人,对进入包围圈里的日军一同开火。六个日军俯身爬下摩托,把两辆摩托车支撑成人字形,利用钢铁之物的缝隙,边冷静地还击,边拉着摩托向河岸撤退。寻找到一个凹陷的水坑,他们藏好身体,依然拿着摩托做掩体,两个人一组对付着三面围攻上来的人。大盖枪真准,日军也确实是训练有素,基本上是弹无虚发,谁跳出来向前冲锋,谁就会被打中,好几个弟兄已经血流如注。

被追赶的张天一终于能喘口气了,他折身返回,告诉弟兄们,瞄准摩托车的油箱打,烧死这帮王八羔子。可是,他们的枪,不是射程不够,就是瞄得不准。他拍了拍始终一枪不发的张准,在地上画出挎斗摩托,圈定了油箱的位置,鼓励张准开出这一枪。

张准闭了下眼睛,深深地吸了一口气。张天一只提醒两个字,你爹……张准再睁开眼睛时,手就不抖了。他瞅了眼张天一,沉静地盯着摩托车。一声枪响,一团大火冲天而起,一个日本兵立刻跳起,一脚踹开了升腾着烈焰的摩托。张准的第二枪及时补上,正中这个日本兵的眉心。不等张准第三次开枪,另一个日本兵看到挡子弹的摩托车成了巨大的危险,提前用枪托给推开了。

缺了钢铁的掩体,又少了一个反击的力量,况且遇到了神枪手,日军反击力量立刻减弱,观察战况时,头刚一探出,立刻缩回,恐怕成了狙击的目标。

张响不错时机地吹起了冲锋号。日军早就防备着对手的冲锋,架起轻机枪,向跳起来冲锋的人群扫射。

消灭号手是战场上的常识,张准担心弟弟遭到不测,不再犹豫,也无须张天一鼓励,沉着冷静地击毙了机枪手。人群拥上去,凹坑里的日军,只剩下四个了,并且狙击手已经击垮了他们的意志,再不逃跑,只有死路一条。他们迅速翻滚出水坑,一路蛇形奔跑。尽管大队人马子弹如蝗,紧追不舍,最终还是有个日本兵扎入辽河水中,顺流而下逃走了。

携着大队人马,肇参谋乘胜杀向渡口,张天一倒在渡口外的几个弟兄"死"而复生,操起了家伙,黄显声也派出了便衣警察助战,几股穿着杂乱衣服的队伍齐聚渡口。肇参谋充当战地临时指挥官,指挥各路人马,排兵布阵,条理有序地发起了进攻。

最先阻击各路人马进攻的,不是渡口里的日军,而是渡口外的老梯子假冒的"司令部督察队",他要把假戏唱真,真刀真枪地阻击。日本人眼睛毒着呢,真打假打,多瞅几眼就能辨出,只能豁出去了,把苦肉计做足。

毕竟人少,老梯子的弟兄又不是红了眼地往死拼命,警察和败兵们不晓得这是计谋,把子弹全泼给了他们。他们一退再退,一直退到渡口的大门下,无路可退了,老梯子不断地恳求开门,进入工事阻击,上边的日军却不为所动,要把命令执行到底,不让任何陌生人进来。

老梯子的戏唱到头了。

既然进不了虎穴,就他娘的强攻了,反正到了他们的鼻子底下,计谋也算成功了一半儿。他们掏出怀里的手榴弹,炸开渡口的大门,甩向里边的防御工事。随后,他们从马背上取出缠着旧棉絮的木棍,棉絮里灌着煤油,裹着辣椒面、胡椒粉。点燃了,他们骑上马,施展镫里藏身的绝技,冲进渡口的院子,把火把甩向日军藏身的碉堡与工事。

一时间,渡口内浓烟滚滚,远方的视线全被遮蔽住了。老梯子的目标瞄在了渡口里的迫击炮,想夺下来。日军看出来了他们的企图,尽管烟呛得他们几乎喘不过气来,并不影响他们在浓烟的缝隙间瞄准。幸亏有马的身子做遮挡,老梯子他们几个才没受伤,不过他们的马却都死了。

借着爆炸硝烟的掩护,大队人马潮水一般涌上来,难民们也看到了曙光,从四面八方赶来,拿着扎枪棍棒,也来助战。

大势已去,日军不做无谓的牺牲,他们冲出碉堡,抓起迫击炮,扛着跑向渡口,乘船而逃。

流亡的人群数以万计,闻听毓宝台渡口打开了,昼夜不停地奔过来,为数不多的几条小船,也是昼夜不停地摆渡,船工们都累得虚脱了,爬上岸来耍赖,给多少块大洋也催不动,说啥也不划桨了。大河里划桨,是技术活儿,不是单凭力气就行,幸亏老梯子有人脉,从对岸找来几个船工替班,才让眼睛盼蓝了的人群又盼到了希望。

准备渡河时,东北军和警察像夏天里的蚂蚱,忽的一下子,从高粱地里冒了出来,看得张天一目瞪口呆。

黄显声整训了一路逃过来的东北军,重新恢复建制,警察也编入了战时序列。第一批渡过辽河的是老帅和少帅高薪请过来的东北大学教授,随后是流亡的学生和戴眼镜的读书人,谁想混进来,都逃不出张天一的火眼金睛,皮鞭子早就伺候上去了。

接下来,渡口先军警后民众,一拨拨地往对岸过。等到队伍过净了,黄显声把守渡口的差事完全丢给了张天一的"羿"字号,临走时,扔下一份布告,赦免了所有的绿林胡匪,允许他们自发组织抗日义勇军。

老梯子近水楼台,带着他的人马,第一拨过去了。可是赦免令在东北军和老梯子的队伍间没管用,不知内情的东北军,以为老梯子真的成了日本人的帮凶,假作真时真亦假了,双方互不相让地又打了起来。

本来忙得不亦乐乎的张天一,又分出精力给双方调停。好在肇参谋指挥有方,渡口在他的维持下,紧张而有序,没出乱子。只有一件事儿,特别蹊跷,张天一不在渡口时,神枪手张准失踪了,连张响都不知道他哥去了哪儿。

三天三夜,张准去向不明。三天三夜,逃难的人群依然没有过净。三天三夜,日军又占据了沈阳城周边很多城市,腾出了人手,从铁路上运来了一个骑兵联队,要夺回渡口。这是一支装备精良的部队,马背上驮着的迫击炮不算,专门分出十几匹马,拉着十几门野炮。

渡口的碉堡里,各种物品,摆放有序,干粮弹药充足,连水井都挖下了。日军逃跑时,只顾带走外边的迫击炮了,里边的物品原封未动。这些物品中,张天一还发现了几张照片,照片都是一个人,就是他张天一。一身戎装照片的背面写着一行字,日语夹着汉语,七旅、上尉、张天一、策反。扛着"羿"字号大旗的照片背面写着,后羿、张天一、策反。他忽然明白了,日军本来可以轻而易举地打死他,留下他这条命,是别有企图的。

操起一架望远镜,张天一向外望去,碉堡的视线极好,日军拉来的炮,他看得清清楚楚。那些炮,他认识,都是东北兵工厂仿日本造的,如今被日军缴获了,反倒让人家用得得心应手,那些炮弹,成了悬在头上的利剑,随时都可能被日军抛过来。

渡口顿时乱了,人们惊恐万状,急着渡河。

张天一不能让渡口乱下去,日军间谍无孔不入,带着弟兄们冒充"羿"字号绿林,是桩保密性极高的事情,七旅也没几个人知道,可是日本人却知道了,把他的身份和照片弄得清清楚楚。所以,他必须事先做防范,确保间谍渗透不进来。每一个求渡的人,身上要被掏得干干净净,既然扯起了"羿"字号大旗,索性就是真的,土匪劫道天经地义,想保命就舍财。反正东北军和老梯子的绺子早已过河,从谁身上搜出武器,哪怕是把军刀,也要捆起来,关进大车店。他加十二分的小心,防备日本的奸细浑水摸鱼。

一根绳子从渡口延伸出二百多米,人们的右手攥在绳子上排队。

自打日军的骑兵一出现,张天一就关闭了渡口,哪怕外边哭天抢地,扬起的大洋在阳光下闪烁着耀眼的光芒,他也毫不动摇,武力驱散了人群,让他们分散到乡村避难。渡口面临着一场残酷的战斗,他不想让老百姓无谓地牺牲。

这时候,他就更想张准了,张准是他的主心骨,一把狙击步枪,一千米的命中率,五百米的精准点射,哪个敌人不望而却步?

然而,当张天一发现张准时,脸"唰"的一下子,白了。张准不再是三天前的张准了,他站在了日军指挥官的身旁,穿的是二鬼子的衣服,身边飘扬的是太阳旗。这个浑小子,难道忘了他爹是咋死的?他这么精心地培养张准,还不是因为他和日本人有杀父之仇,掉了脑袋,也不该在日本人的队伍里。

本来张天一心里堵得像塞了一堆烂麻,他的军师肇参谋又给他添堵。肇参谋要求张天一把"羿"字号的旗帜从瞭望台顶撤下来,这是一场国与国之间的战争,绿林和土匪与日军对抗,岂不是以卵击石,更何况,和日军怎么打,国民政府拿不出个态度来,咱们就用青天白日旗向政府表态,这场战争,无法逃避,非打不可。

张天一梗着脖子不同意,"羿"字号就是专打日寇的,国民政府完蛋了,指望不上。肇参谋也梗着脖子,不挂青天白日旗,就不给出主意,不拿作战方案。张天一软下来,他知道肇参谋的心结,不想入伙,不当绿林。

可是,他的心一软,就犯下弥天大错,肇参谋扛着青天白日旗跑向瞭望台时,他的头突然间一阵剧痛,一幅画面势不可挡地闯进他的脑海,肇参谋捂着左胸,顽强地挺立着,用尽最后的力气,竖牢了青天白日旗,血从胸脯涌出,也从嘴角渗出,天上的云也浮现成了巨大的红棺材。

张天一冲着瞭望台喊,别去,危险!

已经晚了,张天一预知来得太迟了,迟得与现实接踵而至。在毫无征兆的状态下,一声单纯而又遥远的枪声响过,肇参谋的身体突然一颤,脚步便顿住了,一朵梅花瞬间绽放在他的胸口。他的眼睛瞪向远方,脚步艰难地向前迈去,终于立稳了旗帜。他撒开了双手,右手吃力地向张天一摆了下,便仰面朝天地倒下去。那一刻,他还没有失去知觉,眼睛急切地寻找着张天一,可惜,张天一离他太远,飞不过去。他的嘴一张一合,想说什么却说不出来,眼光从期盼滑向了迷茫。身体一阵剧烈的抽搐之后,肇参谋气绝身亡。

这枪声,张天一太熟了,是张准的狙击步枪发出的。

渡口顿时静下来,只剩下河水在浩荡地奔,青天白日旗呼呼地响,没心没肺地飘扬。

一声狼一样的嗥叫,肇军师!

张天一的嘴角咬出了血,拉出了架势,和日军决一死战,要活捉忘恩负义的张准,拿他的人头祭奠肇参谋。可是,日军却不慌不忙,跟随在中佐坐骑的后边,向着渡口徐徐而来。这时,张天一看清楚了,太阳旗下,不仅站着张准,还站着张响的父亲。那个老锡匠被捆绑着,绳子的另一头拴在马鞍子上,一旦张准不听话,一拍马屁股,老锡匠就会被拖得体无完肤,一命归西。

用不着解释,一切都明了,日军对他们了如指掌,张准被日本的特工绑架了,老锡匠成了人质。

张响也看到了父亲,他对父亲喊,一头撞死算了吧,别让儿子替你遭罪了。张准骂着弟弟,百善孝为先,你怎么能咒你爹死呢。

日军的中佐,是个老军官,显赫地坐在马上,根本不惧有人开枪打他,不紧不慢地催着马,一步一步走上来,用流畅的锦州腔喊着,他说他喜欢"羿"字号,也喜欢叛逆的张天一,他劝告张天一,不要做无谓的牺牲,"羿"字号这杆旗也别打了,后羿射日的传说,是无稽之谈,太阳是我们这个星系绝对的领袖,别做蚂蚁啃大象的蠢事了,看你是个英雄,放你一马,否则大炮一响,渡口就会夷为平地。

张响操起大盖枪,一枪一枪地向外打,恨不得一枪打死张准。可是,他们谁也不是张准,也不再有狙击步枪了,子弹在远处的空中画个弧,便消失了。有一颗流弹擦在了中佐的耳朵上,那个老家伙居然躲都没躲,一动不动,任凭血在脸上淌。

张天一按住了张响的手,劝他不要无谓地浪费子弹。张响哭着说,我们什么都能容忍,就是不能容忍背叛。张天一无奈地摇摇头,他说,以后的日子,背叛或许会天天发生。

对面那个老中佐又开始喊了,我是谁,你们的知道,大日本关东军二十七骑兵联队长古贺传太郎,二十六年前,老子骑马生擒过壮如蛮牛的俄军上校,对付你们这几个小毛贼,浪费我的炮弹不值得。

老王八蛋,张天一心里骂了句,早他娘的成了东北通。他环视一眼弟兄们,心里酸溜溜的。肇参谋没了,对面的骑兵联队人数是他们的几十倍,野炮迫击炮一字排好,炮口直指渡口,谁都不知道这仗该怎样打了。张天一把脸背过去,对他的弟兄们说,想过河,想学张准,他都不拦,想发财,也可以把他的脑袋拿走。

弟兄们木偶一样,谁也不动,摆出了和张天一同赴死的样子。

日军没开炮,也没进攻,耐心地等着张天一去投降,一等就是好几天。这几天,日军又杀了几个人,都和张天一有关。大车店的老板也被砍了,脑袋装在一个托盘里,派村里一个杀猪的送过来。那个杀猪的闭着眼睛往前走,腿在打晃,好几次差一点把自己绊倒,若不是怕张准开枪打死他,早就丢下脑袋逃跑了。

或许是张准的原因,日军抱定了收降张天一的决心,始终围而不攻。

两军僵持中,发生了一件奇怪的事情,日军赶来了一辆大马车,马车上拉着一口猩红的大棺材。张天一怔了下,已经赤裸裸了,用得着还用棺材掩饰重炮吗?老中佐指着棺材冲着渡口喊,肇庆参谋是个人才,敬重他,送你们的礼物,盛殓他。

没人赶车,大马车游荡在两军之间,马在悠闲地吃草。

张天一把匣子枪掖在腰间,去接棺材。弟兄们怕棺材里有阴谋,万一里面装着人,或者是炸弹,就有去无回了。张天一不以为然,反正就是这样了,日军想让他们死,还不是很简单,万炮齐轰,就结束了。既然死都不怕了,还怕个屁。

他钻出碉堡,推开渡口的门,冲着张准喊,我知道你的枪准,别打心脏,冲着我眉心打,别让我痛苦,那边的弟兄缺少快乐,我不能愁着脸去陪他们。

没有枪声,对面死一样静。

张天一跳上大马车,拉着红棺材,赶回渡口。打开棺材盖,入殓的时候,张天一哭成了泪人,他抱着中校参谋肇庆的遗体,不肯撒手,恐怕这辈子他再也见不到这样会打仗的人了。就要钉上棺钉了,弟兄们强行将他们隔开。

棺材里,张天一把肇参谋所有的遗物都装了进去,只剩下那本还没写完的作战谋略,他要留在手里,就当他的军师没死,让这本书替他出谋划策。

渡口已经失去意义,再守下去,也渡不走逃亡者的苦难。张天一决定放弃,护着肇参谋的灵柩,渡过辽河,为他这个患难兄弟寻找一个长眠之地。

中秋的辽河,浑浊的浪头一个追赶着一个,风在呜咽,早衰的树叶被风揪下来,随波逐流,红棺材在大河中格外显眼。

张天一想,把肇参谋安葬在石山吧,那里离老帅家的祖坟不远。

第三章　抗日募捐

11

　　张恩远没有想到,他一向引以为豪的儿子,居然当了逃兵。

　　作为锦西县联庄会西五会的会长兼总教头,自然是全县习武之人的楷模,人称张恩远为锦西的林冲。他却极力否认,起码他认为自己从来不逆来顺受,也不是软柿子,邦邦硬的汉子,谁敢当高俅,他就把谁的脑袋揪下来,当球儿踢,闭着眼睛能保十里八村的平安。

　　他说,叫他武都头还差不多。

　　虽说本事一身,然而光阴荏苒,却没有年轻时的豪气了,年近半百了,还能有多大的奔头？无心再闯江湖,守家持业足矣,他全部的心思都在儿子身上,最大的愿望,让儿子像老帅那样英武无畏、少帅那样英俊多才。

　　两个月前,儿子从北平回家,诸葛神算一般,谈笑间将几十里开外的土匪悉数拿获,这般神勇,锦西县还能找出第二个？那段日子,走在县城的一字大街,张恩远神气十足,像儿子中了状元,到处吹嘘。县长孙国栋过来了,他不让路,冲着县长抱拳,高声寒暄着,少帅夸你呢,高尔夫球打得好,让我儿子给你带好。碰到公安局长袁凤台,也是大大咧咧,不无自豪地夸耀自己的儿子,少帅的警卫官了,用不了多久,也会和你一样,当少帅的副官。

可现在,儿子不再是少帅的红人,莫说是副官,警卫官也不是了,还当了逃兵,真是让他羞愧难当,就差挖个坑,把自己埋进去,好在他有借口,都怪小日本。

那是柳条湖事变后的第八天,正当中秋节。

收获之季,本该欢天喜地,锦西县城却一片黯然。街面上的人比平时少了一大半,三五成群地聚在一起,不买东西,乱哄哄地议论着什么。

傍晚,黄澄澄的一轮大月有气无力地升起,迷茫地凝视大地。城北的草甸子荒草萋萋,后湖里也是花残荷败。藏了一夏天的湖水,忽然间露出本相,卑躬屈膝地捧着天上的月亮。

湖水的倒影忽然纷乱起来,逃兵张天一回来了,身后跟随着十几个狼狈不堪的弟兄。他们沿着湖边的小径,东倒西歪地走,疲惫得腿都迈不开了。进了河边水车旁的简易房,弟兄们再也挺不住了,横七竖八地躺下。

安顿好弟兄们,张天一折回月光里,走向自己的家。

最先发现张天一的是二叔张恩发,二叔被嫂子支派出去,到有人当兵的人家,挨村打听侄儿的下落。月光下,二叔刚从外村回来,看到有人跟跟跄跄过来,一眼便认出了是侄儿。他顾不上和侄儿打招呼,飞也似的跑回家。随着大门轴吱扭扭地响过,好消息像报春的燕子,一下子钻进了屋里。

二叔扶着大门,大口喘着气,这才折回身,去接侄儿。小时候,张天一是二叔张恩发的尾巴,打山鸡,撵野兔,斗花蛇,掏狼窝,每一次,二叔都能玩出新花样。后来,二叔突然变得安静了,在学堂里迷上了画画儿。还用小锤子、小钳子在洋铁片上琢磨出小鸡小鸭小鱼儿的模样,活灵活现真的一样。二叔把这些拿到集市,换回一角两角的小银洋(铜钱),补贴家用。

集市上的人,大多想的是温饱,没有多少人有闲心玩工艺品,换回的小银洋也不多。看着小银洋,二叔眼馋,仔细琢磨着,那些图案有啥了不起的。后来,他干脆自己敲打出了小银洋,和真的分毫不差,不管买什么,没人质疑。

张家从此发迹。

自己造钱,让大帅知道了,肯定会掉脑袋的,二叔怯手了,做起了另一个行当——铁匠炉,靠他的巧手打大刀,打长矛,还学会了修理枪械。一时间,官府、绿林、土匪都把他当成香饽饽,每一次剿匪,张家都会发上一笔财,都来找张家老二修枪。

借着昏黄的月光,张天一看到了二叔,一直当拐杖挂着的长枪,一下子从手中滑落下去,腿一软,泥一般瘫倒了。他真的走不动了,甚至二叔伏下身子背他,他都不知道伸出手,去抱二叔的肩膀,只是叮嘱二叔一句,枪别丢了。

母亲张崔氏立在家门口,怔怔地望着老二背上的儿子,悬着多日的心终于落下。

八天前,柳条湖的事儿,一直揪着母亲的心。炮弹可不长眼睛啊,儿子就在北大营里,万一躲不过怎么办?她天天守在邮电局,盼儿子的电报、书信或者是电话,可每一天都是空空的等候,直到日落西山,才悻悻而归。

儿子是破衣烂衫地跑回来的,扣子丢了,衣襟左一道右一道,都是口子,后背还有大大小小的窟窿,肩膀处也磨碎了,找不到军装的模样。可是,儿子却没丢下步枪、匣子枪,还有子弹袋。母亲挥起手臂,捶打着儿子的前胸,泪如雨下。张天一却不在乎母亲的拳头,直奔八仙桌,抓起月饼,一口咬掉了一大半。母亲劈手抢下月饼,饿了这么久,狼吞虎咽地抢着吃,不管噎着还是撑着,都会落下毛病。她舀过一瓢水,让儿子先把肚子喝饱,再慢慢地吃下月饼。

两块月饼下肚,张天一打起了精神,猛然想起,弟兄们还饿着呢,吩咐家人,赶快去水车旁的简易房,给他们送吃的。说罢,一头栽在炕上,呼呼大睡。

一觉睡到第二天中午,伊兰小姐来找他,他还没醒。

这一觉虽然睡得久,却不踏实,时常惊悸地抽着腿。梦里,他又回到了那天晚上,炮弹在身边轰轰炸响,火光中,周围全是残垣断壁,没有身子的脑袋,没有脑袋的身子,还有四分五裂的肢体,到处悬挂着。

梦中,他又看到中校参谋肇庆,肇参谋的胸口开着一朵鲜艳的花儿,冲着他笑。高高的坟头,掩埋不住肇参谋的身子,肇参谋钻出棺材,坐在坟头,飞向了老帅的棺材。老帅从棺材里坐起来,骂道,妈了个巴的,你这个臭小子,不替我报仇,陪我来干啥?

炮声又起,日本兵漫山遍野追来,老帅骂道,不知道张作霖手黑吗?老帅一扬手,墨斗鱼一般把天地都甩黑了。墨散天明时,四野茫茫,杳无人烟。

炮火连天的梦境渐渐远去,一缕淡雅的香味儿袭入鼻息,这气味让张天一好激动,他贪婪地嗅着,这么熟悉的味道,啥时嗅过呢?

睁开眼睛,猛然看到了伊兰,这才释然,是伊兰的体香。他忽然觉得,是不是还在梦里,伊兰怎么林妹妹一般,从天上掉到眼前?

拧了一把大腿,疼,不是梦,他的眼睛就留在了伊兰的脸上,喃喃自语,没死,老子命大,活过来了,又见到亲人了。

伊兰俯过身,满脸的渴望,她说,跟我走,到街上去,用大喇叭唤醒民众,告诉大家,日本兵在省城怎样屠杀无辜的。

张天一本来激动得想一跃而起,可看到陪在伊兰身边的曹觉知,心一下子就沉下来,依旧躺在炕上,不想动弹,瞅向曹觉知的眼睛就有些虎视眈眈了,说出的话里便有了挑衅的味道。他对伊兰说,亲一口,我就去。

曹觉知愤怒了,虽然他一副文绉绉的样子,却不是柔若无骨,不允许有人调戏他的未婚妻。他挡在伊兰的身前,指责道,难怪东北军见到日本关东军望风而逃,你是个英雄了,还没脱兵痞样儿。

伊兰拉开了曹觉知,她说,不就是亲一口吗?我没那么封建,只要你肯揭露日寇的暴行,鼓动出大家的抗日激情,这又算得了什么,说吧,亲哪儿?

张天一坐了起来,伸伸懒腰,蔑视地看了眼曹觉知,拍着胸脯说,老子替全中国开了第一枪,别说是伊兰,全县的女人都该亲我,咱是爷们儿。

曹觉知呆愣愣地站着,这些年的书算是白读了,明知张天一是戏弄伊兰,却无言以对。

伊兰满脸通红,正在犹豫着张天一会亲她哪儿,亲脸蛋儿,亲额头,她都不怕,她就怕亲嘴儿,亲胸脯儿。

张天一瞄了眼曹觉知,忽然跳下炕,冲着伊兰挥下手,算了,亲不亲不重要,心里有我就行。

现在,他最难受的是肚子,昨天吃饱了,现在又饿了,肚子里咕咕地闹腾着,晚吃一会儿,会被饿死一般。他没闲心逗伊兰了,喊了一声,妈,我要吃饭。

一盆高粱米粥立马端上。母亲知道儿子醒来会饿,早就把粥温在锅里,等着呢。张天一连碗都不用了,端到嘴边儿,仰起脖,一口气儿将粥喝净。

看到张天一把嘴唇擦净,伊兰说,吃饱了,喝足了,该上街办正事了。

张天一瞅了眼伊兰,又瞅了眼曹觉知,一个是学生腔儿,一个是书呆子,都是提不了枪、拿不了刀的。打日本需要真刀真枪,脑袋掖在裤腰带上,学生和教书匠,最大的本事,就是发发传单,喊喊口号,扯扯标语,放放怨气,鼓动一些没见过世面的人,让他们热血沸腾而已,日本兵真的来了,一发炮弹落下,全都傻,躲都不会。

他回敬一句,啥叫正事儿?你嫁给我才是正事儿,敢答应吗?还有你,曹大公子,敢和我决斗吗?

伊兰瞅了眼还在傻站着的曹觉知,红着脸说,张家少爷,别开玩笑了,我们说正事儿。

张天一说,正事儿就是娶你,我不是开玩笑。随后,他继续半真半假地挑衅曹觉知,见没反应,嘲笑一句,认怂了?说罢,背起枪,嘴里愤愤地说,和日本兵玩命,还得靠我这群生死弟兄。随后,他迈开大步,与弟兄们会合去了。

伊兰追赶出来,喊着,跟我上街,我爸早就接到电报了,长官司令部通缉你呢,我爸按下了没发,我爸呼吁收复沈阳,全民抗战,对你法外开恩,求求你给大家鼓鼓劲儿吧。

一宿觉一锅粥，满身的劲儿又回到了张天一的身上，一路上都是被通缉的消息，他习惯了，没等伊兰把话说完，一溜烟地跑没影儿了。

龙王庙前的大广场，已经不够用了，又拓出一片沙砾地，村里的壮劳力打夯平地，碾出了一大片共用的打谷场。辽西走廊的节气，要比沈阳的早，庄稼已经开镰，每家每户割下来的高粱头堆在周边，没人着急打场，让给了练兵的人。

西五会几百名弟兄全来了，横横竖竖地排列着。一同逃来的十几个弟兄，成了教官，大声喊着口令，逐个规范大家的动作。年龄最小的小号手，手里举着赶牛的鞭子，看谁站不直，就用鞭子抽谁的腿。张恩远站在一旁给儿子的弟兄们壮腰眼子，谁敢反抗，哪怕是翻眼珠子，他也会凶狠地呵斥一通，骂他们，练不好本事，遇到事儿，第一个吃枪子的就是你。

一夜未见，弟兄们破烂的军装被补上了，洗净了，个个精神头都养了过来。张天一不禁喜上眉梢。父亲告诉他，你弟兄们的军装都是你姐带着人缝补和洗涮的，她忙了一宿，早晨还煮了一大锅高粱米粥，煎了一大盆小白鱼。

张天一瞥见了晾在树林里的网，秋日里充足的阳光晒蔫挂在网上的青苔和草叶。这挂网是母亲用最好的棉花纺的线，织成网后，在猪血里泡了七天七夜，直至苍蝇满天，恶臭扑鼻，才把网泡得如此坚韧。满县城只有张家使用网打鱼，张家人手巧，能花样翻新地做各种工具。

从父亲的神情中，他看得出来，父亲也是半宿没睡，蹚在越变越凉的河水里，给他的兄弟们捞小白鱼。这是女儿河独有的鱼种，顶多长到三寸长,穿梭在流动的河水里,肉质鲜嫩松软,没有一点儿土腥味儿,酱焖炖炸均可,尤以油煎最香。

可见,父亲是用最大的热忱,款待他的弟兄们。

不停歇的操练,累得西五会的弟兄们汗流浃背,他们边跑,边随着弟兄们一块喊,打跑小日本,收回沈阳城,直到把嗓子喊哑。

张恩远觉得该让弟兄们歇会儿了,举起洋铁皮做的大喇叭,让大家立定,稍息,郑重地向弟兄们宣告,从现在起,我张恩远的大号就叫"震东洋"了,老子和日本人交过手,和亮山一块儿收拾过日本人的运钞车,没啥了不起的,真打起来,长不出三头六臂,有本事别让我们从他们的眼皮底下把钱拿走!

用不着有人戳穿,张恩远是自己抖搂出藏了多年的家底儿。

有人嬉皮笑脸地问,好几万东北军,咋让几千个小日本给收拾了?

张恩远回敬道,好几万人有啥用,没枪没刀,和羊有啥区别,等着挨宰呢。我儿子,那才是英雄,十几个弟兄对抗好几百个日本兵,谁伤到了他们一根毫毛?狼都进屋来了,不打,就是死路一条。

父亲极力地为儿子当逃兵辩解。

好了,到底是父亲懂他的心思,替他做了该做的事情,他可以放心地走了。尽管口号不解决问题,唤醒民众,还是对的。起码他还想瞅一瞅义正词严的伊兰,是一副什么模样。

一想到伊兰,一股春潮涌进张天一的喉管,他更加思念伊兰了。现在,他有点后悔了,不该对伊兰恶言恶语,若不是瞅见了曹觉知这个王八蛋,他的心才不会乱呢。这时,他有些愤愤不平了,伊兰的眼睛又没瞎,凭啥看不见他这条人中之龙,偏偏看上了曹觉知这个白面书生,除了咬文嚼字,还能干啥？日本人举个手指头,就能让他趴下,怎能当她的未婚夫？

反正伊兰仍待字闺中,只要未嫁,难说是谁的媳妇,他要找伊兰,诉说衷肠。

张天一抄近路,沿着女儿河的大坝向县城走去,不知不觉,走到了城北河畔的后湖。正午的后湖,比夜里的还要残败,荷花早就凋零得不见踪影,大大的荷叶快要枯没了,蔫蔫地潜在水中,只有干瘦的荷茎、干瘪的莲藕,还在顽固地坚守。没有绿的覆盖,湖水宽敞而又清亮。风吹过,湖水荡起道道波纹,不知疲倦地向远方扩散。

家里的水车进了张天一的眼睛,旋转的水车正在替代毛驴,给张家磨豆子。磨眼里,至少要填进一百斤泡涨了的豆子,否则做不出足够的豆腐,喂不饱西五会那些训练累了的小伙子,还有他那群饥寒交迫的弟兄们。

水车在转,磨也在转,旋转之中,张天一的眼前虚化了,又回到了两个月前,那个接天莲叶无穷碧的上午。他闭上眼睛,仿佛又一次把伊兰抱在怀里,那个令他心荡神驰的时刻,永远刻在他的记忆里。

想到要见伊兰,他不由自主地加快步子。

和两个月前一样,张天一又走进了县城。和两个月前又不一样,他没走在大街上,专门钻着胡同,他不想见人,有一种负罪感总是缠绕在他的胸间,好像沈阳是他弄丢的。起码,有人问起,怎么当了逃兵,他无法回答。

天朗如洗,街上却人影稀疏,石灰石碾成的马路,白花花地袒露出来。摔在地上的阳光,像晴天的霹雳,炸散街上的人迹。街上为数不多的行人,耷拉着脑袋,走得心事重重。枯黄的落叶一片接一片,铺在街上,脚步踩在上面,发出脆生生的响动,像踩裂了一颗颗心。

谁能想到,才两个月的光景,便是沧桑巨变,《清明上河图》般的县城,像遭遇了一场突如其来的寒流,变得一片肃杀,满街的落叶越来越稠,满城的人心越来越冷。街面上的每一家商铺,都像是纸匠铺,妖里妖气,没有人气。街上每一个人,身后都像背着个鬼,回头回脑恐慌地走。

那种妖气,那个背着的孽障,就是对日本兵的恐惧。

关里来的客商们,背起行囊,卷上银票,挎着钱褡裢,早早地赶回了老家,免得像沈阳城一般,血本无归。本地的坐商诚惶诚恐,忘记了进货,冷淡了客户,到处打听日本兵到了哪儿,惶惑得魂不附体。

一时间,街面上店铺的租价一落千丈,出兑出让出卖的店家一户接一户。原来能买一盒槽子糕的一张老奉票,现在买不来两根洋钉了,边业银行发的新票子也等于废纸了。"哗哗"响的袁大头、孙小头,又开始吃香,再沉人们也愿意揣,否则,一根羊肋骨都买不成。能当钱花的票子,除了国民政府的法币,就是日元和满铁的金票了。

县城里也不都是死气沉沉,学校和电话电报局是例外,人声嘈杂,乱成一团。人们拥挤着,抢着打电话,发电报,询问沈阳、长春等地亲朋的下落。学校里,青少年们热血沸腾,吵嚷着要上街游行,要去北平请愿,各班级呼喊着各自不同的抗日口号。

伊兰站在主席台上,胳膊挥舞得最高,好像那个小拳头砸下去,就能弄死一个小日本。张天一不由自主地笑了下,心想,口号能打倒小日本,就用不着练兵了,练嘴皮子就行了。伊兰虽然很忙,可站得高,看得远,还是发现了张天一。她追出校门,向她的同学们推举张天一,称张天一为"九一八"向日军开枪的第一人,咱们县出了个大英雄。

学校的老师和学生簇拥过来,推着张天一到主席台,让他做一场热血抗日的报告。张天一不肯,上了台说啥呀,七八千人被五六百人追得像没头的苍蝇,一场有模有样的仗都没打过,就成英雄了?被人欺负得没处躲没处藏,半个国家的财富都给了人家,还要说不抵抗是战略转移,都这熊样了,还上台煽惑,还不如直接把脑袋插裆里。

反正他娘的是逃兵和绿林了,给你们讲个屁,索性就再逃一次。他双脚蹭着地面,谁拉也不走,立在原地耍赖。学生们干脆将他抬过头顶,举上了主席台。

幸亏姐姐月娥找到了学校,让他马上回龙王庙,要不,他真的张不开嘴。姐姐告诉他,父亲扯起了"震东洋"的大旗,正要开誓师大会呢,你这个上过军校的儿子,不能缺场。张天一一听就急了,"震东洋"是爹的号,不是旗帜,挂的旗该是"羿"字号,不能让他爹把"震东洋"的旗挂出去,爹哪里知道小日本的厉害,爹的人马得归他管。

大家一听张恩远开誓师会,还要杀猪祭旗,觉得挺新鲜,反正都是宣传抗日,正好捧场,"呼啦啦"地一块儿奔向了龙王庙。途中,张天一忙里偷闲,趴在伊兰的耳旁说,月亮升起来时,后湖见。

那是令张天一怦然心动的地方,他想重温两个月前的感觉。

一头白猪被捆得结结实实,摆在了龙王庙前,庙旁又竖立起一杆牛血大旗杆。牛血加白矾浸泡过的大旗杆，结实坚韧，风刮不倒，雨浸不入，虫噬不动。旗杆上，飘着一面黄色的大旗，旗上字正是"震东洋"。

待宰的白猪"嗷嗷"地叫着，屠夫把刀叼在嘴上，伸手把猪捞到饭桌上，却迟迟不肯捅猪的脖子。有人问张恩远，祭旗应该杀黑猪，祭台上不摆白猪头。张恩远一翻眼珠子，骂道，老子黑白不分吗？白猪就是小日本。

猪杀了，血喷在盆里，张恩远用秫秸搅着血，不让血凝固。屠夫割下猪头的动作十分麻利，血都没溅上猪脸上的白猪毛。旗杆下的祭台上，摆着鸡鸭鱼，还有馒头和米饭，居中的位置空着，留给了白猪头。

张恩远操起一支毛笔，蘸着猪血，在猪头的脑门上画了个圆圆的圈儿。这哪里是猪头啊，分明是日本旗，张天一忽然明白了，父亲是借着杀猪，暗示着杀小日本呢。祭旗的仪式上，父亲头上扎着红带子，跪拜在地，酒盅里的酒，天扬一杯，地泼一杯，最后才恭恭敬敬地倒进祭台上的酒盅，敬给大旗"震东洋"，嘴里念念有词，天灵灵，地灵灵，兄弟一心往东行，消灭东洋鬼，收复沈阳城。

张天一望着大旗，嘴角一咧，笑了，父亲的勇气可嘉，巫术式的祭旗若能管用，还要军人干什么？他劝父亲别异想天开了，改改词儿，祈祷神灵是不管用的，早一点置枪买炮，什么德国的毛瑟、捷克的机枪，还有日本人的三八大盖，最好弄几门迫击炮，没有好枪炮，打不了胜仗。小日本欺负东北军，靠的是实力。

父亲的志向岂能让儿子修改，他甩开儿子，大声宣告，我要联络所有的绿林弟兄，齐心协力，东征沈阳。

张天一走到旗杆前，准备降下父亲的旗，升起"羿"字号，他平静地对父亲说，你儿子是领兵的，日本人也见识过我"羿"字号的厉害，扬名立万也该挺"羿"字号。

父亲的眼睛睁得比牛还圆，他没有想到，儿子闹得这么凶，东北军森严壁垒，儿子居然竖起"羿"字号，虽说收拾小日本没有错，可这也是逆天之举，呼风唤雨的张大帅，没敢当胡子，还让人误会上了匪字儿，你小子公开挂了绿林旗，还能配得上九五之尊吗？

张恩远一巴掌拍在儿子的脖颈上，到底是习武之人，厚实的大手让儿子身子发麻，舌头根子发硬，解旗绳的手顿时不会动了，自然"羿"字号也挂不成了。父亲大着嗓门喊，大家都知道，张天一，我儿子，东北军上尉军官，带着他的弟兄们打日本，个个都是大英雄，我请他们帮我练兵备战。

给别人的感觉，父子俩亲密无间，父亲的手是抚慰儿子，谁能想到，那只手压制住了儿子的欲望。

尽管是父子合作，也是东北军和西五会的抗日联盟，没有什么"羿"字号。

伊兰领着学生，曹觉知带着老师，把手掌都拍红了，好像鼓掌能鼓出枪声，能射出子弹，能击穿日寇的胸膛。巴掌声未落，鞭炮声又响起，秃顶亮山的肩头拖着一串千响鞭，大摇大摆地走进来，也不怕炮仗崩了脸。亮山高声喊着，亲家，老哥陪你一块儿收复沈阳城，赶走小日本。

亮山喊着亲家的那一刻，姐姐张月娥红着脸跑远了，毕竟她仅仅是亮山儿子刘天柱没过门的媳妇。未来的老公爹如此放肆地喊亲家，真是让她无地自容。

姐姐与伊兰擦肩而过的时候，张天一才发现，原来姐姐的漂亮不比伊兰差，只不过伊兰洋气，姐姐朴实。

十六的月亮,虽然圆满得完美无缺,却摆脱不掉大而无神,像死鱼的眼。没有风,后湖汪着一摊死水,湖里的月亮和天上的月亮相互对视,默默无语。

张天一往湖水里丢了一块石头,搅动了几枝枯荷茎,湖里的月亮冷得打起了哆嗦。他抬起头,看着伊兰水汪汪的眼睛,叹了一口气说,我才不是什么英雄,大炮、子弹、坦克、刺刀都过来了,身边滚着弟兄们的脑袋,淌着弟兄们的肠子,不反抗,下一个死的就是我。

伊兰满眼睛都是张天一了,她动情地说,北大营第一个开枪还击的就是你,你不是英雄,谁是?咱们县有矿有煤有电有水还有葫芦岛深水港,我爸说过,日本人早就惦记上了,不能让日本人打进来,都指望着你调动民众的抗日激情呢。

张天一捡起大一点儿的石块儿,抛得更远些,"扑通"一声,水中的月亮变形了,不圆不扁,扭成了梯形,像一口棺材,只差不是猩红色。他突然把头抱在膝下,脑袋埋在了双腿间,不让伊兰看到他的泪水。

伊兰继续说服张天一,求求你了,你能现身说法,能揭露日寇的暴行,点燃咱们县的抗日激情,我们大家需要你,不把万民结成同心,下一个丢的就是锦州,覆巢之下,岂有完卵,咱的家园得自己保。

张天一偷偷擦去眼角的泪,望着伊兰,摇摇头,弟兄们密密麻麻死在我身边,想一下,就撕心裂肺,让我怎么开口讲?国家不抗日,靠咱们的力量,就是以卵击石。

伊兰生气了,义愤填膺地说,团结起来,软蛋也会变成恐龙蛋的化石,也敢和小日本硬碰硬。你尝试过以卵击石了,不还是完整无缺地回来了吗?

张天一睁大眼睛,瞅着天真的伊兰,不想说沉重的话题了,他换了一副面孔,嬉皮笑脸地瞅着伊兰,让我讲,也可以,县长求我才算数。

伊兰说,我能当我爸的家。

张天一说,不行,我现在就想听到县长的声音。

伊兰学着父亲的腔调,求你了,我的大英雄。

张天一说,我不要假的,我要真的。

伊兰佯装生气,你太矫情了,我爸又不能乘风而来。

张天一妥协了,你爸不来也行,你必须让我亲个够。

伊兰闭上眼睛,大大方方地说,亲就亲呗,你是英雄,额头脸蛋,随你亲,但你不能有别的企图,我是有婆家的人了,别做娶我的梦。

管他能娶不能娶呢,日本人打进了家门口,上战场是迟早的事儿,子弹不长眼睛,丢了性命,想亲都来不及了,死撑面子,遭罪的是自己。张天一扑了上去,搂紧伊兰的身子,叼住伊兰的嘴唇,亲得个天翻地覆。

一朵云遮在月亮上,染黑了后湖,且迟迟地不肯离开。蟋蟀和秋虫相互鸣唱,此起彼伏,而又老气横秋。女儿河水不知疲倦地流,清脆之中透露着缠绵。伊兰费了好大的劲儿,才推开张天一,捶打着他的胸脯,嘤嘤地哭出了声,骂道,你是个坏人。

12

朝霞染红天边的时候,一匹枣红色的马,同霞光一道飞奔向城西北的女儿河畔，策马飞奔的是县长孙国栋身边那个不到十八岁的公务员，他到处找张天一，送县长的邀请函。伊兰说服了父亲，请张天一到县政府议事厅，与公安局长袁凤台一起商讨，把流散到锦西的东北军、警察和县里的警察、保安队、民团整合成联合抗日武装。

此时的张天一，正和他的弟兄们迎着霞光，在女儿河畔操练。这是在军营里养成的习惯，一日不可荒废。眼下，锦州已经替代了沈阳，成为临时省会，副帅张作相坐镇指挥。锦州是辽西走廊的咽喉，日本人虎视眈眈，迟早要对锦州下手。守住这里，就能积蓄反攻沈阳的力量。而守住锦州的节点，就是大凌河。

张天一领着弟兄们做河防演练，就是要阻击日军渡河。与日军隔河而战，这是不可避免的，他们要提前练出本领。

河岸，张家的水车旋转得有板有眼，汲上来的水，在阳光下折射着五彩的光芒。练兵的间歇，张天一没忘了守水车，挖水渠，浇大白菜。大白菜正在壮芯，缺水的白菜，立冬时收储就不会饱满了。

西五会和他的弟兄们都在大练兵，哪天不是饭菜几大锅，哪一顿少得了白菜下饭？当逃兵的日子，少爷张天一懂得了啥叫食不果腹，打仗就是打钱粮呢。有备无患啊，大白菜是好东西，应该多储点儿。

公务员跳下马，递上来的那份邀请函，是县长大人用蝇头小楷写就的，笔锋匀称，行文讲究，还把张天一叫成了上尉阁下。

在少帅身旁，别的没学会，官级的称谓，张天一却清楚得很，不是将军贵族大臣，不能称为阁下，况且他还是晚辈，叫阁下，有一种貌似尊重、实为不屑的味道。两个多月前，县长为借兵，是那样的谦逊,不惜几十里的奔波,到连山驿火车站接他,现在,近在咫尺了,却不亲自登门,派个打杂的孩子来请他。

张天一捋了捋马头,又摸了摸公务员汗水浸湿的头发,抱起公务员,把他丢回马背上,让小公务员转告县长,想请我议事,须答应两个条件,把伊兰嫁给我,把全县抗日武装的指挥权交给我。

小公务员直眉瞪眼地瞅着张天一,觉得张天一是不是脑袋烧昏了,说出这样混账的话来,伊兰小姐是有夫婿的人了,还有这么恬不知耻的人。他的头晃着,似乎是替县长回答,不。

张天一说了句,让县长亲自来请我。说罢,折下一根柳条,抽在了枣红马的屁股上。马驮着公务员,一溜烟地跑远了。他冷笑了一声,自言自语地说,国民政府只会玩嘴皮子,真刀真枪动起了手,无论谁领兵,一个熊样,都他娘的保存实力,谁也不去真抵抗。

有枪就是草头王,老子就把"羿"字军当到底了。这样想着,他让小号手张响吹号,吹冲锋号,让县长听听,抗日不是说的,是拿命打出来的。

伊兰很伤心,挂着腮,噘起被亲肿了的嘴,一个早晨都在闷闷不乐,张天一食言了,根本没来县政府,与父亲商讨如何抗日。

时局突变,县长孙国栋一肚子烦恼。天不亮,几个结伴而行的士绅,一人挂着一根手杖,堵在了县长家的门口,要求兑换流通券。当初,他们支持县长搞实业,掏光家里的积蓄,卖了一些田亩,换了县政府发行的流通券。

眼见得日本人要打过来了,县政府朝不保夕,他们着急了,提出不要利息,政府回购流通券,还回他们原来的现大洋。

还钱,那是不可能的事情,县长孙国栋捉襟见肘了,要还只能还奉票。士绅当时就恼了,认定县长是拿他们当猴耍,就差一同挥起手杖,让县长懂得什么叫血汗钱。幸亏前来议事的公安局长袁凤台及时赶到,以国难当头为名,掏出枪,吓唬走了士绅。

这两年,县里的摊子铺得太大,恨不得一下子超过天津卫,把十几年后的钱都花了。如今奉票突然不值钱了,贬得快成了冥钞,县里的财税体系也崩溃了,钱库空得小偷进来都想哭。剩下一点过河钱,都让袁凤台买了武器。现在,还和他要钱财物,真的是一筹莫展。

如果没有这场战争,孙国栋相信,他会把锦西弄成欧洲的鲁尔、日本的神奈川,超过旅大,成为方圆百里的大城。按照他的规划,锦西正在一步步地向这两座工业名城靠近。掰着手指头算一算,这两年,挖南票精煤,筑葫芦岛大港,建连山驿火车站,探县城四周金属矿脉,开四通八达电网。接下来,他还要开通锦承铁路,兴建金融中心,让锦西成为冀热辽三省之间的中枢城市。商通四海,贸易八方,百业兴旺,万民康泰。

如此浩大的工程,哪一样不得把钱堆成山?靠税收那点钱,能干成几件事儿?幸好有日本东京帝国大学的同学鼎力帮助,拿出大把大把的钱,投资到电厂、矿山、电话电报局,引来县城店铺林立,百业兴盛,才使县城宛如省城一般热闹。当然,他也学着老师的样子,对日本人留着一手儿,港口、铁路、航运等国之命脉的产业,决不让日本人染指。

留学日本,还有一个收获,学会了融资,即使没有鸡,也能生出蛋来,那就是印纸票子,出卖未来,发行流通券,拿假钱换真钱,用高利率,承诺一个美好的童话,不仅在本县吸储资金,还可以发行到热河、河北,甚至更远。

他什么都算计到了,却从来没想到,友邦会把战火烧到家门口。梦想像只脆弱的鸡蛋,从高空砸下,摔得稀碎。然而,他并不甘心就这样坠落,他还妄想鸡蛋在下落中孵出凤凰,不等落地,振翅而飞。所以,不管他对袁凤台有多大的成见,从头到尾,他都不折不扣地支持袁凤台练兵抗日。

至于女儿力荐的张天一,孙县长还是有所保留,毕竟长官司令部对他的通缉还没有解除,张、刘两家又结成了亲家,与宿敌匪首亮山又多了一层微妙的关系,况且又是日本人的眼中钉,这个危险分子,用不好,会惹火烧身,把锦西县置于万劫不复之地。

所以,他对张天一敬而远之。

没有张天一,抗日誓师会照样开得很隆重。校长曹凤仪主持,县长孙国栋讲话,公安局长袁凤台誓师。张恩远也被县长请了过去,他是扛着两面大旗去的会场,一面是"锦西抗日救国军——西五会"另一面是刚刚给自己起下的大号——"震东洋"。

南风强劲地刮着,把大喇叭里的声音毫不保留地送到女儿河畔,钻进张天一的耳朵。县长、局长、校长的话,他只当耳旁风,口号喊得震天响,有个屁用,顶得上小日本一架飞机,一颗炸弹吗?小日本只用这两件东西,县城的会场就会夷为平地。骂得再精彩也不能把小日本骂出东北,只能靠打。

不过,父亲的那句话,却扎进了心里,父亲只说一句话,却让他记了一辈子。父亲喊道,一腔热血给谁?给天,给地,给爹,给妈,给国,给家!

誓师会过后,就是上街游行,警察、保安队、联庄会这些人扛着枪,拿着火铳,拎着大刀,走在前边,高荣轩、陈应南等商会、乡绅、村董跟随其后,最后才是学校的老师和学生,伊兰甜润的嗓门和曹觉知浑厚的嗓门相互交错,领着大伙一块儿喊"打倒日本帝国主义""还我河山"。

张天一觉得,那些口号都很苍白,只有老爹喊出了血性。

弟兄们没有一个来凑热闹,他们依然留守在女儿河边,枪管上悬着一块石头,端平,向远方瞄准。张天一一心一意地研究,怎样才能阻止日军渡过大凌河,挖什么样的陷阱,布什么样的地雷阵,才能让登岸的日军一招毙命。可是,伊兰的声音勾引得他心猿意马,不见伊兰,已经欲罢不能了。昨天晚上,他吮着伊兰舌头的感觉,蜜一般又回味在他的嘴里,一股热流从耻骨涌出。

他又一次热血沸腾了。

权当是练本事了,张天一跑向街里,在店铺之上蹿房越脊地匍匐前进,眼睛紧紧地盯着游行人群里的伊兰。可是,看到曹觉知和伊兰肩并肩地行走,他就像吃了苍蝇,眉头也拧得紧紧的。有那么一刻,他端起了枪,瞄向了曹觉知,他真想一枪打死这个小白脸,没有这个小白脸,伊兰准能成为自己的妻子。可是,他又放弃了,尽管他自称为"羿"字号,都是为了驱逐日寇,随便杀人,那可真的成了土匪。

忽然间,游行的队伍骚乱起来,一张张彩色的纸,天女散花般纷纷扬扬地从天而降,上面连篇累牍地写着满蒙自治、东亚共荣。

用不着猜,准是日本特务干的,日本人善于打舆论战,沈阳大多数报馆都是日本人出资入股,老早就喊出了满洲是满洲人的满洲,大日本是东亚共荣的守护神,大日本皇军战无不胜。锦西县城没有报馆,人们也不订阅日本人控制的报纸,自然,锦西县也无法形成有利于日本人的舆论环境,散发传单,成了最便捷的方式。

张天一将犀利的眼光投向街对面的房顶,迅速地捉到一个身影。那个身影奋力张扬双臂,将手中的传单抛撒出去,浩荡的南风驮着传单,飘到游行人群的头顶。张天一提着枪,从房顶跳下去,撞开游行的人群,爬上街对面店铺的房顶,追赶过去。

黑影也是身手敏捷,三蹿两蹿地跳下房子,专拣曲里拐弯的胡同跑,对县城的熟悉程度,超过了土生土长的张天一。

追到了东街的医院,黑影歪着膀子趔了进去。张天一追进去的时候,黑影却没有了踪迹。刘芷芳迎了出来,一口一个张家少爷地叫着,追问着,家里谁病了,急成了这个样子。张天一甩开刘芷芳,大声质问,刚才进来的是日本特务,藏哪儿了?

刘芷芳的脸上呈现出夸张的惊讶,引领张天一从前门追到后门。

张天一追出医院的后门,东张西望了好几眼,却找不到黑影。身边只有一个摇扇子的先生,生着黑胡,戴着圆眼镜,身材不高,气质不凡,与黑影矫健粗壮的身影格格不入。他向眼镜先生询问,刚才从医院出来的人,往哪儿跑了?眼镜先生瞥了眼张天一,扇子不假思索地往外一指。

顺着眼镜先生指点的方向,张天一跑得像只抢食的野狗,上气不接下气了,还是没有追到黑影。

这个日本的特务,真贼,已经追到了脚跟脚了,怎会突然间消失呢?间谍已经无法阻挡地渗透进县城了,沈阳的那一幕,有可能在锦西重演,张天一心里打了个哆嗦。

张天一的故事被编成东北大鼓,又在县城里传颂开了,这一次不是打土匪,而是打日本、追特务。唱词和曲调是校长曹凤仪亲自编写的,一名老艺人坐在县政府门前,帽子上拴着个鼓槌,手里弹着弦,腿上还绑着个竹板,打板敲鼓,弹奏演唱,全是一个人。

一群人围在门前,听得个津津有味。

张天一很无奈,县城里的人真会整事儿,日本特务没抓到,还编出了曲子,是夸我还是骂我呢?还有那个曹校长,真他娘的没心没肺,我都去抢他的儿媳妇了,他还装成啥也不知道。甚至他把儿子曹觉知派去了北平和南京,代表锦西县的知识界,向少帅、向蒋委员长请愿,说什么举全民族之力,抗战到底。也不怕我把战火烧到他们家里,趁火打劫,娶了伊兰。

一日不见,如隔三秋,何况好几天没见到伊兰了。张天一想得抓耳挠腮,他绕到了凤凰山上,举起望远镜,巡视学校和县政府。那是伊兰每天的必由之路,只要伊兰不出县城,就离不开这两个地方。

中午,学校的大铁钟敲响了,那是放学的声音。学生们陆陆续续往出走,成堆的女学生中,伊兰卓然独立,张天一一眼就抓住了伊兰的身影。放下望远镜,沿着伊兰行走的路径,穷追不舍跟随下去。他心里盘算着,跑到哪儿与伊兰相逢,既能顺其自然,又能恰如其分呢?

自然,路口相遇不可避免,这是张天一精心算计的结果。蹦蹦跳跳走过来的伊兰,意外地发现了他,满脸的惊喜,大英雄地叫着。

张天一却是一脸的惆怅,他知道,拒绝县长的邀请,伊兰肯定生气,可只有违约,才能彰显他的傲气和志气。父亲的两杆大旗也算是给足了县长的面子,何况奋起直追撒传单的日本特务,又让县城里的人对他刮目相看。他觉得,伊兰不会计较的。

这么想着,他便感慨起来,不无遗憾地说,全县的武器,加在一起,还不及日军一个中队精良,怎么能抵御日寇?我恐怕是英雄末路了。

伊兰睁大眼睛,瞅着张天一,眼光里充满清纯,她说,曹觉知揣着我爸和县里士绅们的信,到北平找少帅去了,少不了咱们的装备。

张天一无奈地笑了下,丢了东北,人人骂他,少帅已经焦头烂额了。

伊兰说,那怎么办?

张天一说,咱的家园还得咱自己守,你站在我身边,给我助助威,咱们以县长的名义,到士绅土豪家募捐,有钱的出钱,有枪的出枪,壮大武装才是硬道理。

伊兰笑出了满脸春风,爽快地说,没问题。

两个人的手掌击在一起,一种舒畅的感觉,从他的手心倏地一下子,传导进全身,最终驻留在他的脚心。

他的心痒痒了。

县里的士绅,论财大气粗,当数陈应南,论势力和实力,该是高荣轩。平时,陈应南在街里通裕公司的总部,伊兰领着张天一等了好半天,不见人影,到街面上陈家几座商铺去问,掌柜的都说,陈大老板该是在锰矿上忙吧,最近街面上生意冷清,锰矿却火得不得了。

地球上的兵工厂都张开大嘴吞锰铁呢,谁不想造出世界上最厉害的好枪好炮?张天一当然清楚了,他拉起伊兰,找辆马车,直奔城西北的柴屯锰矿。大战在即,日本人肯定会惦记锰矿,惦记着煤矿,不能把锰铁和精煤卖给日本人,更不能让日本人控制了锦西的矿山,这比募集银圆和快枪还重要。

县城西北边的柴屯,有座锈红色的矮山,尽管有女儿河日夜滋润,还是寸草难生。小时候,张天一时常从龙王庙村穿过南地碾子村,冲锋一般,抢占这个山头,然后,站在断崖上,向河里撒尿。谁能想到,本是一片兔子不拉屎的不毛之地,日本人用钻头一探,就探出了宝贝,还能露天开采。若不是陈应南家底厚,抢先办了证,雇了日本人当工程师,柴屯锰矿又不知叫成什么株式会社了。

露天开采的锰矿,比凿矿洞容易了很多,矿里也没有竖井和斜井那么多附属物,只要前期勘探准确,储量清晰,和采石头没有太大的区别。

这么多年,陈应南借此发了大财,却从不给矿山的屋舍添砖加瓦。这是所有矿山的特点,矿是有寿命的,总有挖尽的时候,不值得有开矿之外的投入。有矿工指点着一间简易的石房子,示意陈大老板就在那里。

张天一一头钻进了石头房。

屋里的窗子很小,光线射进来的很有限,外边秋阳灿烂,里边却是一片阴暗,一时间,他的眼睛还不很适应,只看见一圈儿人坐在一起,辨不清人的模样。

陈应南的咳嗽声先传出来,他说,张家少爷,回吧,有事儿改天说。

另一个声音说,无妨,坐下来听听。

眼睛适应了好一会儿,张天一才看清楚了里面的环境,刚才说话的人,坐在陈应南的对面,那人身材匀称,腰杆坐得笔直,舒缓地端起茶杯,平静地移向黑胡子下的嘴唇,轻声啜饮,圆圆的眼镜后边,掩藏住了瞥向自己的目光。他立刻辨出,这就是医院后门摇着扇子,把他引向歧途的人。

毫无疑问,与日本间谍不期而遇了,张天一的手伸到腰间,去抽他的匣子枪。

眼镜胡把茶杯撂在茶几上,不紧不慢地说,张家少爷,早就看到你了,敬佩你是个英雄,想要你的命,还用等到今天?毓宝台那儿就结束了。

张天一怔了下,手也迟缓了。

陈应南跳起来,抓住了张天一的胳膊,按住了他拔枪的手。这时,张天一才发现,墙角早有人把枪对准了他。他的眼睛可以凝视太阳,却无法穿透黑暗。他没有预料到,日本人跑得比"九一八"的子弹还快,早就渗透进了锦西县城,把他的底细摸得一清二楚。

张天一用狐疑的眼光瞥着眼镜胡,厉声问道,你是谁?

眼镜胡站起来,冲着张天一鞠个躬,说了句,幸会,然后,眼光与张天一对视着,一字一板地说,伊兰小姐会告诉你的。

张天一的头发根儿奓开了,他无法想象,满腔热血喊着抗日口号,让他爱之真切的伊兰小姐,居然与日本人有勾连。他眼里冒着火,把头甩向了跟随在自己身后的伊兰,一脸兴师问罪的样子。

伊兰不急不躁,彬彬有礼,多田先生好。

一种陷入深渊的感觉撞击着张天一的心,他觉得四周都是黑暗,他必须挣扎,挣扎的稻草就是他腰间的枪。他不顾一切地抽枪,陈应南也在不顾一切地抱他,伊兰也在抓着他的手,不让他碰枪。

张天一气喘吁吁地喊,他是日本的间谍,必须除掉他。

陈应南说,不要冲动,不要冲动,多田是我的大股东,他来是商量矿山的事情,不可能是间谍。

张天一说,商量事儿?别做美梦了,鸠占鹊巢马上就成事实,矿山还会是你的吗?他是个祸害,霸占你的矿山、掠夺咱们的资源,是他唯一的目的,别饮鸩止渴了,不打死他,你会后悔的。

陈应南执拗地说,矿山本来就有他的股份,人家有权过问矿山事宜,不要无事生非好不?况且打死了他,你也活不成。

张天一吼,死何惧哉!拿我的血换他的命,以绝后患。

矿工们听到屋里的吵声,叽叽喳喳议论着,围拢了过来。埋伏在墙角的几个日本人恐怕多田吃亏,冲了上来,四把手枪顶在了张天一的头上和胸口。

陈应南终于发火了,冲多田喊,你们要干什么?张家少爷是我的客人,这里还不是沈阳呢。

原本温文尔雅的伊兰小姐突然明白了,原来小房子里面凶险四伏,她护在张天一的面前,胸脯急促地起伏,盯着多田,一副视死如归的样子。

多田喝退了那四个人,微笑着走过来,甚至让陈应南放下张天一的胳膊,抽出枪来,对准自己打。他动情地说,我是商人,不是军人,商人解决问题的方式是协商,商人谈的事情是利益,不是死活,陈老板不想要利益,就让张家少爷打死我好了,免得你们之间误会。

张天一的脑袋突然短路了,在他的头脑中,日本人已经全民皆兵了,杀死了谁,都不算错,既然狭路相逢了,就该拼个你死我活。然而,多田却不与他拼,居然坦率地让他掏枪。

陈应南不想让自己的矿山成为战场,依然死死地抱着张天一。张天一没有用力挣扎,危险刚刚过去,他停下了刚才的应激反应,却想不明白,多田抓着了什么法宝,居然不怕他开枪?

没等张天一反应过来,多田冷笑着看陈应南,轻蔑地说了句,你的客人不懂礼貌,便转身告辞。临走又扔下一句话,把咱们的货装上船,顺着女儿河送到海口,价钱保你满意,你若是做不到,就退出股份,免得将来血本无归。

这是明显的敲诈和威胁,陈应南却毫无反应,全身的力量都吊在张天一的胳膊上,甚至多田走了,胳膊还像念着紧箍咒般,死死地扣着张天一。

多田大摇大摆走出小石屋时,矿工们冲着多田点着头,莫名其妙地笑着,目送他走远。多田眼睛滞留在矿石上,不慌不忙地捡起几块,仔细地端详着,样子是估量矿石的成色。随后,才绕过一堆堆零乱的矿石,沿着矿山外的羊肠小路,向山下的女儿河走去。他瞥了眼下游张家滚动在河边的水车,嘴角微微翘起,露出了一丝不易察觉的笑。

石头房里,张天一愤怒地扬起胳膊,终于将陈应南甩开,火冒三丈地说,我都进来了,你还怕个啥?别忘了,这是咱们的地盘,小日本子还没进来呢,外边围着你那么多矿工,吆喝一嗓子,大棒子守在门口,有枪他们也跑不出去。

陈应南抚着快要跳出来的心,软软地坐下来。除了煤矿、锰矿和铁矿,生意都做不下去了,即使是煤与锰,码头走不了,铁路运不成,买家全都是日本人,不和日本人合作,这么多跟着他的人,都得挨饿。何况,多田还有恩于他,矿山赚的钱,大多来源于多田的发电厂。得罪了多田,用不着付诸武力,撤资断电公司就得完蛋。

张天一用手指点着陈应南,只顾眼前利益,没看到根本,他历数沈阳的商贾巨富，哪一家不颠沛流离，家财尽失，从前是买卖，今后假面具就撕开了，就是掠夺，想保家，得先卫国，打跑小日本，否则，甭想活得安生。

伊兰这才走出惊恐，轻声附和道，是啊，陈老板，张家少爷说得对，我父亲派我来，陪他一块儿募集抗日资金。

看着伊兰小姐，张天一的眉头皱起来，尽管他喜欢伊兰，喜欢得恨不得含在嘴里，可在原则问题上，他决不妥协，于是，他的声音中带着愤懑与不满。他说，你和这个小日本是啥关系？那是咱们的敌人，见到他你恭敬个啥？

伊兰不悦了，却掩饰着脸上的愠怒。她说，我敬他，是看家父的面子，父亲就读东京帝国大学时，多田的父亲是我父亲的恩师，多田的家，如同家父在日本的家，况且，锦西县的发展，多田先生功不可没，县城里的电灯电话电报，都有多田先生的投资，还有县城周边的矿山，也都是多田先生请来日本的技术专家勘探的，锦西能有今天的繁荣，多田先生功不可没，他虽是日本人，却一心一意帮助我们实业兴邦，不是杀人的魔鬼。

张天一嘲笑着伊兰，南满铁路附属地，日本小学生都会开枪杀人了，家庭主妇训练得比我们东北军还有本事，我还告诉你，侵略中国，商人早就跑在军人的前边去了，一边商业侵略，一边军事侦察。别嘴里喊着抗日，暗地里舔日本人的屁股。

被最崇拜的人如此污辱，伊兰的脸憋成了下蛋的母鸡，前两天还抱着她强行亲嘴，今天说翻脸就翻脸了，若不是敬他是个打日本鬼子的英雄，岂能容忍他冷嘲热讽和戏弄。她喊了一嗓子，张天一，别不识好歹，我今天是怕你吃亏，说着，眼里便噙满泪水，再说下去，嗓子便哽咽了，我发誓，从今天起，我父亲没有日本朋友，他们都是我们的敌人。

一场冲突过后,石屋里安静下来,陈应南问了句,找我有事儿吗?

伊兰将抗日募捐的事儿说了一遍。

不等伊兰说出募捐的数额,陈应南先表了态,我的家财归县政府支配,买枪支弹药,用多少拿多少,煤矿铁矿锰矿所有的矿山都停工,矿工归张天一训练,都是打日本的兵。

张天一铁一样坚硬的腿,一下子就软了,他单膝跪下,冲着陈应南抱拳,声泪俱下,陈叔,我误解你了。

陈应南说,你误解的还有伊兰小姐。

中午过后,天空晴得比湛蓝还蓝,城东的大虹螺山,险峻的山峦历历在目。

从陈应南汇通票号出来,张天一的心情和这天空一样蓝。大马车厢里,拉着个硕大的藤箱,箱子里一箱子大洋。伊兰用红绸缠满车厢,又给马头戴上红花,故意将藤箱打开,边抓起大洋,"哗啦啦"地往里丢,边举着铁喇叭,一路招摇过市地喊,陈老板捐资抗日,十万块现大洋。

县城里的一字长街,到处回旋着伊兰的声音,一直到县公安局,才停下来。公安局长袁凤台领着警察敲锣打鼓地接大洋,张天一扒着袁局长的耳朵说,买枪支弹药的事儿,交给我亮山叔,买好枪,买德国造匣子枪,日本造的大盖枪,没有好枪,打不了胜仗,到时候,要多发些好枪给我爹。

袁凤台捶了下张天一的肩膀,你小子,被通缉呢,还这么张扬。

张天一笑了下,通缉了又怎么样,自古警匪一家,你也装一回瞎子吧。

袁凤台撸了下张天一的脑袋，笑了，也在暗示他，买武器的事儿肯定交给秃瓢亮山。

13

出了公安局，一直向东，张天一去了曹田屯，找高荣轩。

高荣轩不住县城，在城东六七里远的曹田屯。村子东倚大虹螺山，西接女儿河的支流申河，北走不远，便是宽阔的女儿河，南面是小西岭与大虹螺山断开的一道山门。村子里是十字街，山与水把村子围成了大大的一个"田"字。一条大道贯穿村子的南北，延长了村子的田，让村子拓展成既与外边相连，又相对独立的一个"申"字。

辽西走廊与热东丘陵的交会处是匪患猖獗之地，况且锦西县城如此富庶，胡匪早就眼红心热，城郊之外抢劫绑票之事，时有发生。唯曹田屯，几十年安然无恙，一则村子易守难攻，进了村子出去难，不易得手，二则曹田屯高荣轩大老爷太横，弄不好，钱财没捞到，小命丢了。

申河不宽，丈余许，河水从大虹螺山下来，汇聚在这里，格外湍急，莫说是人，就是一条鱼，没有跃龙门的本事，也休想在河水里畅游。河面上，架着一座桥，三块从虹螺山上开凿下来的巨大花岗岩，滚在河中间，几块一尺多宽的条石搭在花岗岩上，才使村子与外界勾连在一起。

大马车没有用了，马看着河水也犯晕，不敢蹚。河水咆哮着，撞击岸上的岩石，水飞溅在空中，如雾似雨。一条彩虹梦幻般挂在河上,不移不摇。轰鸣作响的河,湿滑狭窄的桥,让伊兰小姐心生怯意,她闭上眼睛,不敢走。

张天一将伊兰扛到肩头,几大步就迈了过去。

桥过去了,张天一顺势将伊兰滑到怀里,紧紧地搂着,舌头顶向了伊兰的双唇间。伊兰睁开眼睛,咬了下张天一的舌尖,推开他的胸脯,又说了句,坏人。

村子正中,十字街的交会处,便是高荣轩的家。那是座青砖灰瓦粗梁抱柱的三套大院,院门修了高耸的门楼,与门楼连接下去的院墙,高似城墙。院墙四角,矗立着四个炮台子,可以眼观六路。门外,有座威武的影壁墙,影壁的正中,青砖雕出一群欲飞的蝙蝠。影壁墙外,是偌大的一片广场。

几天前,那里还是绿意正浓的菜园子,高大老爷突然下令,扒开菜园子的围墙,拔掉正在壮芯的白菜、还没长够分量的萝卜,铲净爬满了园子紫花正艳的扁豆角,赶上家里的骡马,拉上大石碾子,把菜地轧平。

即使高家的庄稼再多,再不心疼粮食,也没必要轧出如此宽广的打谷场。

高荣轩叼着烟斗,立在影壁的外墙下,那儿有一块花岗岩的上马石。他深吸了一口烟,无视张天一和伊兰的存在,对着管家崔黑子说,开始吧。

崔黑子瞥了眼张天一,想说什么,没张开嘴,把眼光重新落在高荣轩身上,抬起手里的锣,"当当当"地一顿猛敲。

张天一瞅着崔黑子,那是自己的亲舅舅,寄人篱下久了,学会了仰人鼻息,亲外甥来了,也不敢亲近,用清脆的锣声证明对主人的忠诚。

村子里,每家每户的大门洞开,男人们端着枪,背着大刀,从院里鱼贯而出,没多久,就在广场上齐整整地站好。

这阵势,摆明了告诉你,早就看到你们进村了,没派人接你们,就是不想搭理你们。张天一动不动地站在路边,他用眼角一扫,便知有四百多人。曹田屯里的爷们儿,上至七老八十,下至牙牙学语,加在一起也没有这么多。不言而喻,东五会把所有的团丁都聚在村里了。高大老爷身兼东五会的会长,统领着城东五个大村,与西五会的张恩远遥相呼应。

高荣轩不紧不慢地对崔黑子说,把你的外甥请过来吧,让他见识见识咱们的队伍。

显而易见,上午,张天一找陈应南,拉一箱子大洋的消息,早已传到曹田屯,高荣轩判断出这小子肯定会到他这里募捐,他就要摆个阵势。世道不太平,大洋比大官顶用,西五会到东五会催粮要钱,那不是打他的脸吗?好像他高荣轩没本事,拉不起抗日的队伍。

高荣轩的眼光眺向村外,村外有两个炮楼子,一个盯着村南的山门,一个盯着村西的小桥,炮楼里至少有两个值班的炮手,都是指鼻子打不上眼睛的高手,若不是身后跟着县长的千金伊兰小姐,他不会让张天一迈上申河的桥,客气点儿的,拆掉桥上的石板,让张天一知难而退,不客气的话,枪子就往石板上打,直到打跑。

上午的募捐,让高荣轩明白了,张天一的胃口大着呢,那副牛烘烘的样儿,说是抗日,还不是想把全县的武装都弄到他的手里,否则,犯不上用县长家的千金撑腰眼子,到处募捐弄钱。

钱粮和武器,是根本,也是命根子,舍出去了,谁来养这四五百号子人马？小日本子不过是弹丸岛国，把人全拉来，一个村子能摊上几个人，他不信小日本敢进他的曹田屯。

高荣轩要戏耍一番张天一，让这小子知深浅，懂礼节，更知道曹田屯不是随便碰的，西五会的人不能到东五会来拉硬屎。他磕掉烟斗里的烟，让张天一重新装上一锅，再用力地擦燃火镰，把烟点上。他也斜着眼睛，享受着张天一的侍候，吸着烟斗，不紧不慢地说，我这儿正练兵呢，钱都用在刀刃上了，没法和陈应南比富，伊兰小姐，麻烦你代我送客。

刚让人侍候完，就撵人走，太不地道了。张天一的脚，纹丝不动，不能这样让人给打发走，他抱着肩胛子瞅高荣轩，像是正视，又像是蔑视。

伊兰往前迈上一步，大声说，抗日是全国的大事儿，更是全县的大事，无论是西五会还是东五会，都要服从县里的统一调遣，我们不再是私人武装了，对付的也不是土匪了，我们面对的是日本的国家军队，需要我们动员全国的力量去抗日。现在不给没关系，您老人家听清楚了，一旦和小日本开战，你的粮草弹药和人马刀枪，不再是你的了。

高荣轩轻蔑地一笑，交给只会打高尔夫不会打仗的县长，我放心吗？

伊兰的脸红涨起来。

张天一淡然一笑，替伊兰接过了话茬，别忘了，县长的身边还有我，我是从枪林弹雨里钻出来的，你领着东五会的弟兄去打仗，我还不放心呢。

高荣轩冷笑一下，没想到这小子嘴挺硬，想必是没领教过东五会的厉害。他说，好哇，我倒要见识见识你这个讲武堂出来的，有本事,你从我的队伍里穿过去。

张天一说,一言为定,我赤手空拳进入你的方阵,就像进无人之境,若能把我拦下,我拜倒在东五会的门下,给你当差,若是不能,抗日募捐的钱,陈应南就是你的样本。

高荣轩不屑一顾地笑了,他觉得,张天一真是大言不惭,单枪匹马从几百人的队伍中穿过去?简直是笑话,你以为你是谁呀,孙悟空?看我的人马都是土老帽,瞧不起,认为不堪一击?他们整日地摸爬滚打,天天练本事,岂容你在里边乱闯?他喊了一嗓子,谁抓住张天一,赏大洋十块。

张天一瞥了眼高荣轩的笑容,也笑了,心里骂着,日本人通缉老子,值一万块大洋呢,你才十块,这个老地主,抠得想一毛不拔,看我怎么让你出血。他觉得,正逢乱世,谁主沉浮还不一定呢,没必要掩饰自己"狼步鹰顾"的本事了。东五会这四百多人,编在一起,就是一个营的兵力,这可是打小日本的本钱,在他未来的盘算中,这些人马已经归他所有了,何不趁机展示一番本事,好让他们真正地折服自己,服从自己,让他们看看,当年的毛头小子,已经是不折不扣的英雄了。

他虚晃几步,突然闯进了队伍中,队伍里的人你伸着胳膊我踢着腿,都想把他打倒或者绊摔,甚至有人用枪管打他的腿。可是,他闪转腾挪,快得像旋风,人们根本看不清人朝哪里去,身朝哪里转,哪吒一样,转出了三头六臂,没等弄明白呢,就被神来之腿踢倒了。没多久,他就从里边转了一大圈儿,站回高荣轩身旁时,居然大气不喘。

站在一旁的伊兰,看得心花怒放,手掌都拍红了。崔黑子看傻了眼,没想到外甥有这般好本事。

高荣轩愣了，四五百人，一千多条胳膊腿，居然打不倒逮不住一个人，还让他神气十足地转了回来。他不由得向张天一竖起大拇指，称赞道，比你爹厉害。不过，他不想这样丢了脸面，脸面丢了，接下来丢的就是钱财了。他要想办法找回面子。

跟一个武术世家比武艺，那是自讨没趣，高荣轩放弃了比武，要和张天一文斗。习武之人通常对算术不感兴趣，那就让张天一解一道和算术有关的题，他把出题的差事交给了崔黑子，崔黑子是账房先生，难不住张天一，那就证明和他外甥一个鼻孔出气，对主人不忠。一道题考两个人，何乐而不为。

崔黑子转身进了高宅，出来时，肩头扛着算盘，手里拎着围棋盘。算盘长达两米，挂在了墙上，棋盘摆在了墙下的上马石上。崔黑子坐在棋盘旁，闭上眼睛，轻声说了句，高大老爷同意捐银十万。

高荣轩听到管家敢替自己做主，肺都气炸了，带着风声蹿到崔黑子面前。

崔黑子知道东家火了，也知道那风声是谁带来的，可他依然没有睁开眼睛，继续说，这笔捐款，高大老爷是有条件的，拿高粱换，怎么换，听我慢慢说。

接下来，崔黑子把怎么个换法，用棋盘来表达，他说，棋盘的每个空格等于一天，总共是三百二十四天，第一天，你给高大老爷一粒高粱，第二天给两粒高粱，第三天给四粒高粱，第四天给八粒高粱，第五天给十六粒高粱，第六天给三十二粒高粱，依此类推，每天成倍数给高粱，直到满三百二十四天为止。

高荣轩头一次听说高粱按粒算，一捧高粱够他数小半天了，这爷俩不是成心算计他吗？到底是向着外甥，拿点破高粱换他的大洋,真是不安好心。

张天一笑了,马上答应了,就这么办。他家里有好几囤呢,扛上几麻袋,算个啥。他爽快地答应了,让高大老爷马上装大洋,这笔买卖成交。

高荣轩刚要发火,只见崔黑子突然把眼睛睁开,逼视着张天一,怒斥道,你算过该用多少高粱换了吗?张嘴就答应,做事要动脑子,别动不动就冲动。

伊兰扯住张天一的衣襟,向他摆手,大声对高荣轩说,募捐不是交易,我们不答应,高大老爷能捐则捐,不捐也不勉强。

张天一说,不就是几麻袋高粱吗?何必大惊小怪,这个家我还当得起。

伊兰说,这个家蒋委员长都不敢当,印度国王赏赐宰相,就掉进了这个陷阱,用的是国际象棋的空格,围棋的空格更多,你把全国的高粱都给了高荣轩,都填不满。

张天一根本不信,伊兰拧着张天一的耳朵,低声告诉他,上数学课时,先生教过这道题,这是无底洞,别犯傻了,咱们是来募捐的,不能背着还不清的债回去。

崔黑子不管不顾,也不听他们之间是否达成了协议,站在墙边,快得如同春节的爆竹,每算完一格,就有人往棋盘上丢一块小石头,避免重复。没过三五分钟,数字就过亿了,还有一大片空格没算呢。

高荣轩气得像猪肝似的脸,逐渐变白,慢慢地有些喜形于色了。他背着手,走到张天一面前,冷冷地说了句,我不是不讲道理的人,你答应的事儿,我不计较,结果是多少不重要,我也不希望日本人骑在我的脑瓜顶上屙屎,既然如此,就别赖在这儿了,走吧。

伊兰挺着胸脯说,就不走,高大老爷必须对抗日表个态度。

别说是在曹田屯,就是在县城,高荣轩也是说一不二,县长也得恭敬有加。高大老爷那么冰冷的口气,莫说是张天一,就算他爹张恩远来了,也会给吹走的,那是他的威严,县长也不好使,更莫说他的女儿伊兰,驳面子,没商量。

空手而归,颜面扫地,回去之后,还能说服哪个士绅。张天一和伊兰谁也不动,局面就僵持住了。

高大老爷的威严是被他的儿子高冠雄捅破的,他对父亲说了句,等一等,父亲的逐客令就失效了。儿子用商量的口气,不容商量地把张天一留下了,他说,爹,客人来了,不吃饭就走,咱家没这个惯例吧?

高冠雄是高荣轩的独生子,高荣轩三妻四妾,生了一帮丫头,不惑之年才生了他,从小娇生惯养,少爷的架子比老爷还大。高冠雄原本可以不露面的,家里大事老爷管,琐事管家管,少爷在家里,不无事生非就不错了。他之所以出来,是管家崔黑子撺掇的。

毕竟张天一是崔黑子的亲外甥,因为自己被高家撵出去,外甥出去还咋做人?何况外甥的身边人是县长家的千金,老爷不看僧面看佛面,也不该撵走他们。于是,崔黑子就鼓动少爷,让全县最大的两个联庄会结为秦晋。

管家崔黑子,原本不叫这个名儿,父亲是女儿河畔少有的秀才,怎能把儿子的名字叫成黑子?他给儿子起名为崔默加,只因面色黝黑,便习以为常地叫成了黑子。

崔黑子虽然只是高家的管家,县里的大事小情,都瞒不过他的眼睛,他双手打着算盘,盘算的不仅仅是高家的事情,还盘算县里的事情。比如，外甥募集来的十万块现大洋，能换成多少条枪、多少箱子弹？这些紧俏的弹药谁能买得到，怎样路途中不被土匪抢，平安地运回县城？谁去押运这批军火，又会分给什么人？他的脑子里快速地打着算盘，公安局长袁凤台的武器都是发的，不懂得军火买卖，只能靠他的表弟，绿林中人亮山。军火的生意大多为日本人垄断，亮山与日本人向来不睦，想做成这笔生意，得求另一伙绿林，那就是杜清和杜三秃子。

想到杜三秃子，崔黑子的牙咬得吱吱响，父亲不过是一介书生，这个三秃子坏了不绑教书和治病先生的规矩，把父亲弄到热河的大山里，等到倾家荡产凑足了钱赎回来时，已被折磨得半死，拿姐姐的婚事冲冲喜，还是没管用，不等大外甥女张月娥出生，便撒手人寰了。

家破人亡这个仇，崔黑子记着呢，君子报仇十年不晚，不知不觉间，二十年过去了，报仇的事儿还没个影儿，三秃子的土匪窝却越做越大，人也是神通广大，大得官府都不敢进剿，财大气粗的高荣轩，顶多能和他井水不犯河水。

姐姐和姐夫把仇忘了，外甥明明能把杜三秃子捉住，却玩了一把捉放曹。不过，他不能忘，杀父之仇，就该儿子来报，不能指望外孙子，干掉匪首杜清和的欲望，他比县长还坚决。

想到三秃子能从中捞上一笔，崔黑子的心就隐隐作痛，哪怕三秃子能多买一颗子弹，他都觉得，子弹像钻进了他的心。他协助高大老爷日夜练兵，心甘情愿地被高大老爷驱使，就是想利用高大老爷的团丁，剿灭了三秃子。这次外甥张天一来募捐，好脸面的高大老爷也想出风头，拉他个十几车粮食，充当军粮。他阻止了高大老爷，都在借抗日之名，养肥自己兵马，与其捐出去，不如把团丁都养在自己家。

现在，崔黑子又盘算出一个主意，少爷喜欢张月娥，已是寝食难安了。他正厌烦姐夫短视，花容月貌般的外甥女，怎能许给绿林的儿子？他要借高家公子的手，拆了他们那桩不般配的亲事。

于是，他怂恿少爷高冠雄出来，见一见张天一。

高冠雄笑逐颜开，放下了公子的身段，冲着张天一又是抱拳又是鞠躬，说见到大英雄不容易，要一醉方休。说罢，忙三颠四地让下人杀鸡宰羊，款待贵客。

没多久，张天一看到，一只肥壮的大公羊，被人从山坡上赶下来，还没进羊圈，就被人按倒，捅了脖子。还有几只公鸡，占据在不同的地盘，呼唤着母鸡鸽米，刚刚扇动起翅膀想跑，就被捉住，剁了头，色彩斑斓的羽毛，被滚开的水烫蔫了，拔掉了，赤裸裸地露出来。他的嘴角突然间露出一缕坏笑，冲着打谷场上练兵的团丁喊，高大老爷知道大家辛苦，特意杀鸡宰羊犒劳大家。

广场上爆发出一片欢呼声。

张天一牵着伊兰的手，要不辞而别。

伊兰把手抽出去，她说，你这个人真不地道，明知人家是款待你，偏说犒劳大家，就不能低下身段，好歹筹来一些钱款和军粮？

张天一叹口气说，高大老爷守着钱财，比爹妈还亲，我舅那个臭德行，就是个狗腿子，帮着主人看家财，想从他们这儿要钱要粮，比与虎谋皮还难。他们家的少爷坏子，中看不中用，甭理他。

两个人出了曹田屯，跨上了申河桥，伊兰还在埋怨，就不能听人一句劝，都说高大老爷抠门，抠门东五会还养了四五百的团丁，哪个人不吃粮花钱？人家留你吃饭，就没想把事儿做绝，你干吗转身就走？

张天一说，你瞅他俩那个德行，拿个棋盘来骗我，欺我不会算术。

伊兰笑着说，印度国王都被骗了，你上回当，不算丢脸。

两个人就这样一路说下去，有拌嘴，也有笑声。

在伙房里帮厨的高冠雄，闻听客人拂袖而去，埋怨一句父亲，也不把客人留住，骑着快马追了上来。快马驮着两箱子弹，还背着一杆汉阳造，一直追到了申河。那匹快马受过训练，毫不费力地走过了窄窄的石桥。

高冠雄气喘吁吁地把缰绳丢给张天一，一杆枪两箱子弹，连同快马，一块儿送了过去。他对张天一说，东五会与西五会是并肩的兄弟，以后不分彼此，我爸是拿你开心呢，别当真。

张天一拍拍马背上沉甸甸的子弹，心里还是涌出了感动，黑市里销售的子弹，黑得很，一颗就是一块大洋，两箱子弹，就是两箱大洋。这笔捐赠虽与陈应南相差甚远，却是他们求之若渴的弹药，并不薄。

高冠雄够意思，比他爹强。他要在县城夸大高大老爷捐献枪支弹药的数额，以便激励其他乡绅。张天一千恩万谢地与高冠雄拜别，战场，打的就是弹药，有充足的弹药，有老祖宗的《孙子兵法》，他就不信打不过小日本。

第四章　大凌河右岸

14

一场秋雨一场寒,转眼间,辽西大地草木肃杀,万物凋零,鹅毛大雪乘虚而入,覆盖住了茫茫旷野。宽阔的大凌河水,顿时失去了浩荡与奔腾,被寒风与大雪欺压成了一条弯曲的瘦肠子,载着黄褐色的水,低眉顺眼地淌。

天蓝,地白,天地间只剩下一道细弱的黄线,若有若无地割裂雪野。

1931年的冬天就这样无法抗拒地到来了。

河坝上,北风很硬,小刀子般割人的脖子。张天一顶着凛冽的寒风,眨巴着被风吹出泪的眼,瞅着即将被大雪封闭了的河面,心里不是个滋味。他恨恨地骂,冬天真不是个好东西,从前,宽阔而又湍急的大凌河,就是阻止日军的天然屏障,只要守住铁路桥,日军就无可奈何。现在,老天在和东北人作对,突然降下寒冷,助纣为虐。

转过身,向后看去,张天一内心的寒冷一下子被温暖过来。

整个河岸上,旌旗猎猎,东北军的三个旅,辽东辽西十几万民间武装齐聚于此，绵延几十里，挖出的战壕与掩体纵深四五里，守护着身后的大凌河镇，拱卫着东北的临时行政中心——锦州。即使日本关东军倾巢而出，飞机大炮昼夜轰炸，跨得过这道血肉筑成的地下长城吗？何况，锦州锦西的老百姓日日夜夜地送来给养，都期盼着东北军重整旗鼓，驱走日寇，恢复东北，班师沈阳，对得起东北军的称号。

当然，张天一的自信，还来源于少帅，少帅不再指望国联的调停，愿意承担起打日寇的主心骨。一个月前，枫叶红了，张天一突发奇想，尽管少帅的家被日本人抄了，最有钱的人还是少帅，为什么不找他去募集抗日物资？既然少帅没有追究谁在北大营最先开枪还击，表明的就是一种态度，凭什么不跟他要？

张天一本想带上伊兰，去北平找少帅，他最爱看伊兰那张喋喋不休的小嘴，红润、饱满、质感，尤其是小白牙露出来，红白分明，让他总有一种冲上去亲一顿的冲动。校长曹凤仪却自告奋勇，要陪张天一游说少帅，他说，孩子嘛，总不能把道理说透。

张天一心里这个烦，鄙视地瞅了眼曹校长，心想，老子当过少帅的警卫官，用得着你陪我？

孙县长和袁局长一个劲地说，曹校长博闻广识，是陪同的最佳人选，张天一不好驳两位的面子，更不能说，他是想借机夺下曹校长未过门的儿媳妇，他只好心有不甘地舍弃了伊兰。

两个人轻车简从，日落时从连山上火车，坐了一夜，第二天日上三竿时抵达北平，顺利地进入了副总司令行营。

少帅没有拒绝这个敢顶撞他又被他撵回沈阳的警卫官，他现在需要不怕掉脑袋，敢和日军拼到底的民间英雄。张天一脾气不改，竟敢质问少帅，你的堂弟张学成投靠日本人，当了东北自卫军的总司令,成为最大的汉奸,怎么办?少帅捻灭了正在抽的香烟,明确告诉张天一,用不着顾忌什么,谁敢降日,谁就是我张汉卿的仇敌,杀无赦。

曹校长才不像张天一那样,将少帅的军,他的嘴确实能说古论今,夸奖少帅是气拔山兮的项羽、古今少有的英雄才俊,锦州就是少帅反攻雪耻的大本营,暗示着少帅不可能无颜见江东父老。一番话,说得少帅泪流满面,爽快地送给锦西县满满一节火车厢的弹药。

现在,这批弹药已经从百里开外的锦西县连山驿火车站,运到了锦州之外的大凌河畔。全省民众抗日救国军前敌总指挥黄显声没有截留,直接分给各路抗日人马,尤其是锦西县的防区。整个大凌河防区,里三层外三层,人挨着人,简直成了人的堤坝,锦西县的防区不过是一里多地,已然人山人海了。

局长袁凤台领着公安局的警察和保安队,张恩远拉出了西五会,高荣轩带来了东五会,亮山聚来了李树桢、杜清和等绿林弟兄,每一支队伍都把看家的本钱带来了,发誓将大凌河变成日军的坟场。

几天前,县长孙国栋在县政府门前给各路人马送行,瞅着眼皮底下这群趾高气扬的绿林与土匪,那股别扭劲儿别提了,心都被拧成了麻花。他忍气吞声地咬着牙,真他娘的没有办法,这场该死的战争,居然让官府与土匪为伍。黄显声下令,只要他们肯奔赴抗日前线,便宽宥所有的绿林与土匪,哪怕他们曾经杀人如麻。

张天一的"羿"字号只是一杆大旗而已,袁局长聘他为各路武装的总教官和总联络官,他的弟兄们自然也是以教官的名义,分散到各家队伍中。猎猎大旗不过是凑在一起造声势,旗下没有张天一的一兵一卒。教会这群拿锄把的人拿起枪杆子去打仗,即使他当了光杆司令,他也心甘情愿。

尽管士气正昂,张天一还是看到了民团和绿林武装的懈怠、慵懒与涣散,他们还没尝过日军炮火的厉害,不知道战争的残酷,也不懂得死亡只是瞬间的事情。他们一边晒太阳,一边心不在焉地挖掩体,嘴里不停讲怎样消受女人,只要女人离开了嘴,就嚷嚷着吃肉。一个日本兵还没见到呢,就成了功臣。

张天一觉得,必须停下那些消磨意志的话题,严肃纪律,重振士气,他高喊一声,全体集合。小号手立刻跳出战壕,吹起了集合号。

号声一响,这些散兵游勇的弦儿立刻绷紧了,跳出战壕,整齐列队。

从沈阳逃回县城的三个月间,张天一不断反思七旅一触即溃的教训,除了不抵抗的命令,最重要的是组织混乱,作战意志不足,即使后来组织了反击,单兵作战能力也不强。想打败日军,必须作战体系有序,士兵意志顽强,单兵素养过硬,起码两个打一个不能成问题。于是,张天一把他的东北军弟兄们派进各路人马中,当他们的教官,参照日本士官学校的训练模式,开始了魔鬼训练。他经常提着马鞭,到各处操练场巡视,他的声音就像凌厉的鞭梢,因为每一个懒惰训练的人,都挨过张天一鞭子的抽打,都结过刻骨铭心的血痂。他视不爱训练的人为国贼家祸、汉奸坯子,绝不手软。

战争就在眼前,平时不流血流汗,战时丢掉的就是性命,一丝一毫不能懈怠。

张天一巡视了一圈儿,看谁丢盔卸甲,就赏谁的鞭子,直到大家都成了军人的样子,他才向小号手摆了下手。

　　这一次,小号手吹的不是冲锋号,也不是集合号,更不是休息号,而是一首歌曲。于是,上万人随着号声,扯着嗓子,吼起了《血盟抗日救国军》的军歌:

　　　　起来
　　　　不愿当亡国奴的人们
　　　　用我们的血肉唤起全国民众
　　　　我们不能坐以待毙
　　　　必须奋起杀敌
　　　　中华民族到了最危险的时候
　　　　起来起来
　　　　我们万众一心
　　　　冒着敌人的飞机大炮
　　　　战斗战斗战斗战斗

　　这首军歌,诞生还不到一个月,已经到处传唱了。教会张天一这首歌的人是老梯子,后来,张天一把这首歌教给了伊兰小姐,于是,锦西县所有会拿枪的人,都会唱了。

　　一个月前的会盟,是黄显声到处奔走呼号促成的,全省的公安局长与各路绿林豪杰齐聚锦州,促进了全省规模浩大的会盟,推选黄显声为总指挥。这些平日里的宿敌,冰释前嫌,歃血为盟,共同组建辽宁抗日救国军,张天一应黄显声之邀,以"羿"字军的旗号,也来会盟。

　　那次会盟,张天一见到了东北军的老弟兄,还有生死之交的老梯子,老梯子率领的义勇军,已经在辽河与大虎山一带,和小日本子干上了。他还结识了辽东的邓铁梅、唐聚五、孙铭武,热东的王老凿,辽南的老北风,还有众多的绿林好汉。他不再感觉孤立无援了,他有了种血脉偾张的感觉。

《血盟抗日救国军》军歌,就在那次会盟中传唱开来了。

凌河大坝上,歌声如雷,张天一觉得,自己变成了一只硕大的雄鹰,在他的羽翼下,母亲在平静地做着家务,姐姐在专心地绣着荷花,伊兰天真地背着书包,还有陈应南儒雅地做着生意,县城的街巷商旅如潮,农田里到处是愉快地行走的耕牛。

天更冷了,一夜之间,大凌河里,那道细长的黄色骤然消失,风把雪吹满了河道,白雪让黑夜不再黑暗。

雪的颜色在清晨时发生逆转,朝霞染红半边天时,也染红了半个冰河。宽广的大河套上,跋涉着一只孤独的影子。影子边走边停,鼻子不停地嗅着。突然间,黑影奔跑起来。

那是一条黄色的狗,奄头奄脑,饿毛饿刺,邋里邋遢,白雪都没有洗净它。它冲着守在岸边的张天一,夹着尾巴,直直地奔跑过来。这是一副疯狗的样子,张天一警惕地抬起脚,随时准备踢过去。没想到,这条狗灵巧地躲过张天一,径直扑向了他身后的小号手。

大黄狗的前爪搭在小号手胸前,眼睛湿漉漉的,伸出长舌头,舔着他的脸。小号手张响满脸的惊奇,他想不明白,大黄狗怎会从沈阳奔跑了六百多里,追到了大凌河畔?用不着解释,谁都看得明白,这是张响家的狗。

张响从行军袋里掏出干粮,喂大黄狗,黄狗不吃,掏出自己舍不得吃的牛肉干,黄狗不理,伏在他怀里"呜呜"地鸣叫。他习以为常地抚着大黄狗的头,想让它安静下来,它却依然尾巴紧夹着,黄毛直竖着,躁动不安地摇着头。最后,它索性咬着张响的裤角,往大凌河里拖。

望着大黄狗水汪汪的眼睛,张响突然意识到,可能发生了什么,否则不会这样,他跟随在大黄狗的身后,踩着吱吱作响的白雪,奔走在河冰之上。张天一带着几个弟兄,也一路跟了过去。

迎着冷漠的阳光,大黄狗沿着来时的梅花脚印,无止无休地奔走下去,没有一丝停歇的意思。跑了大概两刻钟,大黄狗突然叫了几声,狂奔过去。顺着它奔跑的方向望过去,河中间泛着红光的雪野里,有一个圆圆的黑点儿。

别人还未辨清黑点为何物时,黑点已经在张天一的瞳孔里放大了,那是一个人的脑袋。冥冥之中,他看到,伏在冰面上的脑袋眼睛圆睁,嘴角咧开,脸上绽放着僵直的笑容。这个人,他很熟悉,正是张响的父亲——在沈阳城家喻户晓的老铜匠。

老铜匠的头,永远地凝固了,像个雕像,一动不动。直觉告诉张天一,老铜匠冻死在那里好久了,谁也无法将他起死回生。他扯住了张响,让张响别急,歇一歇,喘匀了气再过去。他真的不知道怎样劝慰张响,也不知道张响能否面对这突如其来的打击,只想让这一刻晚点儿来。

大黄狗不懂张天一的心思,狂吠起来,发出狼一般的哀号,催促着张响过去。张天一只好以跑不动为由,扯着张响,让他扶着自己走。

大黄狗飞奔而去,爪子挠出了一道飞扬的雪沫。跑到黑点前,它骤然而停,不断地用舌头舔着老铜匠的脸,企图用舌头的温暖唤醒主人。

走到近前,张响傻了,他不相信父亲的脑袋会出现在冰河之上,他奋力地用手扒埋在父亲脖子下的雪,用嘴吹凝结在父亲胡子上的霜,用脸贴着父亲的脸。他的手被融雪和坚冰冻红了,冻肿了,冻得麻木了,却浑然不觉,直至挠裂了指甲。

推开覆盖在冰面上的雪,张天一看到,老锔匠的周围凝结着一圈儿井口大的新冰,冰面清冷而又透明,与周边浑黄的冰形成了鲜明的对比。冰里清晰地横着一条扁担,扁担的两头翘起在浑黄的老冰上。老锔匠的胳膊紧紧地抱着扁担,一只手却顽强地从冰里伸出,把狗皮帽子的两根系带绕在指间,打成死结,紧攥在拳头里,死死地抵住下巴,恐怕被风掀跑了帽子。

老锔匠不是守财奴,干吗把帽子看得比命还重?

张天一想不明白了,老锔匠追赶到这里,仅仅是为了找儿子吗?明知道大凌河并未冻严,为啥还冒着危险,抱着扁担舍命过河?挣扎在河水里的生死关头,为啥不离不弃地扯着狗皮帽子?在沈阳,张天一视张准张响为自己的亲兄弟,无数次地到老锔匠家,他了解张响的父亲,那是个谨小慎微心细如丝的老人家,不是迫不得已,不可能冒险过河。

他要弄明白老锔匠从辽河追到大凌河的原因。

费了好大的力气,才将老锔匠的手指头掰开,总算把紧箍在脑袋上的狗皮帽子摘下来。风吹着老锔匠的白发,起起伏伏地飘扬,一滴眼泪从焐暖的眼窝里流下,张响喊着,我爹哭了,他还活着,快帮我挖出来。

张天一知道这是张响的错觉,一个彻底冻透的人,不可能起死回生。他果断地将老锔匠的眼睛抹上,冻咧开的笑脸抚平,让老人走得平静。这时,他才一门心思地琢磨起了那顶帽子。帽子很干爽也很柔软，没有溅上一点儿水，冻成冰的硬壳，可见老铜匠即使掉在河里，拼了老命时，也不想弄湿自己的帽子。

把手伸进帽子里，张天一感觉到帽衬里有一层硬硬的东西，用力按下，"哗啦啦"地响，撕开大针脚缝上的帽衬，一个鼓鼓囊囊的大信封露了出来。打开信封，里面厚厚的一沓纸，密密麻麻地写着字，内容是关东军司令官本庄繁从朝鲜和本土调动了哪些部队，第二师团、第二十师团、第三十八旅团、第三十九旅团、第八旅团的行军路线，还有驻扎在高台子村的"东北自卫军"总司令张学成，住在哪家地主的大院里，和日军派来的顾问共同策划着怎样打下锦州城，彻底取代张学良。

信的后边，是一堆图，画得比老铜匠铜的细瓷碗还要细致，唯恐接信的人看不懂。

原来，老铜匠千里迢迢，舍命相送的，是一份特殊的情报。张天一的眼睛潮湿了。

张响的手在前边抓，大黄狗的爪子在后边挠，恨不得用一腔热血融化掉坚冰，把老铜匠从冰里捞出来。张天一示意着一同来的弟兄们，卸下枪上的刺刀，一刀一刀地挖向冰面。冰结得不算太厚，不过一尺深，没过多久，老铜匠踩塌的那块冰窟窿被彻底砸透。

河水漾了出来，弟兄们抬起扁担，将老铜匠拉了出来。

冰下的水，流得很硬朗，在冰窟窿里打着旋儿。老铜匠的棉鞋和棉裤都被河水揪走了，下身赤裸着，一群鱼的嘴拥挤过来，到冰窟窿处来透气。张天一脱下自己的棉大衣，罩在老铜匠的身上，背起老人的遗体，一路向岸边跑去。

张响哭得抽搐了过去，被弟兄们搀扶着往回走，大黄狗跟在后边，一路狂叫，仿佛演奏着一曲哀歌。

老锔匠的头耷在张天一的肩头上，他没感到老人家已经过世，好像趴在他耳根上，跟他无尽无休地说悄悄话，说这两个月来沈阳城里城外发生的事儿，说他养了白眼狼的侄子，给日本人当了狙击手，残害自己的同胞。说他不会忘记弟弟的血债，也不会忘记"九一八"那天的耻辱，就连家里的大黄狗，见到穿日本军装的人，眼里都冒火。

脚下的雪，被踩得"嘎吱嘎吱"地响，毕竟是两个人的分量，冰裂的声音，像远方的雷。张天一觉得，脚下踩的就是敌人，他恨不得把脚下的冰踩成翻滚的接天连地的冰排，化作万把利剑，直刺侵略者的胸膛。

走着走着，张天一的眼睛一次次地被泪水遮得模糊，他依稀看到，老锔匠从关东军的大营出来，穿过张学成的军营，牵出自己家的大黄狗，一路奔波向着大凌河走来。老锔匠扛着一根扁担，小心翼翼地行走在还没冻结实的冰面上。大黄狗一路嗅着冰面，却无法嗅出冰的薄厚，一声炸裂之后，冰面塌陷，老锔匠失足入河。毕竟一把年纪了，尽管有扁担横在冰面上，冻僵了的老锔匠也无法爬出。大黄狗守着主人，拼命施救，却无济于事。老锔匠放弃求生，撵走了大黄狗，把报信儿的希望寄托在了一条狗的身上。

大黄狗一路嚎着哀歌。

15

一弯新月刚刚挂在西天，辽宁省公安骑兵部队总队长熊飞发出了集合令，张天一和张响被指定随队出征，一起骑上了战马。张响跪在冥床前，哭别了父亲，抱着那条大黄狗，跨上了战马。熊飞队长承诺,除掉大汉奸,给老铜匠大出殡,全军戴孝。

黄显声给熊飞下了道死命令,拿不下张学成的头,你提头来见。

趁着夜色,骑兵队跨过了大凌河,向着黑山县高台子出发了。

张学成是老帅的心结,也是少帅的心病。张学成的爹是老帅的二哥,当初老帅剿匪,也在高台子,二哥替老帅冲锋陷阵,脑袋挨了子弹,当场气绝。老帅这辈子连别人的一根麻绳都不欠,从小到大却偏偏欠了二哥一辈子。从此之后,老帅养了二哥一家老小,尤其是长子张学成,完全视为己出,和学良一块儿上私塾,入学堂,进讲武堂。老帅还高看张学成一眼,送到东瀛,就读日本陆军大学,回国后,留在身边当卫队长,二十刚出头,就成了麾下的一名旅长。

尽管张学成算得上少年得志,但与张学良比,还是差了一大截,少帅那时已是军团长了,压着张学成一大级。张学成一百个不佩服,毕竟从小一块儿长大,无论在学堂还是军校,他都觉得比小六子高上一头,何况他是留洋归来,受到的是日本最高级别的军事培训,论起战略战术,小六子还是个小儿科呢。

张学成认定,老帅还是偏心眼儿,隔一层肚皮就不是一回事儿,只是不想惹恼了老帅,暂且忍着,有朝一日,战场上见本事。

七年前的那场直奉大战,张学成摩拳擦掌,准备亮一下身手,然而出师不利,传闻也好,事实也罢,兵到之处,老百姓纷纷告状,说他纵容下属烧杀抢掠,奸淫妇女。少帅一怒之下,撤了他。他也是意气用事,一走了之,最终投靠了石友三,任凭老帅千呼万唤,哪怕碰得头破血流,就是不肯回来,直至趁着少帅内焦外困,与少帅兵戎相见。可惜的是,那次较量,他捉襟见肘,疲于奔命,成了少帅的手下败将，无路可走，只好学老军阀，年轻轻地到天津当了寓公。

两个月前，张学成终于找到机会，在日本浪人朋友的陪护下，扬眉吐气地回到沈阳，大张旗鼓地为还未下葬、灵柩停在大帅府的老帅超度亡灵。他还打起了老帅的旗号，诓称苏俄炸死了老帅，少帅无能替老帅报仇，却妄加猜测友好邻邦，理直气壮地要继承老帅遗产，从日本人手里要大帅府的金银财宝，要奉天兵工厂的枪支弹药，收编东北军的旧军官，招降各路绿林队伍，接纳被枪毙了的汉奸凌印清的残部，到处封官许愿发委任状，转眼间就扩充到了八个支队十八个旅。

熊飞不是没和张学成交过手，撤退到锦州之前，双方的骑兵狭路相逢，张学成骑着高头大马，冲杀在前，高呼，我是张学成，速速来降！看在老帅和少帅的面子上，无论是十九旅，还是熊飞公安骑兵部队，或者是老梯子等等那些绿林胡匪，谁也不想和张学成较真儿，任他冲来杀去，一路撤退避让。给人的错觉是，东北军和各路地方武装，不堪一击，都是他的手下败将。

张学成认定少帅易帜，是糊涂虫和胆小鬼，枪杀忠臣杨宇霆、常荫槐，更是对老帅的彻底背叛，没有资格继承老帅的衣钵，自己才是老帅合理合法的继承者。张家日后能否复兴要完全仰仗他了，他有了一家之主的感觉，像老帅那样，借助日本人的势力，再做东北王。

真的下决心拿堂弟开刀，少帅还是很纠结，毕竟血浓于水。少帅特意将二伯家流亡到北平的其他弟弟找到家，开了家庭会议，让每一个人都表态，怎样对待这个叛国者？日本人还装出一副伪善的面孔，假装顾忌国联的抗议，没有大兵进犯锦州，张学成却喊出了"揭旗西进，与锦州驻军炮火相见"的口号，充当日本人的马前卒,反倒让日本人躲在后台。

家庭会议表决,允许少帅除痈去疽,清理门户。

现在,少帅有话了,不能再让张学成为所欲为了。

骑兵部队躲城绕村,一路飞驰,三个时辰后,已逼近高台子。

正是子夜时分,骑兵悄然下马,埋伏下来。熊飞藏在沟畔,用棉大衣遮住手电筒的光,仔细地翻阅着老锔匠送来的情报——那份画下来的地图。想确认老锔匠的情报是否准确,还需抓个俘虏,核实一下张学成的居所。几路侦察兵都派出去了,高台子兵营按照日军的模式,防范得非常严密,想抓俘虏,无从下手。看样子,张学成已有预感,少帅不会饶了他,把预防偷袭的本事运用到了家,总算没有白念日本陆军大学。

张天一突发奇想,既然人无法混进高台子的军营,何不把大黄狗派上用场。既然大黄狗会替主人报信儿,说不定也有办法诳出张准。张准是日本人送给张学成的见面礼,有这个神枪手在,谁敢阻拦张学成,谁就是枪下鬼。张天一早就听说了,张准已经修炼成了杀人魔王,无论杀谁,不但手不抖了,还有了瘾,每击毙一个人,都要去现场看一看,仔细查看被他枪击后的伤口,用以修正下一次狙击的精准程度。

大黄狗匍匐着溜进高台子军营时,没有被三步一岗五步一哨的巡逻兵们发现,或者是发现了也没在乎,仅仅是一条狗而已,更何况他们认识这条狗,主人是司令官的新宠,神枪手张准。

不知道大黄狗用什么方式,进了张准的宿舍,弄醒了张准。没过多久,大黄狗出来了,身后跟着张准。张准背着狙击步枪,哈欠连天地走出军营。

营区外,是一片旷野,张准东张西望,边走边喊,二叔,二叔,你可回来了,你在哪儿呢?

张响的眼睛一下子就湿了,张准的二叔,就是自己的亲爹,此时正躺在冥床上,准备安葬呢,张准这个卖了良心的,还觍脸找他的二叔?

大黄狗的脚步忽然加快了,抛下张准,一直向前,没有彷徨,没有犹豫,脚步细碎而又从容,连头也不回。张准像被一条无形的绳子拴着,丢了魂似的尾随在大黄狗的身后,盲目地走下去。

大黄狗蹲下了,蹲在了张响埋伏的地方,晶亮的眼睛瞅了眼张响,便昂起头,瞭望着繁星密布的夜空,一动不动。那意思是说,我把张准领来了,你看着办吧。

夜涂了墨一样的黑,张准的脚几乎要踩到张响的脑袋了,却没发现脚下有人。张响几次想一跃而起,把张准按倒,可他的心在剧烈地跳动着,从小到大,哥儿俩没少摔跤,每一次他都是失败者。这一次出手,涉及的是突袭能否成功,他恐怕一时失手,弄出响动,坏了大事儿。

张准环视着漆黑的四野,疑惑大黄狗怎么不走了?二叔在哪儿呢,看到自己,怎么也应该言语一声。

张天一不会心慈手软,一个鱼跃,抱住张准的双腿,脑袋狠狠地顶向张准的屁股。张准毫无防备,直挺挺地趴下去。他用膝盖抵住张准的后腰,伸出胳膊,迅速锁住喉咙,令张准无法出声。

张准被拖到壕沟里,这才知道发生了什么,也明白了刚才将自己掀翻在地,活捉过来的,就是自己从前的上尉营副张天一。接下来的审讯,没有遇到抵抗,张准总是把脸掉向张响,张响躲开,他的脸探向了趴在他前边无动于衷的大黄狗。虽然黑夜掩盖住了他恐惧的眼神，但谁都明白，那是向张响，甚至向那条大黄狗求援，求留他一条性命。

恐惧重新回到张准的手上，他哆嗦不止，不停地解释，从来没想过当汉奸，二叔被日本人抓为人质，他不忍心养育他的二叔惨遭杀戮，不得已而为之，他要戴罪立功。熊飞追问张学成今晚居住的位置，张准一五一十地答，和老铜匠提供的情报分毫不差，都是在中间大营。从营外到营中间，有好几道机枪火力墙，少帅丢下的好枪械，都让日本人赏赐给了张学成。靠骑兵勇猛冲锋，直捣中间大营，摧毁中枢，这种打法，肯定不能奏效，张学成早就防着这一手呢。

只能另辟蹊径了。

既然把神枪手抓到了手，为何不打好这张牌？张天一与熊飞不谋而合。

凌晨时刻，熊飞学起了张飞，马尾巴拴上了树枝，四面八方的冲锋号一同吹响。就连熊飞自己都感觉到了千军万马齐攻高台子。张学成从梦中惊醒，他没搞清楚，一夜之间，张学良天兵天将，找他算账来了。

张学成不信外边的喊声与营中的传言，爬上高高的瞭望台，举起望远镜，向外观察。

正中下怀。迫切想立功赎罪的张准，狙击步枪早就瞄在了那个位置上，面对这个新主子，他毫不手软，一枪毙命。

可以想象，张学成倒下的时候，心境是如何的凄凉，他一生没服过张学良，却一生罩在张学良的阴影里，风口浪尖上拼个出头之日，却终结在无名鼠辈之手，他死也不会想到，当宝贝一般收下的神枪手,是要他命的毒蛇。那一刻,他肯定看到了他的父亲张作孚,这个世界没人需要他了,那个世界里,父亲敞开了怀抱,冲着他露出了笑脸。他忽然明白了,张准袭击他的地方,正是父亲当年倒下的地方。父亲的后边,浮着虚无缥缈的伯父,他们在向他招手呢,把他从人间的纠葛中拔了出来。

和他父亲一样,张学成也是头部中弹。

司令官死了,几路进攻上来的骑兵直奔营中要害,军营一片大乱,听说是少帅坐镇讨逆,更无心恋战,逃的逃降的降,四千多人马没等打上几个回合,已经化作鸟兽散。真正抵抗的,只剩下司令部的日本顾问,还有安插在各旅的日本指导官。毕竟兵力相差极为悬殊,骑兵队几轮冲杀过后,抵抗的几个指导官全部死在刀枪之下。

打扫罢战场,熊飞满面微笑,少帅最担心的事情不存在了,锦州不会上演中国人骨肉相残的惨烈一幕,本庄繁当不成多尔衮了,他带着大队人马返回。

张准一直看着熊飞的脸色,等待着熊飞对他的赦免,毕竟立下了一件奇功,何况自己的枪法超乎寻常,在谁麾下,都是制胜的法宝。和他猜测的一样,熊飞摆了摆手,没命令缴下张准的枪,更没把他当成俘虏,随队一块儿返回大凌河。

路上,张天一将老铜匠舍生忘死送情报的事情告诉了张准,说到老铜匠冻死在大凌河里时,张准的眼泪一对一双地往下落。他知道,二叔自从成了人质,就没打算活下来,是他觉得没对二叔尽过孝道,于心不忍,才犯下了弥天大错。无论在日本的大营还是在张学成的大营,二叔都有资格吃香喝辣,可二叔每日只食几碗粥,用镐军营里的破碗打发时光,和从沈阳的家里追来的大黄狗为伴,成天一声不语。他决不会想到,二叔心细如丝,把听到的看到的都记了下来,也不知道二叔的出走,与送情报有关。

正像熊飞承诺的那样,大凌河畔,全军将士为老镐匠戴孝,发丧的规格超过了县长。

张准已经将孝服穿上,准备向二叔下跪磕头,行孝子之礼了。张响坚决不允许,让他依旧穿着张学成赏赐给的"东北自卫军"军服,远远地站着,张家没有这个不肖子孙,我父亲也承受不起你的跪拜。

入殓那一刻,张响几乎要哭昏了,黄显声和熊飞,一左一右,亲自动手,将老镐匠装入棺椁。大凌河畔,官兵们整齐列队,枪管一律系上白布,枪口直冲云天,一排排地鸣放,震颤着大河两岸。

大凌河镇上的麻雀,惊得满镇乱飞,最终逃得一只不剩。

起灵的时候,张准撕下白衬衣当孝带,绑在自己的头上,跌跌撞撞地跑进来,不管张响如何制止,跪下来就磕头,还要抢下丧盆摔。他真的把二叔当亲爹了,真的把自己当成长子了,他不能忍受被剥夺最后一次尽孝。

就在张准跪下磕头的那一刻,张响的眼睛闭上了。他狠狠地咬住自己的嘴唇,一直咬出血来。最后,他还是从怀里抽出匕首,一刀刺入张准的后心。

张准转过脸,嘴角已经淌出了血,他睁大眼睛,绝望地望着张响,无力地叫了声,弟。

张响大恸,哭得惊天动地,国难当头,任何一次软骨头,就有可能让国家万劫不复,无论是谁,无论是什么理由,都不允许当汉奸。他只能用这个办法,让张准永远地陪着父亲。

在同一天里,张响与少帅用同样的理由,处置了他们最亲的堂兄弟。

张天一仰望着苍天,泪流满面,他本想留下张准一条命,毕竟千军万马之中才培养出这一个神枪手,把张准的生与死交给战场岂不更好?谁想到张响和少帅一样,不想让家族蒙羞,采用了极端的方式,警告所有的叛逆者。他内心叩问着上苍,为什么我们总是兄弟相残?

16

锦州被划定成了中立区,这是国联的"功劳",他们对日本的绥靖,拿中国当代价,在我们自己国土的腹地,居然有了一块交战国之间才应该有的中立区,国民政府居然恬不知耻地接受了中立区的存在,同意美、英、法等国派兵入驻中立区。这就意味着,东北的大片领土事实上被肢解出了中国,也意味着锦州至山海关之间方圆百里之内,不得有中国军队的存在。

锦州在抗议,全国在抗议,锦州城内,学生上街,市民罢市,与维持秩序的警察冲突不断,学生被打受伤,领头者抓捕入狱,抗议的浪潮依然如熊熊烈火,高呼着"中华民族到了最危险的时候",大批的民间武装从关内拥到了锦州前来声援。

锦州城内,警察与抗议的人群势不两立,黄显声成了风箱里的耗子,两头受气。从内心深处,他反对放弃家园,不是万般无奈,谁会选择背井离乡?可他又不能抗拒命令。

锦州事件还是不可避免地发生了。南京示威的三十多名学生惨遭杀害,锦州警察立刻成了过街的老鼠,代南京受过,刺骨的寒风中,黄显声带着警察手挽手地护卫在东北临时行政中心,任凭学生与民众往他们身上泼脏水。

蒋介石哀叹一声,国民短视,不懂攘外必先安内,如之奈何?之后,国民政府致电国联,取消中立区的要求。

没有了中立区,大战一触即发。

尽管如此,没人做决战的谋划,一列列火车,从沟帮子、从大虎山源源不断地往关内运走东北军。大凌河以东广阔的领土上,胶着的战事渐渐熄灭,只剩下三万东北民众义勇军,凭借着熟悉的山川地势,依赖着熟悉的乡亲故旧,用相差悬殊的武器孤军奋战。那里面有东北军的旧部,更多的是老梯子、老北风这样的山林胡匪和豪强绿林。他们以极其惨烈的伤亡,抵御着家园不被蹂躏。每一天从铁道上、从冰面上运过来的缺胳膊少腿的义勇军伤兵,数不胜数,哀号之声不绝于耳。

张天一天天感受着什么是用血肉之躯,抵抗着敌人的飞机大炮。没有他们浴血奋战,日军在吞并了黑、吉两省之后,早就陈兵在大凌河畔了。

即使义勇军再勇猛,那也是民间武装,与武装到牙齿的日本国家军队作战,结果可想而知。关东军疾速前行,膏药旗很快就立在了大凌河的东岸。

大凌河虽然白茫茫地宽广无语,沉寂安静,一旦用炮弹激活它,冰排涌动,河水奔腾,那也是千军万马,张天一不信日本人会攻过这道天险。

那一夜,整个河道里,人山人海,东北军和各路义勇军挥舞着钢镐,刨开厚厚的坚冰,将冰块拖到河坝,充当护坡,让日军亲眼看一看,想打过河,先拿你士兵的尸体填冰窟窿,垫河床,喂王八。

被憋在冰下的鱼们,终于逮住了透气的机会,纷纷从露开的河水里探出头,人们便开始捞鱼,夜宵是酱小鱼炖大鱼,边吃边喝酒,冲着对岸喊,小日本,有本事打炮啊,炸开了冰面,省得老子费力气了。

那天早上,公元1931年的日历掀到了最后一页。

公鸡开始鸣叫,天地依然没被唤醒,一片黑暗。黄显声来了,找到了公安局长袁凤台,要把锦西段的防区扩大到四五里远。张天一不明白,本来火力不强,只能采取人海战术,准备得这么久了,为什么突然扩大防区?仔细询问才知道,总参谋长荣臻一声令下,驻守在河岸上的两个旅,趁着夜色,悄然无声地全部撤离,河岸的阵地只留下黄显声的公安部队,还有各个县的地方武装。

重新布防,就意味着密集的防守立刻变得松懈,战场的纵深要缩短一截子。本来布置好好的阵地防御战,临时调整,肯定会漏洞百出,几轮进攻过后,日军就会轻而易举地找到薄弱环节。

这样的仗,怎么打?没有炮兵部队的支援,大凌河首尾相连的冰排,会迅速冻结,不可能成为千军万马,只能成为敌人的浮桥,助纣为虐。本来就是一群没打过仗的乌合之众,如此下来,如何拒河而战?

听说荣臻参谋长撤了,东五会首领高荣轩高大老爷首先不干了,打仗是国家的事儿,遇到了麻烦,国家先撤了,把老百姓喂给了狼,这他妈的是哪国的政府?几百号人马排着队,向后转,准备打马归山。

张天一气急败坏,骑马追了过去,拦在高荣轩的面前。难怪小日本能长驱直入,没有一个像老帅那样有骨气的人。还没和日军真刀真枪地对垒上呢,就争先恐后地撤,这还像个样子吗?

高荣轩把皮鞭子往地下一摔,冲着张天一喊,你以为老子怕死吗,老子心里不舒服,不愿意当这个炮灰,钱我们出,力我们出,要枪械,要弹药,耗子屙屎——一点一点地挤,舍不得多给一箱,等到我们拼光了,他们回来了,舔着我们的鲜血,坐享其成,老子不当这个冤大头。

张天一说,你不就是想让东北军留下,和咱们一块儿打吗?好,我这就去找荣臻,他敢跑我就和他玩命,高大老爷,你们东五会不能走,你们那个缺口没人堵。

高荣轩说,谁说我走了,我们东五会不是没有人,我把你舅舅留下了,大队人马还得跟我走,我在锦州城外等你们,东北军回来,我也回来,他们不回来,我就回老家,守着我的一亩三分地,不陪他们玩了。

张天一痛苦地吼着,国家都没了,哪儿还有你的一亩三分地。

高荣轩也吼道,人都死了,谁能看到国家是啥爷奶样儿?

张天一流下了一双眼泪,他知道,除了把东北军拉回来,他无法说服高荣轩,只好退而求其次,把刚刚编入东五会的猎户郑世吉留下。

高荣轩翻了下眼皮,让张天一把鞭子给捡起来。

张天一不再执拗,跳下马,弯下高贵的腰,捡皮鞭子,双手递过去。郑世吉的枪法,不比张准逊色多少,尤其是打移动的目标,更是拿手好戏,留下他,就是留下一颗定盘星。

高荣轩把皮鞭子往郑世吉身上一指,郑世吉就立定了,站在了崔黑子的身后。他策马扬鞭,带着大队人马呼啦啦地奔向锦州,只剩下崔黑子身后的十几个人原地不动。

张天一带着自己的弟兄们,骑着快马,心急如焚地冲到大凌河车站,横在火车的前边,宁愿被火车撞死,也不允许部队撤离。

火车并没有撞向张天一,总参谋长的警卫团真不是吃素的,三下五除二,将张天一缴了械,五花大绑地捆进了车厢里。火车头喘着粗气,鸣响了笛声,却没有急着出发,因为总参谋长没有下令。

张天一也没想真的反抗,拦火车的目的就是见总参谋长,捆他去见荣臻,他还巴不得呢。押到那节单设的车厢,见到了荣臻,张天一别着脑袋,反正就是送死来的,不管是真是假,他也是被通缉的人,他什么也不在乎,就是不想让荣臻把队伍带走。

荣臻点着张天一的脑壳,骂着他,你这个臭小子,懂得个屁,别以为咱们易帜了,就都是国民政府的兵了,老蒋嘴里喊着出钱出兵,鼓动咱撵走北满的苏联人,真打起来了,钱没一分,兵没一个。现在,咱们武器弹药兵源损失了这么多,老蒋还是一毛不拔,光跟咱们唱高调,不去求和,也不宣战,明摆着让咱们去送死,借日本人的屠刀,消灭咱们东北军,天底下谁见到过这样的结拜兄弟吗?别以为咱少帅年轻软弱,避战就是保留实力,拼光了,咱们就没有反攻的本钱了,这叫战略转移,你懂吗?

张天一梗着脖子喊,我不懂,我只知道,大好河山不能白白送出去,日本人不会感谢你的,只会嘲笑咱们。

荣臻吼道,把他绑在电杆上,让西北风吹醒他。

警卫团的人拎起张天一的胳膊,根本不听他的呼号,也不在乎他的脚怎么蹬,将他拖出车厢,绑在站台旁的柱子上。火车的蒸汽喷着他的脸,车笛的鸣叫刺疼他的耳鼓,车轮的滚动碾过他的心,他的哀号那样微弱和单调,他只能眼睁睁地望着一列列火车拉着东北军的主力,驶离他的视野。

张天一冲着快要消失了的火车喊,老子就让你们看看,没有你们,老子照样行,老子有千千万万个不怕死的弟兄,照样把小日本赶出去。

遥远的火车"哧哧"地喷着蒸汽,像是嘲笑他。

17

公元 1932 年第一个早晨来临的时候,惨烈的日子也跟着来了,日军开始了对大凌河的元旦进攻。

最先来到大凌河的,是日军的飞机。

隐隐约约的"嗡嗡"声时断时续地传来,弟兄们还在纳闷,数九寒冬了,哪儿来的苍蝇和蚊子?光听到叫唤,见不到影子,好像很远,又好像很近。第一个意识到飞机来的是张天一,声音传来时,一道黑影闪电般掠过他的脑海,少帅爱开飞机,他陪着去过机场,脑海里的黑影,确定无疑就是飞机。他冥冥之中的那只眼睛,又一次提醒他,灾难又将降临。

他大声吼着,敌机来了,快进掩体。

西五会的人面面相觑,不知道啥叫敌机。张天一忙解释道,就是飞机,日本人的飞机,专门从天上往下扔炸弹,能炸出一房子深的坑。人们还是不明白飞机为何物,却知道了飞机像鸟一样在天上飞,他们向四周仰望,除了瓦蓝瓦蓝的天,啥也看不见,哪儿来的飞机?便叽叽喳喳地议论,好像张天一故弄玄虚。

张天一跳上战壕,向天空望去,日光虽然冷淡,却依然刺目。好在他不怕日头,眼睛直视过去,看到了日头上一大片蜻蜓般的黑点。他又一次高喊起来,敌机来了,快下战壕,钻进防空洞。

张恩远也不知道飞机是什么玩意,可他听说过。三个月前,就是这个破铁鸟往锦州城里屙粪蛋,炸塌了一大片房子,弄得家家死人,户户出殡。他相信儿子,儿子见过世面,儿子是英雄,儿子能看到未来,他拿着皮鞭抽打人的脊骨,抬起脚踢人的屁股,把西五会的人往战壕里的地洞赶。

仍然有人拿张天一的话当儿戏,这辈子没见过会飞的铁鸟,也没听说过鸟不在窝里,飞在天上也能下蛋,倒要看看铁鸟究竟长成啥样子。

飞机顺着太阳飞过来,炫目的阳光让地面上的人难以发现,这是日军飞行员的驾驶习惯,用来躲开防空炮火的瞄准。飞机的轰鸣声越来越响,转瞬间就抵达大凌河上空了。一大群飞机分了两伙,一伙继续往前飞,目标是锦州,另一伙俯冲下来。

那几个没见过大铁鸟的人,站在战壕上,好奇地瞅着,举起手指头,向飞机指指点点,大惊小怪地喊着,这么大家伙,怎能在天上飞,还往下拉羊粪球。话音未落,巨大的爆炸声在重重叠叠的工事里炸响了,震得躲在防空洞里的人们身子摇晃,耳朵发麻。

那几个大惊小怪的人,别说是人模样,就连胳膊腿都找不着了,稀泥一样糊在地上,只剩下一顶气浪冲跑了的狗皮帽子,挂在遥远的树枝上,在北风中摇摆。

几轮俯冲轰炸过后,飞机走了,对岸的大炮又响了,这是进攻的前奏。

炮弹倾泻过来,冰雹一般,张天一防御的战壕成了攻击的重点,大地震颤起来,即使躲在防空洞里,也像是风雨中摇摆的小船。

炮弹掀开的土,平了战壕,堵住了防空洞口,头顶上的土和石块,扑簌簌地往下落。幸亏弟兄们不怕磨破了手,流尽了汗,战壕挖得深,防空洞拐得远,加上寒冷的天把大地冻得石头般坚硬,除了石块土块砸伤了几个弟兄,还没几个被炮弹皮击中的。

东五会那边,防守的阵地,只剩下窄窄的一小条,东五会的旗帜插得很低,炮弹落得不凶,崔黑子的头探在防空洞口,东张西望地往外瞅。开始的时候,他还数着炮弹落下了多少颗,后来就数不过来了。他问着郑世吉,一石米能不能换来一发炮弹?郑世吉只知道一只狍子换多少升米,多少升米能换来一发子弹,打猎用的是洋炮,不是带炮弹的炮,犯不上问炮弹多少钱一颗,可有一点他很清楚,几百发子弹没有一颗炮弹的威力大,看样子小日本是豁出了血本要拿下锦州。

尽管东五会与西五会素来不睦,可自己的姐夫和亲外甥还是那边的人,他最惦记的还是外甥张天一。他歪着脑袋,向外甥那边望去,同样的阵地,别的地方,炮弹落得稀稀落落,为啥小日本的炮弹一个劲儿地往外甥的阵地上落?瞅了一会儿,他瞅明白了,外甥的那杆"羿"字号大旗立在那儿呢,日本人专门冲着那儿打。

那炮打得邪性,"羿"字号大旗的周边都打烂了,一个大坑接着一个大坑,战壕都被炸出的浮土埋没了,却没有一发炮弹将旗炸飞。崔黑子忽然间想明白了,外甥在日本人那里名号大,被视为眼中钉了,想用炮火将他们炸光,消灭最有本事的抵抗力量,等到渡河之后,把旗帜当成战利品。

这么一想,崔黑子的心就揪起来,这么轰下去,不被炸死也得被震死,必须得转移小日本的炮火。望着在炮火中左右摇摆的旗,他突然间灵机一动,趁着炮火稀落,他跑出防空洞,在战壕里钻来钻去,最后钻到了外甥的阵地,匍匐着把外甥的"羿"字号旗拔了下来。三绕两绕,他绕到了杜清和杜三秃子的阵地,把"羿"字号旗插到了那里。

果然,旗就是指挥棒,日军的炮火转移了,把最猛烈的炮火全砸给了杜清和的阵地。杜清和不是张天一,没经过军事训练,更不愿意接受整训,关上山寨的大门,恐怕有人借抗日为名,偷袭他们,缴了他们的武装。他们研究的是打家劫舍,看的是大户人家的虚实,从来没有想过上炮火连天的战场。只因和亮山结为生死弟兄,看着成箱成箱的快枪眼馋,才被拉上大凌河防线。

那帮兄弟,把打仗看成闹着玩儿,没觉得是啥大事儿,能比剿匪的官兵强多少?顶多子弹多一点儿,炮声响一点儿。挖战壕的时候,谁也不肯多出力,恐怕自己挨累吃亏,天天盼着中午酸菜猪肉炖粉条子,晚上全羊小烧锅。

等到炮弹落下来,都傻了,原来比五雷轰顶还厉害,碎尸万段、粉身碎骨这类打劫时的狠话,现在全成了真的。他们眼睁睁看着人被炮弹扯得七零八落,混着满天纷飞的泥土,啥都看不见了。

炮声未停,日军的骑兵踏着冰雪就上来了,冲在前边的,一人怀里抱着一挺轻机枪,子弹雨点般往岸上的工事里射,进攻的重点,是插着"羿"字号旗的位置。而真正的"羿"字号阵地,冲过来的敌人很稀落,更何况,昨夜大家齐动手,已经凿开坚冰,一顿手榴弹,又将薄冰炸碎,露出流淌的河水。有了这道天堑,日军一时半晌攻不到岸上。

东五会的阵地,虽然人少,但有郑世吉在,日军进攻的步伐格外小心,不把身体藏起来,必死无疑。郑世吉抱着张天一赠给他的辽十三,打一枪换一个地方,狩猎一般,枪枪都能让日军毙命。日军的迫击炮一直追着他打,炮弹每次落下,他早已转移,放成了空炮。

相隔百米的杜清和的阵地,却是另一番情景,日军蝗虫一般,成梯次集中攻击那里,眼见得日军在长梯子上搭门板,在凿开的冰道上铺设上了浮桥,攻上岸来,杜清和手下的人节节败退。张天一正在困惑,日军怎么知道大凌河防线最薄弱的地方,专攻不会打仗的杜清和呢?猛然间,他发现,自己的旗帜怎么插在了他们的阵地上?心里一怔,难道说日军把间谍派进了防御的队伍里?

来不及细想,张天一带着一部分弟兄支援上去,一旦这个口子被打开,大凌河防线就崩溃了。亮山的阵地和杜清和的挨着,他已经率先增援了过去,补住了被日军打开的缺口。张天一贮备了足够的手榴弹,一顿狂甩过去,冰面上搭设的浮桥被炸毁了,长梯子变成了碎木条,门板变成了碎木块,伴随着浮冰,一块向下游漂流过去。

冰河的那边,日军把冰块和战马的尸体堆在一起,垒成工事,与河岸形成对峙。

杜清和并不感谢张天一及时伸出援手,冲着张天一骂道,小王八犊子,我操死你妈的,谁让你把旗挂在我这儿了?故意把小日本往我这儿引,小崽子,我和你没完。

亮山把张天一挡在身后,两个人把眼睛瞪在了一块儿,亮山的嗓门和炮弹一样响,没有我们爷儿俩,你他妈的死得一个也剩不下了。

杜清和回敬着亮山,我他妈的是被你骗来的,老子躲在山寨里看热闹,一个弟兄也死不了。

亮山接着骂,都他妈的亡国了,你的破山寨挡得住小日本的飞机大炮？咱们不拧成一股绳，谁他妈的也活不了。

张天一不听他们争吵，拔下自己的"羿"字号大旗，插回自己的阵地。既然"羿"字号是小日本的目标，那就冲着自己来吧。

几次闪电般的冲击波过后，日军骑兵登岸并不顺利，这些来自民间的抵抗，子弹的射程虽不够远，但密集的程度也不可小觑，十几匹大洋马被乱枪击中，躺在冰上乱蹬着蹄子，再也无法跃起。爱马如命的日军，暂缓了进攻，等待着炮火的支援，或者等待援兵的到来。战场的焦点转移到了大凌河铁路大桥，守桥的东北军铁甲中队没有撤走，仍然守着这个咽喉。他们调动桥头堡里的机关枪，开动铁甲巡逻车，在铁路大桥上移动着，铁甲车上的轻重武器齐发，既封锁了桥面，又阻击了日军骑兵从冰面上的进攻。

铁路线就是生命线，日军很清楚，这才是大凌河之战的焦点，用铁路运兵，不费吹灰之力，可直抵锦州。他们本想减少伤亡，避开桥头堡的火力，把大凌河其他防线撕开一个口子，然后迂回包抄，将桥头堡割成孤军，实现不战自胜。

然而，大凌河不是沈阳城，整个防线比他们预想的要牢固，守军比他们估计的要顽强，即使攻入阵地，也要陷入拉锯战。速战速决的最佳策略，还是攻其要害，他们把最强的火力全集中到了桥头堡和铁甲车上，强攻大凌河大桥。

桥头之战，是钢铁之间的较量，桥上无法藏身，血肉之躯增援上去，就像一片树叶，无足轻重。河岸边的工事，枪声反倒渐稀下来，各支队伍的伙夫担着高粱米干饭和猪肉炖粉条子，送上了前线。他们挑着的大瓦罐被子弹打碎了，猪肉粉条子洒了一地，没关系，村里大大小小的锅都在炖着呢，担着小缸继续送。

黄昏时分,一辆辆铁甲车都不会动弹了,日军的炮弹将铁甲车打坏,里面的人不是被震死了,就是弃车逃跑了。那些坏了的铁甲车,反倒被日军拖走了。

第二天凌晨,天气骤变,呼啸的北风携着风沙,劈头盖脸地刮来,刮得人们睁不开眼睛。血腥的太阳懒洋洋地升起时,战事又起,炮响了,飞机又来了,把炸过的工事又炸了一遍。战壕变得破烂不堪,有的弹药被掩埋了,一时半晌找不着,有的被炸飞了,寻不到一丝踪迹,加上昨天的损耗,弹药明显地不足。各路人马纷纷找黄显声,要枪要子弹,要得黄显声脑袋都大了。

天老爷成心和他们作对,风沙与硝烟和爆炸的土屑混成一团,翻滚在大凌河右岸,一些人迷住了眼睛,呛得捂着鼻子,张不开嘴,无法举枪瞄准。炮轰过后,日军攻上冰河,与各路救国军近在咫尺。好在张天一抢来一个护目镜,戴在张响的眼睛上,张响拿着张准的那杆狙击步枪,一枪一个,迟滞了日军登岸。

风沙迷住了人们的眼睛,同样也掩藏住了狙击步枪的射击位置。张响不断地射出复仇的子弹。

情景很快就发生了逆转,一夜之间,日本人修好了铁甲车,昨天还是阻击敌人的利器,今天却被日军所用,掉过身攻击桥头堡,幸亏桥这边的铁道已经扒掉,铁甲车没有本事飞过去,否则,铁甲车后边跟着火车,挡都挡不住,长驱直入地攻入锦州。

桥头堡守了一上午,还是没有守住。日军第八混成旅在炮火的掩护下,像决堤的洪水,从大凌河铁路桥涌出。

主阵地丢失,动摇了军心,张天一痛心疾首,如果炮兵不走,桥上就是极佳的炮击目标,定会让日军伤亡惨重。没有炮兵,就没有咒念了,只能干瞪眼看着日军蜂拥而过。

日军的炮兵不是吃素的,趁着风沙减弱的瞬间,迅速地发现了张响的位置,一发迫击炮弹飞过来,正中张响的位置。好在打出一枪后,张响及时地藏在战壕里,没有伤着,可那杆花重金买到了狙击步枪就没那么幸运了,被炮弹揪到了天上。

从冰河上攻击上来的日军,也登岸了。

兵败如山倒,辽东辽西各路血盟抗日救国军的人马丢下阵地,没头没脑地住回跑。关东军的骑兵实在是厉害,平坦的原野里,战马快如疾风。第一发子弹打完,不等第二颗子弹推上膛,日军的战马已经到了眼前,救国军的人不是被马刀劈中,就是被战马踢伤。

张天一和父亲还有小号手张响,骑在马背上,迎着日军的冲锋方向,疾驰而去,企图堵住缺口。可是,县里的其他联庄会和各路绿林,却没有跟随他们一起冲锋,他们没有马,没和日军交过手,没见过这个阵势,不懂得怎样迎击骑兵。

见到日军的骑兵,他们都呆了,脚步都不会挪。不知谁喊了声,败了,大家便望风而逃。还好,训练西五会的汗没有白流,他们没有怯阵,按照战略队形增援上来。

尽管张家父子身手敏捷,但陷入日军骑兵的战马群里,依然显得被动。张天一护着父亲,盒子枪左右开弓,即使不能消灭日军,也能击中几匹冲向他们的战马。

张响不会武功,战场上的身手没有那么快,眼见得一个日本骑兵挥刀向他的脖子劈刺过去。大黄狗一跃而起,咬住日本骑兵的腿,硬是给拖下马来。张响转过身,才明白大黄狗救了他一命。日本骑兵挥着马刀,把大黄狗的身子都砍烂了,大黄狗依然没有松嘴,死死地咬住他。张响折过身,挥起枪托,打掉了日本骑兵的马刀。

张天一快速赶过来,一把将那名日本骑兵捞到马上,生擒活捉了个俘虏。

熊飞的第三骑兵总队及时赶到,与日军骑兵捉对厮杀,救下了西五会的弟兄们,迟滞了日军向锦州的推进。

大凌河防线的失守,意味着锦州保卫战凶多吉少。黄显声命令袁凤台带着锦西县的全部武装,迅速撤离战场,回到锦西县,做最坏的打算,部署兵力,利用大虹螺山这座天然屏障,筑好工事,固守县城,阻止日军渗透进热河省。

热河,是东北的最后一块土地,也是东北军最后的归属,丢了,什么都没了。保卫锦西,意义不亚于固守大凌河。

冬天的太阳,在遥远的天边,无力地划弧。此时,锦西县各路人马的旗帜已经东倒西歪,残破不堪。来到大凌河畔时,是旗幡招展,能扛回去的旗帜已经寥寥无几。绿林的旗帜丢的丢扔的扔毁的毁,只剩下亮山的旗帜,还有"震东洋"和"羿"字号。

千疮百孔的"羿"字号,扛在小号手张响的肩头,看不清字,也分不清颜色了。张天一望着那面破旗,心酸无比,警察与义勇军再多,能有何用?乌合之众。日军从旅团到单兵,打得有板有眼,战术分合得体,攻守出神入化,每个人对大凌河熟得几乎就像在河畔长大,如此这般,岂止是练兵千日啊。

夕阳转向了锦州的城门,转过了千年古塔,城里一群乌鸦飞起,遮蔽住了红红大日,无着无落地浮在空中。张天一跟随着袁凤台,在呼啸的北风中,绕过锦州城,垂头丧气地败退回锦西。

黄昏时刻,骑兵第三总队撤到了锦州城内,此时,早就渗透进来的日军两个旅团的先头部队,趁机抢占了东门,城内形成了对峙状态,满城散发传单,谎称关东军司令官本庄繁已经坐镇锦州。锦州城里的士绅们,害怕炮火毁了他们的产业,害怕锦州成为第二个沈阳,居然胁迫锦州县县长谷金声放弃抵抗,谷金声拿着日本人打进来的电话,已经哭成了泪人,命令下达后,便昏厥过去,一病不起。

只用三天,锦州就失守了,三天前省政府已迁至关内滦县。黄显声委托袁凤台带着全县的武装,护送省政府留守人员一路西行,自己却没有撤,留在锦州南山防线打阻击。

县长孙国栋带着一干人等,站在东门外,悄悄惶惶地迎接稀稀落落的几位省府大员。

呼啸的北风中,两杆千疮百孔的大旗在龙王庙前猎猎飘扬,只是"震东洋"和"羿"字号这几个字被炮火熏得模糊了。西五会虽然丢盔弃甲,伤亡却没几个,还给县里贡献了一个俘虏。张恩远往布袋子里装了几把大洋,去慰问阵亡者的父母。母亲带着村里的大妈大婶乒乒乓乓地剁菜,犒劳打仗回来的老少爷们儿。

傍晚的时候,姐姐张月娥把庙前的两杆大旗扛回家,找来针线,缝补残损的旗帜,让"震东洋"和"羿"字号重抖精神。

吃罢晚饭,张天一来到已经冻透的后湖旁,忍受着寒风,蹲在简易房里,看着女儿河里一动不动的水车,泪如雨下。他用手捧着泪滴,不让泪掉在地上,送到嘴里,咽下了苦涩的泪。

他擦干了泪,迎着寒风而去,去谋划保卫家园的战斗。

第五章　风暴前夜

18

阳光寡淡地照在锦西县国民政府朱红色的大门上,两侧青漆的门柱在寒风中肃穆而立。守在门外的两尊彩色石狮子,挺着紫蓝色的脸膛,瞪着鸡蛋大的圆眼睛,怒视遥远的日头。

这一天是公元 1932 年的元旦,尽管县城没有过阳历年的习俗,那些倡导新生活的年轻人,总愿意在半夜撞响学校里的大钟,以示庆祝新年。可今年的新年,满县城死气沉沉,没有一丝年的气息,往常繁华的大街,商铺都上板关门,只剩下几个玩耍的孩童,还有靠墙根的老人。

县政府大院更是空空荡荡,清冷无比,没人找县长办事儿,也没人撞钟告状,只有几团凋零的杨树叶,在旋风中不甘寂寞,与尘土共舞。除了监狱的看守,县里的青壮年都随公安局、东西两大联庄会还有各路绿林,去了锦州城外的大凌河镇,或沿河阻击日军,或支援前线。剩下的老弱妇孺,不是在庙里烧香拜佛,就是在家里祈祷平安。

只有一个声音,幽灵一般不断地打碎县政府大院的沉寂,那就是电话铃。县长孙国栋惶恐不安地拿起电话,里面传来了隆隆的爆炸,还有一个炸雷般的声音,袁凤台从大凌河前线向县长要钱要粮要弹药要民夫要药品,要得孙国栋脑袋都大了。

袁凤台要的东西,县里确实没有。这场大战,生死攸关,锦西县能否避免战火,全赖此战,他这个当县长的,岂能患得患失。出征前,他站在县政府门前,大碗举酒,慷慨陈词地为热血男儿们壮行时,已经让袁凤台把县里的家底全部带走了。打仗打的是钱财,他岂能不知。

电话依旧响个不休,看样子袁凤台也快拼光了,否则,不会歇斯底里,好歹他是一县之长,尽管平时有些嫌隙,大难来时,毕竟在一条船上,倾覆了,谁都难保。可是,他现在要钱一分没有,要人身边只剩下个公务员,两手空空,如何回复。

索性不接电话了,关上了县政府的大门,留下小公务员应对,他穿过县政府的后院,回到了自己的家。那是套标准的四合院,按民国规制,官家配给他的公寓,接任而住,离任而还。家里也不让他安生,夫人边收拾细软,装进手提箱,边絮絮叨叨,好像天塌了,晚走一步,会被砸死。

儿子春城一个劲儿地嚷着,要去前线,保家卫国。一个马不能骑、枪不会打的书生,到了战场上能顶啥,去送死吗?他把儿子反锁在屋里,又从外边钉死了窗户,让夫人看守儿子,阻止他的冒险。

女儿伊兰呢,好像和袁凤台串通好了,见面就催他运粮草,运弹药,支援前线。他已经竭尽全力了,就差没当了衙门、卖掉妻儿、脱光自己的裤子了,那是他当县长的最后脸面。

他坐立不安,心力交瘁,干脆甩袖而出,迎着寒风,直接去了北河,站在女儿河大坝上,让风吹一吹他内心的燥热。宽阔的大河,不再流动,像条冻僵的蛇,直挺挺地卧在河床,沉默不语。张家那架水车,也凝固在了河上,在风中瑟瑟发抖。

水车灌溉,是件精细活儿,张恩远是粗人,只会靠双肩挑水浇地,哪儿有制作精细工具的巧劲儿,水车是看在他训练西五会、保庄护民有功的分上,孙国栋以国民政府的名义奖励他的。公生明,廉生威,他这个当县长的,就要让全县的民众都知道,眼里不揉沙子,赏罚分明。在县长的潜意识中,张恩远的弟弟心灵手巧,一旦水车有了毛病,能琢磨着修上,不至于枉费了他一番心思,糟蹋了他好不容易从外地买回来的水车。

看看女儿河两岸,兴修水利,引渠灌溉,播种水稻,推广苞米,引进小麦、棉花,县里人能吃得饱,穿得暖,哪样能离得开县长。

明年开春会怎样?学贯中西、看惯世间百态的县长孙国栋,在战争逼近家门时,茫然不知了。

下了大坝,孙国栋去了校长曹凤仪家。曹凤仪与县里最大的士绅高荣轩是表兄弟,更是自己最信赖的亲家翁,若不是女儿伊兰学业未成,早就把女儿和曹觉知的婚事办了。每逢县里有大事小情,拿不准时,他总是找曹校长商议,校长会从典籍中找出应对的策略。

曹家算得上是殷实之家,妻子儿女,各居其室,房里屋内,环壁皆书,典型的书香门第。按照礼仪,曹凤仪接出大门,迎纳县长登门入户,吩咐家人煮水泡茶,与县长把盏品茗。此时,孙国栋已经没有了闲情雅兴,开门见山地道出了烦恼。

曹凤仪虽说不是名贯中外的大学者,却也是位饱学之士,否则县长也不会每个月四百块现大洋,把他从北平的大学堂请回家乡当校长,教一群还在懵懂着的中学生。曹凤仪新学不偏颇,旧学不落俗,不偏不倚,教国民中学,恰好得体,加上曹觉知这个新青年也随父亲回来当先生,更让学校充满活力。

孙国栋本想从曹校长这里讨到办法,岂料曹校长也和自己一样,事前血脉偾张,事到临头,却黔驴技穷,空有一腔热血,却无半点主意。书斋里的书,诸子百家,经史子集,宗教伦理,访幽探古,乃至天演论、进化论、资本论、新民说,无奇不有,都是些坐而论道的书,就缺应急和应对战争的书籍。

百无一用是书生,太平盛世,出谋划策当师爷,尚能游刃有余,祸乱一起,除了摇旗呐喊,鼓动大家上前线,还能干什么?虽说曹凤仪拿不出筹钱纳粮的办法,却不失侃侃而谈的风范,他说,掠取一片土地容易,捕获一方人心艰难,只要守住中华古老文化,倭寇奈我何?

孙国栋对校长是无可奈何了,他现在急需送往前线的粮草弹药,不是之乎者也。他一甩袖子,离开了曹家。

联庄会的给养,县长可以弃之不管,那是民间武装,从前没管过,眼下,也可以不管。绿林胡子土匪的队伍,非常时期,能宽恕他们就不错了,还敢伸手要钱?只有县公安警察部队,他不能不管,那是列入国民政府序列,他职责范畴之内。一百天之前,绿林土匪和胡子,最让他头疼,现在,倒过来了,公安警察部队最让他头疼。

工厂歇业,店铺关门,奉票贬值,百业凋零,县政府无处征税,只剩下了空架子,先前的募捐,都变成了弹药粮饷,让袁凤台带到了战场,现在,让他从哪儿再生出给养?总不至于土匪一般跳进老百姓家里抢粮抓猪,弄得鸡飞狗跳吧?

既然无计可施,索性放下不管,孙县长身子一转,一头钻进了刘芷芳的西医院。

县长与刘芷芳的风流韵事,在县城里已不是秘密,只是没人肯捅破。县城历来有剩男无剩女,一个大姑娘不嫁人,肯定心有所属。可惜的是,县长是新派人,说啥不纳娶刘芷芳为妾,或者说刘芷芳不甘心为妾。

此时的医院,除了刘芷芳,空无一人,西院的老中医此时也在前线。大凌河战事正酣,大批伤员还没运回来,老中医学会了战地救护。县长前脚进去,刘芷芳立马关了医院的门,拉上了卧室的窗帘,两人如饥似渴地抱在一起,滚成一团。

那一刻,孙县长终于找到了治疗焦虑的药方,就是刘芷芳的身体。那具胴体,散发着火炭一般的激情,旋涡一般的冲动。那种起伏的激荡,那种柔软的颠簸,那种忘乎所以的疯狂,还有恰到好处的呻吟,冲刷掉了孙国栋身体里所有的积郁,让他懂得了什么叫心荡神驰,什么叫飘飘欲仙。这种感觉,夫人从未赐予过他。

孙国栋长吁一声,到家了——

随后什么战争、灾难、恐惧,世界上所有的事情都消失了,世界上所有的人也都消失了,只剩下水乳交融。

世界重新回来的时候,孙国栋搂着刘芷芳,没完没了地窃窃私语,有天下大势,有儿女情长,有风花雪月,也有人情世故,时不时两人夹杂着日语。

温柔之乡不知持续了多久,突然外面一片嘈杂声,很显然,前线有人回来了。"啪啪啪"医院的门被敲响,有人捏着嗓子低声说,孩子都生完了,你们俩还没完呢?

孙县长急忙套好衣服,从后门溜了出去。

第一批从锦州溃退回的人马,扶着伤兵,驮着尸体,下了县城东北边的老爷庙大岭,乱哄哄地向县政府拥来。有眼尖的人,看到了影影绰绰的队伍,在大街上喊,回来了,他们回来了!

回来的是高荣轩高大老爷的东五会,夹杂着其他民团和绿林的人,回来的人们,也带回了一些坏消息,没多久,家家户户就知道谁丢了命,谁丢了胳膊,谁丢了腿,还有谁被炸飞了卵子,崩瞎了一只眼睛。丢胳膊伤腿的人,认命了,丢命和命根子的人家,不干了,来找县政府。

门外的两尊石狮子,眼睛瞪得冉大,也吓不住身旁乱糟糟的人群,女人拍着县政府的大门,哭天喊地,男人褪着袖子,倚在墙根儿,低声抽泣。他们找县长讨要说法,为国捐躯了,人总不能白死,为国绝户了,卵子不能白丢,要抚恤,要补贴,要养老的依靠,要叮当响的现大洋。

出征前,县长就站在这衙门前,人山人海地誓师,如今,溃败而归,衙门前却清冷异常,伤者之痛,无人搭理,逝者之魂,无人宽慰。不管怎么敲县衙的大门,依旧冷峻地关着,不肯打开。

县长孙国栋不是不想见他们,好歹都是英烈,多少钱也换不回那些年轻的生命,隆重祭奠才对,可县政府囊空如洗,如何让他慰藉民众?除了怕民众敲门,孙县长更怕的是有人揭他的短儿,就在刚才,前方流血牺牲,他却沉迷于温柔之乡,传出去,肯定会闹腾起来,那就更不好收场了。好在敲西医院门的知情者,守口如瓶,或者担心刘芷芳承受不住羞辱,不肯救治从大岭上抬下来的伤员,县长的隐私被完整地保留下来。

尽管阵亡者的家属不好面对,县长孙国栋还得硬着头皮露面,这是他的职责。他从侧门绕回家,又钻进县政府的院子,才打开大门。那些悲伤过度的女人,把怨撒在了县长的身上,拳头雨一般落下。前线也有先退回来的警察,拖着疲惫的身子,麻木地看着县长挨打。

伊兰掀翻母亲收拾好的包裹,抓出首饰盒,举过头顶,跑到县政府门前,高声喊着,为国捐躯,理当厚待,有钱的出钱,有力的出力,抚恤我们的抗日英雄,这是我的嫁妆,我第一个捐出来,各位婶婶,各位姐妹,他们都是英雄的父母,我们就是他们的儿女,尽我们一生,孝顺他们。

女儿的喊声,吸引住了大家,县长女儿的嫁妆,肯定可观,人群"哗"的一下子,转移到了女儿的身边。孙县长从围攻中解脱出来,揉了揉被打疼的脑袋,扶正了礼帽,拄直了文明棍,眼睛投向了激情澎湃的女儿。

我的好闺女,孙县长心里由衷地说。

锦州沦陷,蜂拥而至的各路义勇军,都作鸟兽散了。黄显声带着公安部队和留守的省政府职员,也撤退到了锦西县城。不言而喻,锦西县一夜之间被推到了抗日前沿,成了事实上的临时省政府所在地。

锦西县城人心惶惶,末日的压抑黑云般,压在头顶。

突然来了这么一大群人,人吃马喂,粮草给养,哪一样少得了银圆?兜比脸还干净的县政府,拿什么接待?孙国栋虽然愁眉不展,却不失应有的礼节,率领着县里的名士与乡绅,谦恭地出走县城,把黄显声一行迎进县政府。

校长曹凤仪懂得怎样体恤县长,从家里翻出学生献的普洱茶,递给伊兰,赶快到县政府去煮,别让你爸窘在那儿,县长怎能用白开水待客,如此慢待贵宾,如何让公安部队守住咱锦西县城。

乡绅高荣轩高大老爷又及时地补上漏洞,不让黄显声感觉到县政府连一桌欢迎宴都摆不起,以邀请长官视察虹螺山防线为由,把黄显声一行请到曹田屯,解了县长的难堪。

校长曹凤仪父子犯了瘾一般,依旧组织学生和民众上街游行,一架漏了风的手风琴奏着《苏武牧羊》的曲调,合唱的是《血盟抗日救国军》军歌,好像声势浩大的人流能形成阻挡日军的铜墙铁壁。尽管曹凤仪很清楚,游行并没有太大的意义,学生们的满腔热血承受不住日军一发炮弹的轰击,然而,迫在眉睫之时,再不鼓舞士气,恐怕锦西县也难逃"九一八"的厄运。成也好,败也罢,气可鼓不可泄,凭借着虹螺山的天险,凭借着万众一心,只要关东军不像突破大凌河那样倾尽全力,难说谁胜谁负,不能未曾交锋,先输掉士气。

学生们都上了街,充当抗日鼓动队,学校被腾空了,桌椅为床,蒲草为被,安置了省公安部队。

曹田屯里的接风宴,格外潦草,不是高荣轩抠门,是黄显声没时间,每人只盛了碗秫米饭,喝了碗酸菜汤,屁股都没挨椅子,站着吃完了,急匆匆地赶回县政府时,锅里还在炖着大鹅。虹螺山顶的观察哨不断地报告,尾随而来的日军越来越近了,他们的先头部队接近小虹螺山了,再不安排防务,就来不及了。

从曹田屯回来,睫毛上的霜还没焐化,刚迈进县长的办公室,摊开地图,战前防务会便开始了。黄显声自任总指挥,熊飞、袁凤台为副总指挥,孙县长继续承担总后勤,张天一为联络官。从小虹螺山到大虹螺山的三道隘口,分兵把守,谁丢了,就要谁的脑袋。

从锦州撤到锦西,断后的队伍还留在小虹螺山,黄显声带着省公安部队和锦西县公安局的警察折回去,埋伏在最前沿,各路绿林守在中间的防线,东五会和西五会等民团守在最后一道防线。

布防妥当,黄显声突然发现,绿林首领居然一个没来,如此这般,如何落实作战意图?黄显声当时就把指向地图的红蓝铅笔摔了,骂着孙县长,张大帅都能包容绿林,国难当头就应该一致对外,我早就发了赦免令,你却把他们挡在门外,是何居心?

孙国栋摊开双手,无奈地说,请不来。

黄显声继续骂,大凌河保卫战,舍命他们都肯去,开个会就请不来?玩的是什么猫腻?

什么猫腻能瞒得住张天一的火眼金睛,从大凌河转战锦州,折回锦西,还要陪着父亲慰藉西五会阵亡者的家属,累了,没工夫戳穿他们。现在,黄显声追问了,他有必要揭出真相,免得大战来临之前,都耍各自的小心眼。

张天一说,袁凤台私自留下民众的抗日捐赠,发给民团和各路绿林英雄的武器严重不足。

袁凤台指着张天一的鼻子,说话得有凭证。

张天一说,前线炮火连天,弹药不足,你却让它们躺在公安局地下仓库里睡大觉,眼瞅着我们打败仗,其心可诛!

袁凤台说,大凌河失守,若是差在了这几百发子弹、几十条破枪上,我甘愿掉脑袋,正规军都撤走了,我们这点弹药算个啥,顶不过小日本的一发炮弹。我留了心眼儿,这不假,那不是私情,大凌河之战公安局若是蚀光了老本,土匪和绿林就做大了,锦西县的社会治安就会出大问题,谁来制服他们?

孙国栋快把文明棍戳碎了,第一次放粗,骂道,你他娘的要给养,快把老子逼死了,自己却留着后手。

袁凤台并不觉得有错,辩解道,后手是给谁留的?是给县长你。

黄显声一巴掌拍向办公桌,差一点把办公桌拍散了,他吼道,吵什么,皮之不存,毛将焉附?还像沈阳那样,把武器装备留给日本人?

我命令,张天一迅速赶往公安局,取出全部武器弹药,送给亮山为首的绿林队伍,你也不必回来了,直接带他们出发,协助亮山埋伏在第二道防线,当我们的预备队。

总算遇到会打仗的人了,张天一举手敬礼,脆声回答是,快得就差脚后跟跑出烟来。

黄显声说,不要相互指责了,大凌河防御战,锦西县各路人马,各种保障,最为出色,我现在需要大家攥成拳头,万众一心,把日本人打出东北。

19

带着自己的弟兄们,坐上大马车,张天一催马扬鞭,碾过冰封的女儿河,跨过雪埋的五虎山沟,一路向北,急急地奔向老烧锅村。

亮山和张恩远一样,正在料理阵亡弟兄的丧事,收下一马车的武器弹药,非但没感谢县政府,反而"啪啪"地拍着自己的光脑壳,骂道,看到了吧,这就是国民政府,好处他们自己捞,到卖命的时候了,又找我们,告诉黄显声,皇帝还能轮流做呢,老子要先打下县政府,当上县太爷,把全县的队伍都拉到我身边,一块儿打小日本,让官老爷们睁开狗眼瞅一瞅,咱爷们是咋打赢的,别他妈的被日本人追得耗子似的到处钻。

张天一没理会亮山,私藏武器弹药,是你表哥干的,和国民政府有何关系?他抓过一条孝带,扎在头上,给阵亡弟兄的灵位点了三炷香,烧了一刀纸,磕了三个头,又给孝家递上两块大洋,上了一份礼,自顾自地为亡灵祈祷。

亮山抓过张天一的胳膊,对他说,我说的是真的,打县政府,你站在哪一边?

张天一甩开亮山的手,古贺要割下你的脑袋,准备祭旗,我说的也是真的。

亮山问,古贺是谁?我又没惹他。

张天一说,古贺传太郎,锦州大信得陈列馆的日本老板,你抢了人家的百货,劫了人家的大烟,杀了人家的护卫,现在,人家是日军关东军第八师团第二十七骑兵联队的联队长,带着先遣队,尾随着黄显声到了小虹螺山外边,他最恨的中国人,就是你。

亮山说,别蒙我,你又不会说日本话,怎能知道日本人说的是啥?

张天一说,别忘了,古贺在锦州做买卖,货卖给的是中国人,他的中国话,说得比你还标准,他放出的狠话,三岁的孩子都听得懂。

亮山说,妈的,被阎罗殿的小鬼盯上了,老子这就去当钟馗。

张天一说,这就对了,大敌当前,还计较个啥。

大马车上的枪支弹药刚刚卸下,还没清点清楚,亮山一挥手,重新装上车,集合了一百多绿林弟兄,跑断了腿也要跑到大小虹螺山的联结处——钱褡子岭,给黄显声当后盾,锦西不是锦州,三面都有一夫当关的隘口,死活不让日本人踏进锦西县城。

临出发前,亮山派二弟刘存山骑快马,给香炉山的杜三秃子和缸窑岭的李树桢报信,三股绿林,兵合一家,围歼日军。陪着快马报信的,还有叮当响的大洋。

亮山从来不让人白忙活。

锦西保卫战的三道防线,部署妥当,侦察兵不断来报,日军的先遣队总共不过百余人,已经驻足不前,不敢贸然行进,八面威风的虹螺山让他们望而却步。即使如此,三道防线的三千人马,依然严阵以待。从"九一八"到大凌河,黄显声清楚地知道日军的战斗力,没有绝对的地形优势,没有数十倍的兵力,没有充足的弹药,他真没有把握打赢这场仗。

听说锦西外围省公安部队正在与日军对峙,辽西和热东的义勇军热血重燃,扛着大旗纷纷聚来,要一雪大凌河之耻。

各方英雄来聚,忙坏了张恩远,毕竟西五会的第三道防线离县城最近,由他尽地主之谊,最为合适。有朋自远方来,张恩远乐得合不拢嘴,虽说他已淡出江湖多年,国难当头之际,抛头露面才算得上英雄本色,也能显得出广交八方的人缘。为此,张恩远早早地杀了年猪,每天都要打出一筐箩饼,招待各方好汉。

热东朝阳的王老凿来了,带着一大家族的男人,个个膀大腰圆,人人手拿快枪,那是他的老故交,听说张恩远扯起震东洋的大旗,特意来捧场。王老凿不是空手来的,扛着两只猪肉。

黑山的老梯子来了,那是和儿子过命之交的兄弟,更不能慢待,辽西走廊被日本人占了,他钻着山沟从三百里外绕道热东丘陵,风尘仆仆赶来,路窄得连骡马都走不通,只能徒步奔走,带来的干粮,路上都吃光了。

若不是抵御外敌入侵,四方豪杰怎能来锦西相聚?张恩远倾其所有,款待大家,莫说是家里的家禽家畜宰杀干净,就连场院旁的两个大菜窖,储满的萝卜、白菜吃空了,堂屋里好几个酸菜缸见了底儿,西厢房好几个粮食囤一天瘪下一大块,空闲的苘子卷成捆,一捆接一捆地堆在墙角。

好几百人呢,大锅里煮饭,需要铁锹当铲子,洗菜用掉的水,需要一个大小伙子专人挑,每天用的柴火,需要毛驴车去拉。壮实的张月娥在寒冷的季节里,天天挥汗如雨,她主管大家的伙食。

这样下去,谁家供得起?

母亲张崔氏淘完了一水筲的高粱米,揉着冻肿了的手背,不无担忧地对张恩远说,老头子,咱还有一大家子人呢,一天一麻袋粮,这样下去,用不到过年,一粒米也剩不下了。咱这是替县里扛灾呢,就不能找找县长,要几石粮食?咱比不上东五会的高大老爷,人家的粮食,屋里装不下,打谷场还围一圈粮囤呢。

张恩远不耐烦地说,日本人都打到家门口了,我是震东洋,儿子是"羿"字号,日本人进来了,命都保不住了,田了,粮了,财产了,还有个屁用?人家豁出命来保咱们,打退了日本人,就算咱家吃草根、嚼树皮,也值了。

钱褡子岭,绿林好汉们扛着各自的大旗,陆续赶到,扎枪头子、铡刀片子、锄头铁锹、镰刀斧头,都成了武器,一百人中只有十几杆汉阳造和辽十三,能扛着大抬杆,背着火铳来就不错了。人多势众,上千人,山坡上堆得人山人海。小号手吹起《血盟抗日救国军》军歌,大老爷们粗壮的嗓门吼,唱乱了歌词,却唱不丢气势。

张天一很受感染,却也深深地忧虑,毕竟,他和日军有过三次交锋,对日军的战法略为知晓,这帮人马刀枪,千军万马也不一定能抵挡得住日军的一个冲击波,必须充分利用地形的优势,弥补火力与战斗力的不足。

在亮山的指挥部,张天一就地取材,临时做了个沙盘,大小虹螺山在土块和沙石的堆积中,栩栩如生地摆在了地面上。亮山把各路绿林的首领召集过来,张天一充当着参谋长的角色,吩咐各路英雄分别把守在哪个要隘,用什么方式隐藏身体,躲避日军的飞机大炮,怎么用石头垒出掩体,火力不及日军,巧用地形,滚木礌石照样有很大的杀伤力。

到底是念过军校,这帮傻大黑粗的老爷们,平日里只会逞英雄,哪里想过,打仗会是如此精细,一个个听得直眉瞪眼,末了,向张天一竖起拇指,高人就是高人,山上最不缺的就是石头,石头能顶机关枪,何乐而不为。

既然是人海战术,就得像大海那样,百密而无一疏,不仅有前沿,还要有纵深,只要日军进来,就像鱼闯进了网里,张天一所有的布防,都是关门打狗,唯一没考虑到的是,万一日军突破防守,抢占山顶的制高点怎么办?

正愁缺一路人马守在山顶,有人骂骂咧咧掀开门帘,进来的是杜三秃子,口口声声地叫张天一是小兔崽子,他的弟兄们死的死,折的折,都拜这小兔崽子所赐,今天就来索命。亮山的速度比旋风还快,一把按住了杜三秃子指向张天一的驳壳枪。

大凌河之战,杜三秃子损失惨重,加上半年前又被张天一逮住了一伙,兵马更见稀少,有人逃回家,重新种地,还有人扛着枪,投到了别的绿林。亮山的二弟刘存山请杜三秃子,他本想拒绝,听到刘存山褡裢里叮当响的大洋,还听说来侵犯县城的日本人才一百多,好枪好炮等着拿呢,两只眼重新放出了光。

杜三秃子那伙人的快枪，不是被张天一缴获了，就是被日本人炸飞了，重振香炉山的威风，没有好枪，莫说是抓住张天一，报一箭之仇，能守住占了半辈子的山头，就不错了。听说各路绺子都出动了，犹豫再三的杜三秃子，禁不住诱惑，带着弟兄们下了山，最后一个赶到了钱褡子岭。

　　仇人见面，分外眼红，只不过张天一能克制得住自己，国之将亡，家仇再深也得放下，也要考虑别人的感受，尤其是亮山叔，那是他请来一致抗日的。亮山亮起大嗓门，骂着杜三秃子，别不识好歹，我侄儿想收拾你，连山驿的大车店，你的小命就没了，自古山大王都是躲着官家，你他妈的去劫官兵的枪，耗子咬猫尾巴，作死呢？再说大凌河之战，"羿"字号也不是我侄儿扛到你阵地上的，日本人的一颗炮弹，人都炸出八百米，旗飞到你那儿了就奇怪了？

　　亮山把枪塞回杜三秃子的腰间，让手下人抱来几杆好枪，分给杜三秃子，拍着他的肩膀，让他往炕里坐。这一次，让他守最后边的山顶，夺来的好枪，少不了你们香炉山的份儿。

　　杜三秃子白了眼张天一，别当老子不识数，炸弹会炸得那么巧？我问清楚了，旗是你让你舅扛过去的，你们想借刀杀人。

　　亮山一巴掌打飞了杜三秃子的帽子，揪着杜三秃子的头发说，老子真想把你的头发揪光，让你变成真秃子，你怕炮弹，我侄儿却拿着旗帜吸引日本人的炮弹，江湖上的人是惺惺相惜，英雄敬英雄，换了别人，会对外边高喊，旗是自己扛过来的，那才是爷们呢。

　　杜三秃子的头皮被薅疼了，喊着，轻点儿。

　　亮山低着嗓门，贴着杜三秃子耳朵说，你打人家姥爷时，怎么就不知道轻点儿？给你留条命，你就偷着乐吧，想打你黑枪，人家有一千次机会。

杜三秃子翻着白眼瞅亮山,老老实实地坐在炕上。

北风携着雪粒子,越刮越猛,猛得像凶神恶煞,山岭上的风更硬,刀子般割人的脸。好多绿林里的喽啰穿着"空心袄",外面罩不起皮毛大衣,冻得受不了,骂天骂地,骂日本人,更骂让他们日夜蹲守山上的张天一,他们盼着日本人早点进来,杀猪宰羊般痛痛快快地收拾掉他们,别遭这份罪了。

可是,日本人不会那么蠢,怎能轻易钻进圈套,上千人守在山上,都快冻透了。这时的人们,特别渴望县长能派人慰问,哪怕每人送上一碗热乎乎的白菜汤,总比天天啃着冻透的苞米饼和咸菜疙瘩强。看着县长派出的大马车,越过绿林队伍的防区,接连不断地把给养送给最前沿的省公安部队,他们抢劫惯了的手,又痒痒了,若不是亮山再三强调血盟抗日救国军的铁律,抢劫者斩,他们早就造反了。

送温暖的人终于来了,张天一没有想到,来人不是县长,也不是校长,而是通裕公司的大老板陈应南。陈老板赶着好几辆马车,带着上百名矿工,来找张天一。马车上绑着一溜大缸,大缸外裹着厚厚的棉被,缸里装着还能烫嘴的猪肉酸菜炖粉条子,还有热乎乎暄软软的糖饼。

陈老板替代了县长,慰问各路英雄来了。钱褡子岭一片欢腾,有热的食物进肚,就扛得住冷了。

和许多南方的老板一样,陈应南本该早早地离开是非之地,迟迟未走的原因是,实在割舍不下偌大的一份产业。战祸一起,人心惶惶,所有的店铺,典当也好,出售也罢,哪怕低到几十块大洋,也无人接手,只能留在通裕公司,让掌柜们继续维持。

跟随陈应南的几百名矿工,胳膊上的肌肉个个铁一般硬,奔跑起来,不亚于小骡驹。他把这些棒小伙子都交给了张天一,让张天一带着他们,训练成真正的战士,与小号手他们一道,挡住日军,收复锦州,把日本人赶出东北。

几辆大马车的后边,还跟着一辆罩着暖轿的马车,陈应南把张天一拉进暖轿。暖轿里,生着个火炉,几块煤精烧在小巧的炉内,爆发出火车头才会有的"轰轰"声,小太阳般烤人的脸。轿里端端正正地坐着个姑娘,生着小巧玲珑的瓜子脸,这个姑娘,张天一认识,陈应南的女儿陈小娴,通裕公司的财务总管。

煤矿、铁矿、锰矿,货栈、商铺、钱庄,这一笔笔资产,就这么扔下了,抽身返回广东,陈应南实在是心有不甘,只好把这一切丢给女儿。可女儿交给谁保护,他才会放心?满县城除了张天一,没找出第二个。

陈应南向张天一抱拳拱手,说出了托付女儿的话。

把一个大姑娘交给他,张天一实在难堪,日军就在眼前了,天天颠沛流离,哪有精力照顾一个阔小姐?更重要的是,他已心有所属,只要不死在日军的枪炮下,娶定了伊兰。若是把陈小娴留在身边,那可是个大麻烦,本来,伊兰已有婚约,言语之间,牵挂的还是曹家,陈小娴天天跟着他,会生出许多闲言碎语,也会让伊兰心中生疑,再想得到伊兰,不就成了水中捞月?

张天一连连摇头,我没能力保护小娴姑娘。

陈应南说,送给你的百名矿工,既是你的战士,也是我留给小娴的保镖。

张天一依旧推托,这么多的棒小伙,我养不起。

陈应南说,千军万马我养不起,这百八十个小伙子,小娴的私房钱就足够了。

张天一说,伊兰小姐骂我是兵痞、流氓,我这人管不住自己,对小娴动了坏心思,那就晚了。

陈应南说,不怕,正好收你做女婿。

陈小娴捂住了脸。

张天一说,小娴若是男孩子,我豁出命也能带,女孩子,不方便。

陈应南长叹一声,你没懂我的心事,时局难料,打仗打的是钱粮,万一这仗打得没完没了,你拿什么养兵?我把小娴留给你,不是一己之私,是在给你留后路,留钱粮,我们都走了,缺钱你找谁?

张天一恍然大悟,陈应南把小娴留下,意味深长,是做长远打算,他深知,把日本人撵出去,不是那么容易的,政府连土匪都剿不灭,和日本人打仗,能坚守住就不错了,靠民间的力量,没有后勤保障,能坚持多久?不是对自己绝对放心,不是看好了自己打仗的本事,陈应南不会把闺女和财产全都托付给自己。

张天一替全县的老百姓给陈应南跪下了。

暖轿外突然一阵骚乱,一只健壮的野兔从藏身地惊出,一帮大老爷们拼命地围追堵截。野兔虽说惊慌失措地狂奔,却不失敏捷,经常从人们的胯下一跃而出,只是山上的人太多了,它总是逃不出人的包围圈。

一群人围一只兔子都这么难,对付一群武装到牙齿上的日军,还不是难上加难?张天一正在想着,耳畔一声刺耳的枪响,陈小娴掀开暖轿帘,甩手一枪,正中野兔的脑袋,她用子弹证明了她不是累赘,无须张天一的保护。

20

仗还没开打，县城里已谣言满天飞，说什么天险也没用，日本人不需要打过虹螺山，飞机的肚子就是女娲的肚子，直接飞到县城上空，想下多少人就能下多少人，想占哪儿就能占哪儿，千军万马都挡不住。还有人说，东北军都撤光了，省里的公安部队，根本不是作战部队，维持治安而已。

县长孙国栋只有一张嘴，封不住这么多流言蜚语。

县政府好多公务都停摆了，只围绕一件事儿，给前线送给养。政府没钱，是空架子，只好由学校抛头露面，能读得起书的人家，非贵即富，拿出点钱粮，没有问题。所以，曹校长把老师学生都动员出去了，挨家挨户募捐。女儿伊兰替父亲出面，说服还有几斗粮的人家，舍小家顾国家，赶跑了日本人，咱们才能过正常的日子。

一切都有人张罗，县长成了牌位，他不可能为一袋高粱米去求爷告奶，一旦有一家拒绝了县长，就会产生连锁反应，所有的人家都有理由拒绝捐粮纳米了，所以，他只能躲在幕后。不到万不得已，他不会搬高荣轩家的大粮囤。高大老爷供养着整个东五会呢，不能人家在前边抗敌，你在后边吃人家大户，会让人心寒的。

无所事事的孙县长，又踱到了刘芷芳的西医院。西医院里，一个伤员也没有，刘芷芳突然间变得寡情薄义，打一针也要上好几块大洋，伤者但凡无性命之忧，谁也不肯在她这里住院，都回到了家里的热炕头养伤。

看到左右无人，孙国栋一转身，趤了进去。自然，两个人一见面，就急不可待地关门拉窗帘，亲热得不行。窗外无孔不入的冷风,还有冷漠的日光,都阻挡不住他俩的冲动,激情焚烧掉了他们的衣服,欲望在他们身上交织,孙国栋又一次忘掉了所有的烦恼,沉浸在如醉如痴的癫狂中。

癫狂过后,便是漫长的抚摸,刘芷芳懂得如何让孙国栋余味无穷。

激情消退的孙国栋,在舒坦的满足之后,袭上来一缕困意。刘芷芳捏着孙国栋的乳头,不让他睡,用一种撒娇的口吻说,战事一起,你的县长就当到头了,咱俩的好日子也就没了。

孙国栋说,仗该打还打,咱俩该好还好。

刘芷芳说,这场仗必败无疑,你没命了,咱俩还怎么好?想让生灵不遭涂炭,想让咱俩好到永远,只有一个选择,顺应潮流,和平接纳关东军。

孙国栋推开刘芷芳温柔的双手,警惕地看着她,困意顿消。刘芷芳充满期待地看着孙国栋,等待他点头。孙国栋伸手扇了她一耳光,他不允许枕边人唱出投降的论调。

刘芷芳赌气地躺下,恨恨地说,你会为这一巴掌后悔一辈子。

就在这一刻,窗帘突然裂开一道缝隙,一缕斜阳肆无忌惮地刺了进来,一个早就藏在屋里的人,从容不迫地站在孙国栋的身边。斜斜的阳光,顺着那道缝隙,映出了半张脸。

孙国栋吓了一跳,裹紧了被子。刘芷芳却什么也没发生般,平静地坐起身子,一件一件地穿上衣服。

阳光映出的半张脸,坚毅、冷峻,而又儒雅,眼镜折射出一道光芒,利剑一般,刺向孙国栋的脸。那人,孙国栋认识,正是他日本恩师的儿子——多田。

孙国栋既羞愧难当,又惊惶失措,心里责怪刘芷芳,太不小心了,毕竟是两个人的私情,怎么也不应该放进来一个旁观者。

多田对刘芷芳说,春岛芳子,给孙县长穿衣服,我不喜欢赤裸裸地谈事情。

孙国栋瞪大眼睛,他无论如何也想不到,已经和锦西人融为一体的刘芷芳,居然是日本特务,蛰伏县城这么久,就为让太阳旗插上县城,和他上床的原因,不是情投意合,更不是爱得刻骨铭心,而是他县长的职位,他顿时觉得自己的下体肮脏了,洗都洗不干净。

多田走到西医院的诊桌前,平静地坐下,边拍着电话机,边开导孙国栋,东北是独立的东北,不是中原的附庸,中原人是入侵者,属于另一种文化,另一个国度,孙中山先生从不认可东北属于中国,早就喊出了"驱除鞑虏,恢复中华",大日本帝国为了帮助你们赶跑俄国人,恢复满洲,死亡了20万人,花费掉了10亿日元,花这么大血本,扶持起了张大帅,遗憾的是,大帅被苏联人暗杀了,少帅不识好歹,居然无视帝国的恩情,以易帜相对抗,没有办法,帝国必须以战争的方式,帮助你们从被压迫中解放出来,实现满蒙自治。

穿好了衣服的孙国栋,又恢复了县长的尊严,挂着文明棍,冲着多田吼,这些陈词滥调,我早就听腻了,帝国能不能高贵些,用色情的方式讹诈一个县长,不觉得卑鄙吗?

多田说,孙县长息怒,您是知道的,日本人的性观念,不同于满洲,那是你们的私事,不存在讹诈。

被捉奸在床的刘芷芳,果然不像中国的姑娘,羞耻得找个地缝钻进去,反倒牢固地守在门口,预防孙县长夺路而逃,脸变得比妓女还快。

孙国栋遗憾地摇了摇头,对多田说,日本的文化中,不允许商人干涉政治与军事,多田先生是不是管得太多了?

多田说,商人追求的是利益,锦西县有我太多的投资,我给了陈应南不菲的黄金和白银,买断了他矿山上的全部股份,我不想看到战争,战争会让工人逃离,会让矿山摧毁,会让投资受损,所以,我渴望你能选择和平,不给你的子民带来毁灭和死亡,我们共建东亚共荣。

孙国栋说,把你们的军队撤走,锦西县依然如故,保证你所有的产业和投资平安无虞。

多田冷笑道,面对土匪,你束手无策,如何保证资本的平安?

这是事实,也是孙国栋的心病,他陷入无言以对的尴尬。多田摇响了电话柄,接通了锦州城中锦县县长谷金声的电话,他让谷县长劝劝孙县长,别执迷不悟了。

谷县长的声音有气无力,虽说劝得很真诚,也夹杂着许多无奈。孙国栋对着电话,骂了谷县长几句汉奸,就撂了电话。

多田笑了,他说,满洲为满蒙之地,不是汉人的家园,何来的汉奸之说,用不了几天,你就会和谷县长一样,手持太阳旗,迎接关东军了。

孙国栋的眉头拧成了大疙瘩,他吼道,凭什么,大不了豁出去我们父子的性命,我们有成千上万的军民,就不相信挡不住你们几个日本兵。

多田把一封电报递给孙国栋,他轻蔑地说,就凭这个,我们的电报员,比黄显声知道的还要早。

拿过那份电报,孙国栋的手哆嗦成一团,电报是让黄显声带着所有的公安部队与省政府的留守人员,马上撤离锦西,进入河北境内。毫无疑问,战略要地锦西也要被拱手让给日本人了。

多年的好友,已经成了讹诈他的先锋,再不离开,孙国栋真的会被绑架,真的成为日本人的县长了,他抓住刘芷芳的腰带,想把她拉开。刘芷芳靠着门,死活不肯退让,两个人的撕扯再也没有了往日的温柔与缠绵,只差搏斗了。

多田对春岛芳子说,让他走,他已经无家可归了,迈出这个门,迈出我们规定的路线,他就会知道,什么叫众叛亲离。

孙国栋转过身问,什么意思?

多田说,没什么,你的民众还不知道你是个伪君子,你的夫人还不知道你早已出轨,你儿子刚刚成为皇军的贵客,享受很好的优待,你已经失去了民国县长所有的光环,除了改变身份,无路可逃。

孙国栋突然明白,多年来,多田与刘芷芳用最温柔的方式,设计出一套最保险的双重枷锁,让他自愿把脖子套进去,现在时机成熟了,他们用道德的软刀子和人质的硬刀子,逼迫他必须就范。

怪不得一大早就没看到儿子春城,如梦方醒的孙国栋斥责着多田——卑鄙。

多田说,在日本文化中,没有卑鄙,只有谦恭和目的。

孙国栋仰起头,咬破了嘴唇,骂多田——杂种。

多田又说,日本文化中,杂种是优良基因的组合,杂种很好,满洲就是杂种的土地,未来的满洲,将流淌更多大和民族的血统。

从西医院出来,孙国栋像只斗败的公鸡。这对男女,是他须臾不可离开的经济支柱和情感依赖,一向视为刎颈之交,他无法想象,谦和与恭敬,不过是假面具,包藏祸心由来已久,日军打到家门口了,他们原形毕露,立刻变成了孙猴子,钻进他肚子里,想怎么做,就怎么做,揪得他肝肠寸断,拿捏得他骨肉酸麻,除了任人摆布,别无选择。

没经一战,就这么败下阵来,孙国栋于心不甘,可儿子被扣做了人质,自己睡了不该睡的女人,家庭的寄托,道德的把柄,都攥在人家的手心,只要他敢执拗,哪件事拿出来,都是一把捅向他心脏的利刃。他再纠结,又能怎样?

孙国栋没有回县政府,更没脸回家,他可以憎恨多田的阴险,却无须质疑多田说出的话,多田一向严谨,对他的威胁绝不会是空穴来风,即使他赶回家中,也不可能看到钟爱有加的长子。

顶着呼啸的寒风,孙国栋漫无目的地行走,任凭泪水在他的脸上结成冰珠。六神无主的他,鬼使神差地走到了校长曹凤仪的家门口。

刚来锦西县时,他举目无亲,现在,曹家是他唯一的亲人,不找曹凤仪,他还能找谁?

走进曹凤仪家院子时,沉重的大日头,拖着昏黄的光晕,"扑通"一声,栽下西山。迷离的光线中,孙国栋的脚像踩着棉花,歪歪斜斜地走在院中。曹凤仪忙接了出来,问县长怎么了?孙国栋的眼光直勾勾的,一言不发,被曹凤仪扶到八仙桌旁时,依然丢了魂一般。直到亲家母出去泡暖胃的红茶,屋里只剩下他俩,缓过神来的孙国栋,突然扬起巴掌,抽起了自己的脸。

曹凤仪这才从孙国栋一五一十的述说中,得知了一切。

黄显声就要走了,没有强大的军队做支撑,锦西县就是褪壳的螃蟹,一切都袒露出来,软弱得不堪一击,沈阳、锦州的覆辙,马上就会在锦西重演,甚至连起码的保卫战都组织不起来。曹凤仪坐不住了,没头的苍蝇般,在屋里走来走去。虽说他饱读诗书,真刀真枪时,却拿不出一个主意。只好面对漆黑的夜空,大声背诵屈原的《哀郢》,只不过他把其中个别词句换成了当下:皇天之不纯命兮,百姓之震愆。民离散而相失兮,方隆冬而西迁。去故乡而就远兮,遵关内以流亡……

孙国栋急得直跺脚,用文明棍戳地,你这个老夫子,背诗不能救锦西,快帮我想辙。

曹凤仪说,谁说诗不能救国,打败一支军队容易,消灭一种文化却比登天还难,只要文化不亡,日本人侵占多久,没用。

孙国栋说,我需要抵抗日军入侵的办法,没工夫讨论文化。

曹凤仪说,打仗你找袁凤台,找东北军那个溃兵张天一也行,我只管文化不亡。

孙国栋骂了句,书呆子。

曹凤仪回敬一句,屁话,元朝统治中国近百年,我们文化没亡,大明朝照样恢复了中华。说罢,他吩咐儿子曹觉知,马上借一辆大马车,先去县政府,再去南票的缸窑岭,办一件天大的事情。

孙国栋蒙了,现在,天大的事情是部队撤了,谁来拯救县城,什么事情比这件事还要大?县里的政要,有影响的乡绅,都在大小虹螺山,县城成了空巢,日本特务可以随心所欲,除了曹凤仪,他连一个可以依靠的人都找不到。

车借来了,可三个人一辈子摸笔杆子,不会拿鞭杆子,连最简单的吆喝牲口的口令都不懂。曹凤仪拒绝雇车老板,坚持自己赶车走,马听不懂他们的话,他就领着牲口走,好在老马善解人意,没有让他们感到太多的别扭。

马车先到了县政府,关严县政府的大门,把值更人员放出去,充当岗哨。安排妥当了,曹凤仪让孙县长打开仓库,把一只只捆绑着稻草的木箱子搬到马车上。直至此时,孙国栋才恍然大悟。木箱子里装的东西,究竟有多大的价值,全县只有曹凤仪父子和他知道,装在箱中收藏的沙锅屯媳妇山东坡山洞里发掘出的古人类遗物,有祭祀用的红胎黑彩陶皿,有生活用的人面鱼身陶纹罐,有劳动用的石刀石斧骨针,有炭化的各类种子,有部落首领的各类随葬品,更有多具完整的人类骨骼。

这些好东西,是十年前瑞典地质学家安特生博士发现的,留给了县政府,始终没有打开,曹凤仪拿着照片到处论证,证明了与河南仰韶文化同出一辙。这么多实物证据,把东北与中原一脉相承的文化向前推进了六千年,满蒙独立就成了无根无据的空中楼阁。

若是这些实物落到日本人手里,收藏起来,那是无价之宝,若是起了歹心,扔在坦克履带下,所有的证据就全毁了,即使安特生曾向全世界公布过他的发现,那也没意义,没有实物,无异于疯子的呓语。

没有时间走向后院,向妻女告别,三个人匆匆离开县政府。

夜涂了墨一般黑,借着县城微弱的灯光,孙国栋摸来一捆秫秸,扎成火把状,点燃了。过了城北的女儿河,就是片黑松林,孙县长撅了几枝松树明子,才让火把持续燃烧下去。曹觉知最年轻,他牵着马,沿着照出来的山道,一路向北。曹凤仪护着那些箱子,生怕颠簸坏了,不住地说,慢点儿,慢点儿。

县城的上空,断断续续地传来一个沧桑和一个清脆的喊声,春城——春城——哥哥——哥哥——

孙县长举着火把的手哆嗦了一下,一滴烧掉的油脂落在他的手上,他居然没有感觉到疼,因为他疼在心里,喊他儿子的正是他的妻子和女儿。她们等了一天,没有等回亲人,天黑时,只好和普通人家一样,满街呼唤着孙春城。火光中,映出了孙国栋眼里的泪花,日本人已经在县城苦心经营十几年了,来得比他这个当县长的还要早,比土生土长的锦西人还了解锦西,早就无孔不入地渗透了进来,一把就抓住了他生命中最脆弱的脉门——他的儿子。

曹觉知也停顿下来,他听得清楚,只有他的未婚妻,才会有这么好听的声音,即使饱含焦虑,也不失甜美。可惜的是,伊兰再也不能在他怀里燕语莺声了。

只有曹凤仪不愿意停下来,刚才他还在说,慢点儿,现在反倒催着,快点儿。不是他反复无常,这也是他心中的纠结,既怕文物颠坏了,更怕多田发现他们的行踪,带着潜伏下来的日本特务追上来。

车上的木箱子,装着锦西人几千年前的魂儿,只要魂儿不丢,家园早晚会回来。

漫漫长夜,道道山岭,他们在狼嗥狐吟中、在无边的孤寂中走了很久,直到镰刀般的一弯下弦月露出天际,他们才绕出山坳,赶到南票地界最大的寺庙——缸窑岭的明性寺。

叩响庙门,唤醒方丈,曹凤仪迫不及待地对这位佛界挚友说,今夜便将我儿子剃度出家,待到天下太平时,再完好无损地还给我。

方丈瞅着深夜送人的县长和校长,思索了片刻,马上顿悟,日本人长驱直入,县城快守不住了,他们心有不甘,却无可奈何,否则,谁会把快当新郎的人送到庙里?

曹校长指着箱子,解释一句,犬子入庙,是保全比他生命更重要的东西,望法师成全。

方丈双手合十,念了声阿弥陀佛,深深地鞠下一躬,引领三人走向寺庙的最深处,揭开佛塔下的暗道,将木箱子悉数藏入其中。

接下来的事情,方丈给曹觉知剃度,边丢下头发,边询问,舍弃姓氏,直接叫觉知和尚,可否?

曹觉知闭上眼睛,掩饰着内心的痛苦,回应一句,阿弥陀佛。孙国栋鼻子一酸,热泪盈眶,为自己,也为女儿。

撤退的消息刚刚传出,县城就炸了锅,第一道防线有条不紊地撤了下来,第二道防线直接成了最前线,几路绿林立刻乱了营,神不守舍了。

县政府门前一片混乱,学生们簇拥着他们的校长曹凤仪,举着小旗,高喊着,不许撤退,保家卫国,血战到底。有人乱喊,县城守不住了,赶快逃命吧。还有的人捡起石头,砸向撤退的队伍。从小虹螺山前线回来的黄显声公安部队,直接变成了维持秩序的警察。

更大的骚乱是从孙国栋夫人拎着皮箱子引发的,县长在锦西房无一间,地无一垄,一只箱子就把家拎走了,这是要丢下全县的百姓,自己跑啊。

有人喊出,县长要跑了,人群哗的一声转向了县政府的门口。跟着夫人身后追出来的县长孙国栋满脸是泪,此时此刻,他是百口莫辩。他们没有跑的意思,是夫人一时冲动,造成了一场不必要的误会。

夫人找了一夜儿子,天明时才等回疲惫不堪的丈夫,也等来一个晴天霹雳,儿子被多田绑架了。夫人哑着嗓子说,土匪这么猖獗,也没敢绑架咱儿子,没想到多田比土匪还坏。

孙国栋安慰夫人,眼下,儿子是安全的,多田需要的是我举旗纳降,当傀儡,这是他们的荣耀,除非我想绝户了,舍弃了儿子,回关内老家,保住一生的名节。

夫人已经失去了理智,自古绑架的目的,皆为钱财,我把家里所有金银珠宝还有老家的地契房证装进箱子里,到日本人那里,赎回咱的儿子。

孙国栋说,多田不缺钱,搬座金山也买不动,人家要的是咱们的江山。

所有劝说,夫人都听不进去了,善解人意的女儿早早地出去找哥哥,没人能帮助孙国栋阻止夫人的冲动。

夫人是挥舞着菜刀砍断了孙国栋的阻挡,出了政府的门,陷入人海中,就傻了眼,一场误会就这样不可避免地发生了,没人相信夫人拎着箱子是去救儿子。

县里的许多商家、富户,甚至普通人家,都认购了县政府发放的债券,县长跑了,天下归了日本人,白花花的大洋就白掏了,县长不能走,必须留下,兑换他们的债券。他们绝不会让县长夫人出去,结结实实地拦住了她。

上万双眼睛瞅着黄显声,谁去谁留,看他如何表态。

黄显声态度十分鲜明,孙县长留下,无政府的县城,那就是无法无天的社会,打砸抢烧,会瞬间蔓延,谁来管社会治安,谁来管百姓死活?他在大庭广众之下训斥孙国栋,一县之长要尽到最后一份责任,哪怕是刀山火海。

走了,儿子肯定会死,不走,难免背上汉奸的骂名,纠结中的孙国栋哭成了泪人,他说,你们干干净净地走了,硬是把我留下,逼我卖国求荣,钉在历史的耻辱柱上,这不公平。

黄显声扔给孙国栋一把手枪,继续训斥,想要公平,太简单了,抵挡不住日军攻城,最后一刻,自杀殉国。

孙国栋立刻哑然。

眼睁睁地看着熊飞带着公安部队,裹挟着县公安局的警察、保安队等等县属武装,骑马赶车步行,浩浩荡荡地离开了县城,一路向西而去。临走之前,还提走了押在监狱里的六名日军俘虏。

直到此时,孙国栋才从自杀的呵斥声中醒来,他向黄显声申述道,民众抗日,最缺的是首领,我一不会统兵,二不会打仗,这么重的责任,我怎么承担?

骑在马上的黄显声张望了几眼,看到了整装待发的袁凤台,让传令兵把袁凤台唤过来。黄显声跳下马,拍着袁凤台的肩头,眼睛潮湿了,他说,我把你单枪匹马留下,相信你有能力统帅民团和绿林队伍,保卫县城。

本来,袁凤台就没有走的意思,仗还没打,就风声鹤唳,望风而逃了,那也是个坏名声,不就是百八十个日本先遣兵吗,凭借着虹螺山的天险,凭借着几千名民团和绿林的弟兄,只要日军敢踏进虹螺山,就来个瓮中捉鳖,漂漂亮亮地干他一仗。

分别的时候,黄显声握着袁凤台的手说,我们一定会回来的。

袁凤台说,有我在,县城就不会丢。

21

哥哥失踪,伊兰乱了方寸,她本该为县城保卫战奔走呼号,却把这一切都丢下了,一门心思地找哥哥。哥哥是个文弱书生,平日里大姑娘一般,守在家里,大门不出,二门不迈,离开家一天一夜了,一个字条都没留,不应该呀。伊兰边走边想,她实在想不明白,哥哥怎么会平白无故地离家出去?

寻人,本该是县公安局的事儿,县长家的公子丢了,警察更应该全力以赴了。可是，天下大乱，谁能顾得上谁呀。伊兰想找同学们，一块儿帮她找。可是，部队撤退的消息，让所有的同学惶惶不可终日，谁肯陪她呀？她去找曹觉知，别人可以不帮她，未婚夫不至于不帮她吧，失踪的是他的大舅哥呀。然而，校园里也看不到曹觉知的身影了。

火上浇油，两个人居然都失踪了。

曹凤仪原本是躲着伊兰的，看她急成了热锅上的蚂蚁，最终还是忍不住，把伊兰唤进校长室，告诉她春城被多田掳走，当了人质，还告诉她，曹觉知不想当日本人的顺民，剃度到明性寺，当了和尚。

两个消息，五雷轰顶般砸蒙了伊兰。

曹凤仪丢下伊兰，迈开大步，走向教室。曹校长最大的魅力是，只要他出现在校园，不管是雨骤风急，还是电闪雷鸣，几百名学生立刻安静下来，听从他的指引。现在，他捏着粉笔，端着教科书，哪怕下一刻天塌地陷了，他也要把学问传授下去。这一课，先是古诗背诵文天祥的《过零丁洋》，背到最后一句"人生自古谁无死？留取丹心照汗青"时，曹校长和学生们快把嗓子喊破了。

背完古文，讲授外国文学，曹校长选的文章不是课本中的内容，是法国作家都德的《最后一课》，像遇到普鲁士入侵的法国一样，只要骨气尚存，中华民族是不会消亡的。板书到最后一个字时，他把粉笔写碎了。

黄显声的撤离，产生了连锁反应，第二道防线随之动摇，最先逃走的是杜三秃子，接下来，几股小绺子也撤离了阵地。秃瓢亮山抓起不沾雪的貂皮帽子，狠狠地摔在地上，指甲把他的秃头挠出了道道血痕，都他妈的临阵溃逃，不亡国灭种才怪呢。

亮山冲天开了枪,大骂,谁再敢逃,就是我亮山的仇人,下次见面,不是你死,就是我活。绿林的弟兄们暂且留下了,可是一旦和日本人开了仗,谁能保证哪股绺子不当缩头乌龟?幸好公安局长袁凤台及时赶回来,说与大家生死与共,抵住了亮山快要撑不住的腰,多米诺骨牌才没再稀里哗啦地倒下去。

再也指望不上官府了,袁凤台公安局长的头衔自动取消,被大家公推为锦西血盟抗日救国军的总司令,亮山和李树桢是副总司令,张天一为参谋长,下设五路军,三股绿林东西五会的首领均为军长。

连排长都没当过的各路豪杰,转瞬间就成了军长,包括张天一的父亲张恩远。张天一觉得滑稽,可也没有办法,不封他们军长,怎能鼓舞士气。誓盟会上,只缺第五军军长三秃子杜清和。

张天一最不放心的,就是杜三秃子,不守江湖规矩,大家有目共睹。除了打家劫舍,三秃子野路子特别广,暗地里勾搭上了日本军火贩子,走私枪支弹药,各路绿林的快枪,大多数被他加了高价。

三秃子嗜财如命,见到好枪也走不动道,一旦日本人提前收买了他,凭他对各路绿林的熟悉程度,就是个大祸患,当务之急是设法把日本人与三秃子弄成水火不能相容,像亮山那样,和日本人掐个你死我活。

三个司令也意识到了三秃子的不可靠,苍蝇叮蛋一般,谋划了半天,没找出太好的破绽,把参谋长张天一找来,不消片刻,就设计出了一条妙计。不是张天一机敏,他也是深思熟虑了好久,才谋划出来的,三个司令一问,自然脱口而出。

计谋一点也不像计谋,平常得很,就是借三秃子的手,杀掉黄显声押解的六名日军俘虏。日军特别珍惜日本人的生命,叫嚣死一个日本人,让一百个中国人偿命。假若三秃子一连串杀死了六名日军俘虏,那就是血海深仇,想找退路都无处可退。

公安部队走了,张天一带来的十几个东北军,也被拐走了一多半,没剩下几个受过训练的军人,日军先遣队随时有可能打进来,三个司令谁也不敢离开,恐怕树倒猢狲散,只能劳驾张天一跑一趟。

张天一从亮山那儿要过那匹枣红马,却迟迟不走,向亮山又伸出了大拇指和小拇指。亮山不解,张天一撇了下嘴,嘲笑亮山,钱财身外物,给我六根金条,三秃子肯定就范。

亮山随身带的就这么多财富,虽说舍不得,却怕误大事,一咬牙,全掏出去了。张天一得意地掂量在手中,碰得叮当响。亮山也撇了下嘴,骂了句张天一,瘪犊子,臭美啥,那是给你姐的。

起初,伊兰是骑自行车出发的,县城里这一段,还算好,骑得飞快。穿过女儿河时,没躲过雪下藏着的冰疙瘩,摔得个"叽里咕噜"。还好,她棉衣外面套着羊毛大衣,头捂着狗皮帽子,还围了一圈羊毛围脖,脚下是男人的棉靰鞡,摔得再狠,也伤不到皮肉,自行车滑出去了十几丈,扶起来,照骑不误。

这辆自行车是多田送给父亲的,多田说,摔死头壮牛,也摔不坏这辆自行车,这就是日本制造。

想到多田,自然就想到了哥哥,哥哥和曹觉知,这两个男人,她谁也割舍不开,只恨自己分身无术。眼下,她只能顾一个,刻不容缓的是去明性寺,阻止曹觉知当和尚。她觉得,是自己在情感上溜号了,伤害了未婚夫,否则,怎会无缘无故地突然出家?她悔不该流露出对张天一的敬慕。现在,她正奔走在赎罪的路上,一定要把未婚夫拉出寺庙,拉进洞房,哪怕婚房是荒郊野外的窝棚,四处漏风,抵挡不住严寒,也阻挡不住她当新娘的欲望。

她从没有像今天这样,清晰地感觉到,生命中不能没有曹觉知,一辈子愿和他同甘共苦。

当然,伊兰对多田绑架哥哥,憎恨万分,可对多田多少保留着几分幻想,父亲和多田情同父子,文质彬彬的多田,待人特别谦恭,不至于把她哥哥怎么样。况且,见不到多田,也就无从谈起找哥哥,哥哥在哪儿是未知数,曹觉知却很明确地在明性寺。

此时的伊兰,依然相信多田的儒雅,根本不知道哥哥孙春城承受着什么样的折磨。多田的手下,早就摸清楚了孙春城的生活习惯,这位等待留学西欧的公子,每天早晨都要到女儿河边,浪漫地诵读《圣经》,迎接圣母玛利亚一样,伸出双臂,迎接每一天新的太阳。

也许是受父亲的熏染,孙春城接纳东瀛,崇尚西方,喜欢基督教,精通日英双语。然而就在日出那一刻,他却被多田的手下突袭,捆住手脚,堵住嘴巴,塞进麻袋,横在马背上,奔跑到十里外的暖池塘,丢进一座溶洞里。这座溶洞,是他们野外地质测量时意外发现的,祖祖辈辈生活在这里的人,却一无所知。

深深的溶洞,藏着深深的恐怖,孙春城被绑在钟乳柱上,见不到一丝光亮,他偶尔喊一声,回声鬼一般盘旋,久久不肯消失。一旦火把的光亮移过来,便会有人生硬地让他给父亲写劝降书,他若不肯答应,枪口就会顶在一个无辜人的头上,一声枪响,整个世界都爆炸了,他在震耳欲聋的声音中体验着什么叫恐惧。

一个个被捉进溶洞的村民,不间断地横尸在孙春城面前,如此恐吓,也无法逼迫他给父亲写下一个字。直至嘴里被塞进脑浆一般的东西,他大口地呕吐,绿苦胆都吐了出来。

几番逼迫过后,孙春城疯了。

事实上,哥哥疯了的那一刻,伊兰骑着自行车,几乎就在溶洞的上方,道路虽然曲折,并非坎坷颠簸,然而,她却无缘由地摔倒了,摔得还特别狠,滚出好几丈,幸亏衣服穿得格外厚,才没受伤。心悸了好一会儿,爬起来,探身下到路旁的山沟,扛出栽歪在沟里的自行车,放回路上,却发现比壮牛还结实的自行车,没有夸奖的那么好,车轮瓢了,脚蹬弯了,再也无法蹬动。

伊兰想找个有人家的地方,让有力气的男人帮助她校正过来,她先是扛着自行车走,上坡下坎,走了好几里,依然是荒郊野岭,没有人家。累得实在受不了,她才丢弃自行车,爬山越岭,徒步前行。

张天一快马加鞭,转过山弯,枣红马都没缓步,依然快如闪电,从伊兰身边一掠而过。平时,他目光如炬,匍匐在一里外的松鼠,休想逃出他的眼睛,此刻,从路人的身边超过,身影是模糊的,等于视而不见,差一点儿与伊兰失之交臂。刚才转弯,伊兰骤然纳入视野那一瞬间,他都没瞅是男是女,哪儿会想身材婀娜的伊兰,会被棉衣裹成一个球儿。更何况,他的心思早就飞过眼前,落在了香炉山,盘算着如何套住杜三秃子,堵住他所有退路,成为过河的卒子,除了一往无前地打日本,别无选择。急切的心情之下,难免目中无人。

直到伊兰甜润的嗓子猛然喊出,等等我。

张天一突然怔住,猛地勒住缰绳。枣红马嘶鸣一声,前蹄腾空而起,骤然伫立。他回头一望,喜出望外,做梦也不会想到,大家闺秀伊兰小姐,居然会流落在秃山野岭。好多天了,不论白天黑夜,哪怕闲暇片刻,他也要回味一下伊兰的容貌,现在,不期而遇,等于投怀送抱了。

若是平时闲着没事,张天一准会戏弄或调侃一番伊兰。现在,天大的事情等着他,没那份闲肠子。他腾出一只马镫,让伊兰蹬稳,抓住伊兰的一只手,一把将她拎上马背,让她抱牢自己的腰,催马便走。

风驰电掣的奔跑中,张天一听明白了,伊兰的未婚夫到明性寺当了和尚,她不甘心,要把他唤回。这个消息,对于张天一来说,不啻寒风呼啸的季节里,盛开了一片鲜花,鼓动起了他内心的春潮。可惜的是,两个人的衣服穿得太厚了,尽管伊兰紧紧地抱着他,他依然感觉不到伊兰起伏的胸脯,享受不着伊兰让他愉悦的体温,飕飕的北风不解风情,刮走了伊兰的气息。

毕竟,近在咫尺,现在的伊兰与他贴得最近。与情敌不战而胜,不是张天一所要的,这种胜利索然无味,不由自主地憎恨起了曹觉知,心里骂了句,孬种,日本人还没来呢,先怕了,跑到寺庙躲起来。读书人就这副熊德行,没真本事,大难来时喊几嗓子给别人听。

枣红马翻蹄亮掌,腾沟越坎,就差飞起来了,不消一个时辰,就看到了明性寺前两根高高矗起的旗杆。

香炉山与明性寺不过是山这边儿到山那边儿的距离,先送伊兰去寺庙,再登香炉山,会会杜三秃子。他相信,即使伊兰从明性寺里拉出九头牛来,也拉不出贪生怕死的曹觉知。

离开寺门,一路向西,西北风更加凛冽,天上的云仿佛冻住了,行走缓慢,西垂的太阳从云里钻出,张天一抬头望去,居然发现同一个太阳居然套出了两个光环,这是喜上加喜的征兆,看样子,老天也在眷顾他,此趟南票之旅,他既能轻松地套住杜三秃子,又能堂而皇之地收获美人。

香炉山,名副其实,四周陡峭,易守难攻,山顶平缓,却凸立起几块鸡冠状的巨石,恰似炉上的一排香炷。山顶居然有一眼充盈的水井,井旁拓出几十亩耕地,供养十几口人不成问题,依崖的阳面,又能搭出一溜房子,确实是占山为王的好地方。难怪甲午祸乱之后,近四十载,此山一直为土匪所据,官兵未能染指此地。杜三秃子有这么牢固的老巢,长期盘踞此地,必然形成有恃无恐的性格。

倘若县城保卫战有失,这里是绝佳的退守之地,况且,悬崖峭壁之间,有多座山洞相连,即使日军有飞机大炮,也奈何不了这座天险。

喽啰押着张天一沿着天梯登踏香炉山时,他把所有的地形地貌全记下了,县城周边方圆百里,除了这座香炉山,张天一没有陌生的地方。唯有香炉山,他完全陌生。至于山上的情形,他只能从姥爷留给母亲的遗言中,略知一二。

现在,目睹了香炉山之险,他更坚定了自己的谋划,这里应该是锦西县抗日的大本营,不能只留给杜三秃子当土匪窝,把日本人与杜三秃子弄成仇深似海,是当务之急。

杜三秃子摆足了谱,把张天一撂在了山顶,故意不理。张天一不急,在山顶上溜达,他知道杜三秃子的软肋,缺粮缺枪,缺弹药,更缺江湖上各路好汉的人缘。除了钱,杜三秃子六亲不认,他的狐朋狗友,利欲熏心者居多,为江湖所唾弃。

围着山顶上的鸡冠崖,张天一一圈圈地绕过去。鸡冠崖上,有先前的人类用褚石画成的各种图案,有各种小人儿,也有鹿有马有猪,还有各种看不懂的符号,各种看不清的图形。反正要等杜三秃子,闲着没事儿,就一幅一幅往下瞅,至于瞅懂瞅不懂,另说。他相信,狗操的曹觉知肯定能看懂,可惜的是,他只知道在庙里躲灾祸,不知道山上还有这多好东西。

此时求见,除了请他下山,继续当炮灰,还能有啥？杜三秃子心里明镜似的,日本人来了,天下大乱,原先是一个国没有说了算的,现在连一个县都不知谁说了算了。世道已经乱透了,说啥都没用,有粮有枪有大洋,老子就是草头王。他撂着张天一,就想憋一憋,憋出这个毛头小子的底牌。

张天一没想藏底牌,他明白,杜三秃子迟迟不肯走出老窝,是不见兔子不撒鹰。于是,他学着街头耍杂人的样子,掏出六根金条,全抛在空中,双手不住地掼动,看得小喽啰们眼花缭乱,心旌摇荡,满眼冒金光,立马禀报杜三秃子,再不露面,人家可要下山了。

杜三秃子在众喽啰的簇拥下,钻出崖下的山洞,抖搂着身上的貂皮大衣,向张天一显摆自己的威风。

张天一将金条揣回兜中,轻蔑地一笑,那意思是,金条不一定是你的。

杜三秃子倒也直率,和日本人打仗,买我当先锋？

张天一说,你还不够格,怕你上场就败,扰乱了军心。

杜三秃子说,枪炮一响,黄金万两,不打仗,你跑我的山头干吗来了？

张天一说,买六颗日本人的脑袋,黄显声带走的俘虏,杀了我的弟兄,替我报仇。

杜三秃子嗤之以鼻，不就是几个俘虏的脑袋吗，五花大绑着呢，比杀小鸡子还容易，谁不能去？

张天一说，我们是官家，正规部队，不是土匪，国际公约，不许杀俘虏，不能给日本人留下口实。

杜三秃子眼里的金光再也藏不住了，嘿嘿一笑，还他妈的公约呢，日本人是强盗，老子是土匪，半斤八两，六根金条，要了。

讨价还价惯了的杜三秃子，又额外加码，还想多挤出一根金条。亮山叔再也生不出金条了，张天一连连摇头，最大的让步，外加六杆快枪。

杜三秃子仍不知足，还想再挤出几百发子弹。

张天一烦了，拿出撒手锏，小爷我也扛出过"羿"字号，土匪的活计也干过，若不是我爹不让我扛旗，这六根黄澄澄的金子，哪能轮到你？别逼小爷反悔。

杜三秃子自我解嘲，土匪哪有真情在，多咬一块是一块。说罢，伸出手，准备和张天一击掌为誓。

张天一把手背过去，不肯和他击掌，既然不是友情，那就是交易，一把一利索，手撞在一起，就脏了。不过，该交代的，还是要清楚地交代给杜三秃子，他说，六个俘虏和黄显声拗着劲儿，盼着有人救他们，癞皮狗般不肯走，拖累了黄显声的行军速度，他们不会为了俘虏，和你翻脸开战的，反倒庆幸你们替他除掉了累赘，还没违反国际公约。六颗日军俘虏的人头，穿成一串儿，明天日上三竿时，挂在锦西县政府门口，验货付款，俘虏我都认识，错杀一个扣掉两根金条。

杜三秃子眼里金子的光芒更加炫目，拍着胸脯表态，错不了。而张天一的眼光却黯淡下来，浮现出了一百多天前的辽河渡口，树林间那一串串中国人的人头。他要借杜三秃子之手,以牙还牙。

不必担心杜三秃子是否履约,有钱能使鬼推磨,金条会把杜三秃子催成凶煞恶神,张天一从容不迫地走下香炉山,牵起拴在寨门口的枣红马,不紧不慢地走向明性寺。

天是灰的,地上的雪染了煤灰,也是灰的,灰色的两根旗杆,高高地立在灰砖灰瓦的明性寺门前,张天一骑的枣红马,在一片灰中,格外耀眼。办完这桩大事,张天一心中不再焦虑如火,从容了许多,眼睛便有了闲暇,瞅一瞅冰封的雪野。一个沙弥认出了张天一,将他引进寺中,送入方丈温暖的禅房,端上了暖胃的红茶。

伊兰的哭声断断续续地传来,他用金条征服杜三秃子期间,伊兰依然没能用柔情感化曹觉知。真是书念呆时便为僧,张天一冷嘲热讽地恭喜方丈,天赐明性寺又一位高僧,居然把宣传抗日的急先锋纳入佛门。

方丈并不解释,只是念着阿弥陀佛。

几壶茶水喝下,张天一不得不一趟一趟地上厕所,禅房里的木鱼声顽固地陪伴着伊兰的哭泣与倾诉,不绝于耳。眼看着太阳垂下香炉山,天就快要黑了,张天一也等得不耐烦了,他真的怕哪一下子,木鱼声突然断了,伊兰的哭声停了,两人相拥而泣,自己空欢喜一场。自然,他也担心,伊兰真的守上一夜,明天早晨,他们还没离开明性寺。杜三秃子带着他的喽啰出发了,别弄得他们把俘虏的人头都挂上了,自己还没回县城呢。

土匪可以不讲信用,张天一却不能不讲,盗亦有道,从此以后,他要给杜三秃子立规矩,丢掉土匪的习气,堂堂正正地当锦西血盟抗日救国军第五军的军长,自己怎能言而无信。

还好,伊兰捂着哭肿的眼泡出来时,刚刚是掌灯时分。

张天一用伊兰的围巾,把她的脸围得严严的,只露两个鼻孔,流了这么久的泪,眼睛和脸都见不得寒风。他领着盲人一样,领着伊兰的手,走向枣红马,让她踩着自己的腿,跨上马背,自己牵着马,一步一步地走向灯光璀璨的南票镇。

夜已深了,山高路险,虎啸狼嗥,若是自己单枪匹马独身而行,返回县城,这百八十里路还不成问题,加上伊兰可就要慎重了,即使没有野兽侵扰,黑得伸手不见五指,冰天雪地的,万一枣红马磕了碰了,也是件麻烦事儿。

解决这一矛盾的唯一办法,住宿,明早鸡叫时再走。

战争的阴霾同样笼罩在南票镇,这座因煤而兴的城镇,习惯于黑暗的矿工们,喜欢在夜里狂欢。所以,天黑后的南票,常常比县城热闹、繁荣。而此时,街上除了灯光无奈地照耀,商铺几乎都打烊了,旅馆也只剩下一家,没有几间客房亮灯。尽管南票满街是煤,老板也懒得多烧几锹,只有一间多余的客房,炕面是热的。

现生火烧炕,屋子暖和上来,待到后半夜。张天一把双手一摊,冲着伊兰小姐说,没办法,只能和你挤在一块了。

伊兰没有同意,也没有拒绝,更没有骂张天一是流氓,目光呆呆的,好像没听见。

闭了灯,两个人在黑暗中对面坐了好久,谁都知道将要发生什么,谁也没去解衣服。张天一无数次地想象和伊兰在一起的第一个夜晚,每一次想象,都充满难以抑制的疯狂,可这个夜晚真的来临时,却如此地安静。

张天一抱了下伊兰,言不由衷地说,睡吧。

伊兰"嗯"了声,却无动于衷。

按照张天一的脾气,这么个天赐良机,他早就不管不顾,生米做成熟饭了。可此刻,却有一种罪恶感挥之不去,总觉得是乘人之危。他的心怦怦乱跳,抱着伊兰的手也有些松弛。就这样放弃了千载难逢的机会,实在可惜,也实在不甘心。

忽然间,一股热浪涌遍全身,他的耻骨倏地一下子,嗓子里荡起一股甜润的感觉。他骂着自己,愧疚个屁呀,曹觉知已经出家了,还顾虑个啥,与和尚争媳妇,岂不是天下笑谈。一股冲动排山倒海般涌来,他不管不顾了,猛地扑过去,裹住伊兰的身体,嘴莽撞地寻找伊兰的嘴唇,他要亲她个天翻地覆。

伊兰扭过脸,躲闪着,双手也在推,却推得有气无力。张天一的嘴捉不到伊兰的嘴,就把热情喷发在她的耳后根处。伊兰时而抱住张天一的脑袋,时而推挡他的胸脯,在拒绝中接纳,在接纳中拒绝。

张天一被撩拨得欲罢不能了,他索性跳起来,粗鲁地剥下伊兰的衣服。伊兰蜷着腿,捂着脸哭了,哭得十分伤心,她不喜欢张天一这样待她。张天一"呼呼"地喘着粗气,拥有伊兰,是他最大的心愿,他不想让伊兰的眼泪浇灭自己的愿望。

伊兰忽然说了句,我等他还俗,等他回心转意。

张天一像被兜头泼上一盆凉水,激情在瞬间凝固,他软软地躺下来,"啪啪"地打着自己的嘴巴,骂自己,不要脸,不是人,随后,便泪流满面。

泄洪般的眼泪,仿佛一下子冲开了伊兰的积郁,让她的灵魂重新回到她的身体,她抓住张天一的手,说,不要这样想,你是英雄,我一直崇拜你。

张天一长叹一声,和日本人的生死大战,马上开始了,枪炮不长眼睛,能不能活下来,还很难说,下一次见到我,没准就是遗体了。

伊兰捂住了张天一的嘴,不让他瞎说。张天一亲着伊兰温热的手心,缓缓地挪开她的手,说,和你好一次,也不枉我活一回。伊兰不再说话,任由张天一的手,摸向自己的红肚兜,摸向自己灵魂的最深处。

泪雨滂沱,生命在交融。

第六章　围剿古贺联队

22

伴随着鸡鸣,第一缕光亮透过虹螺山,熹微地照射进县城。第一批找孙县长讨要债券钱的人,突然发现,六颗人头被麻绳穿着,横挂在县政府的大门旁,个个龇牙咧嘴,怒目圆睁,吓得他们"吱哇"乱叫,满大街嚷嚷,了不得了,县政府门前挂人头了。

杜三秃子的人,向来与政府为敌,此时,却志得意满地站在县政府门前,向着探头探脑赶来的人群高声宣称,受县长的指派,杀了日本俘虏,你们我们都一样,打日本没有回头路了。

悬首示众,都在城门,衙门口是干净的,挂了一排人头,亘古未有,消息长了翅膀,迅速传遍县城。被堵在县政府院内的孙国栋,除了咧嘴苦笑,万般无奈,日本人绑架了他的儿子,逼他献城,土匪以日俘的人头为筹码,嫁祸于他,把他绑在了抗日的战车上,手拿债券的人不依不饶,不见真银不罢休,各色人等都不是省油的灯,他成了热锅里的螃蟹,被人连蒸带煮,丢盔卸甲,五内俱焚。

孙县长生不如死。

其实,有一个人,煎熬的程度不比县长差,只是不露声色罢了,那就是高荣轩的大管家崔黑子。挂在县政府门前的六颗人头,和杀了他一样难受。恶贯满盈的杀父仇人,拿日俘的人头洗白了自己,他再寻机报仇,那就是与抗日英雄为敌。假如这六颗人头是他外甥张天一取下的,他会欢欣鼓舞,遗憾的是,坏透腔了的三秃子,居然干了件让人难以相信的好事。

怎么办?崔黑子眉头紧锁,思谋了好久,一咬牙,一狠心,一跺脚,扳不倒葫芦洒不了油,既然杜三秃子敢走极端,索性他就走另一个极端,借日本人的手,除掉杜三秃子。

主意既然打定,崔黑子不断地给高荣轩吹风,经商的兑出产业,揣起大洋抬腿就跑,当兵的四海为家,扛枪就蹽,东家您置下的都是不动产,千顷良田能背走吗?油坊、磨坊、果子铺能长轱辘吗?东北军几十万兵马,被日本人撵得东奔西逃,凭着东五会这点儿人马刀枪,能抵抗日本人的飞机大炮吗?鸡蛋撞石头还能听个响呢,东家您恐怕连那个响都听不到,就家破人亡了。

这些确实是高荣轩的顾虑,他一直挂着乡绅名士的头牌,道义绑架得他身不由己,才把东五会的大旗举得高高的。事到临头,他瞪大眼睛问崔黑子,咋办?

崔黑子说,咱只是土地的主人,不进帮,不入伙,带着您的东五会,回来守曹田屯,以不变应万变,谁找也不离开,不管谁得势,都离不开大老爷您给撑门面。

高荣轩不住地点头,招呼下人,喊回守在虹螺山上的弟兄们,回曹田屯暖和暖和。

东五会从虹螺山上撤了杆子,总司令袁凤台心里的火"腾"的一下,蹿上了房,牙床子肿得比牙还高,撒出的尿,比姜黄还黄,即使杜三秃子返回了前线,也没消他的火。高大老爷非同凡人,既是乡绅的楷模,又执掌着全县最大的民团,他先撤下来了,抗日队伍就塌了腰,歃血为盟就成了笑柄,军心就会动摇,保卫县城的信心就会大打折扣。

袁凤台抽起了自己的嘴巴,肿胀的牙床子哗哗地流血。成立锦西血盟抗日救国军时,他只考虑绿林的兄弟们了,警察都跟着黄显声走了,绿林队伍成了他的救命稻草,绿林本来就是散兵游勇,想来就来,说走就走,戴个高帽,就是紧箍咒,变相地让他们破釜沉舟,铁心地当自己的左膀右臂。血盟抗日救国军盟誓时,他忽略了民团,居然没给高荣轩一个副总司令的头衔。

黄显声走了,会打仗的没剩下多少人了,日军肯定会加快进攻的步伐。危局迫在眉睫,袁凤台备了四抬大礼,急三火四赶到曹田屯,说服高荣轩回防虹螺山。仗打的是意志,更是钱粮,没有高大老爷支撑,他这个光杆司令,腰杆硬不起来呀。

高荣轩却不急,嘱咐下人上茶,上好茶,上云南捎回来的滇红。面对袁凤台冒火的眼睛,唾沫星子四溅的劝说,他撩起茶碗盖,错落有声地挡着茶叶末儿,边啜茶,边对袁凤台说,请喝茶。

袁凤台哪有心情喝茶,他把八仙桌拍得山响,茶碗都拍翻了,茶汤顺着桌子流到他裤子上。裤子湿了好大的一片,他不知,烫了凉了,他也不觉,反正有棉裤隔着,一个劲儿地逼问高荣轩,几时几刻把队伍拉回山上去?

高荣轩也火了,索性把茶碗往桌上一掼,大声喊着,国家都不想抗日,凭啥让我们流血卖命?你把黄显声喊回来,我这个家,我这条老命,一块儿给你,否则,你说出天花来,老子也不动。

袁凤台说,县长在,我在,国家就在,危难之时,全民皆兵,现在,我以国家的名义命令你,拉起队伍上山,否则,立刻执行军纪。

高荣轩不耐烦地说,别装大瓣蒜了,老子的大洋你少花了?谁见到国家啥爷奶样儿?别拿它吓唬我。

袁凤台吼了句,就要亡国灭种了,你这是啥态度?说罢,他跳起来,掏出枪,抵在了高荣轩的脑袋上,不答应就是死路一条。

一直在门外边听音儿的高冠雄跑进屋里,一口一句地叫着袁叔,劝袁叔别冲动,替父亲辩解道,亮山、杜三秃子之流,啸聚山林,打家劫舍,坏事做绝,兔子还不吃窝边草呢,明知是我们家出产的布匹和烟草,他们对我家客商照劫不误,我家是士绅名门,岂能与土匪流寇为伍?家父不能和他们同流合污,就算你打死了家父,你也带不走我们东五会。

袁凤台说,国难当头,黄显声都赦免了他们,你们耿耿于怀毫无必要。

高冠雄说,不行,他们必须付出代价。

袁凤台说,有屁快放。

高冠雄说,我要迎娶张恩远的闺女张月娥,今天就办喜事,曹凤仪当大媒人,县长当主婚人,你这个司令大人给我当知客,跑腿学舌。

娶一个闺女而已,这也算条件?袁凤台冷笑一声,没想到碰到个情种,再一想,东五会西五会,两家结成姻缘,对联合抗日岂不是天大的好事儿。他瞅着高荣轩的眼睛,等待高荣轩的态度。

高荣轩拿他这个惯坏了的儿子没一点办法,用手推开袁凤台的枪,一字一板地说,犬子这么执着,我又能怎样,反正这是亮山赎罪的机会,他若肯,我们的恩怨一笔勾销,东五会一如从前,听从袁总司令的调遣。

崔黑子这把刀没借成,东家又与杜三秃子为伍了,只是意外地救了外甥女,成全了一桩好姻缘,没让外甥女嫁进土匪窝。他没有想到的是,亲外甥拿着刀,追着他算账来了。

这点小伎俩,怎能瞒得住张天一,高荣轩撤离虹螺山,肯定是舅舅撺掇的,和亮山叔家悔婚,舅舅也逃不脱干系。见到舅舅,他二话没说,拿刀就扎。崔黑子兔子一般,绕着曹田屯跑,指望有人能出面,拦下他外甥。

村里人都知道张天一的本事,拦也拦不住,反正你也不能杀了你舅舅,都在瞅热闹。崔黑子边跑边喊,杜三秃子害死了你姥爷。

不管舅舅喊什么,都挡不住张天一的追赶,个人的恩怨在国破家亡面前,微不足道,舅舅脑袋进水了,居然想借用日本人的手报私家仇。舅舅最终累得瘫倒了,气都喘不上来,一副任人宰割的样子。张天一踢了舅舅几脚,割下舅舅的裤带,扒出屁股,用刀尖豁出个口子,他要让舅舅长记性,不能再动歪心思。

龙王庙前那杆"震东洋"大旗,在呼啸的北风中呜咽着。血流在崔黑子的屁股上,更流在张恩远的心尖上,而且是血如喷涌。袁凤台赶到了张家,对张恩远苦苦哀求。张家柜上的座钟不紧不慢"嘀嗒嘀嗒"地响着,时间仿佛凝固了。突然,报时的声音"当当"响起,像是敲进了人们的心房,张恩远打了个激灵。

除了深明大义,张恩远还有别的选择吗?天塌下来了,他也不能干出背信弃义的事儿,可天还没塌呢,就逼着他对不起磕头的兄弟亮山了。然而,除了豁出自己的女儿,谁也没办法把高荣轩留在抗日队伍里。

张恩远只能心如泣血,答应了袁凤台,让老伴张崔氏赶紧给闺女张月娥梳洗打扮。张月娥五雷轰顶般傻傻地站在门口,不知道究竟发生了什么。

呼啸的北风中,张恩远光着膀子,让西五会的人捆着他,去虹螺山的前线,见亮山。

亮山满眼泪光,硬是忍着没有落下,亮山的儿子刘天柱忍无可忍了,那是夺妻之恨呀,揣上两把短枪,转身往山下跑,要找高荣轩报仇。亮山让人拦住儿子,给冻得瑟瑟发抖的张恩远披上棉衣,解开了捆着他的绳索,长叹一声说,走绿林闯江湖,哪儿有不结怨的?大敌当前,和为贵,你我终究不是门当户对,天意如此,随他去吧。

张恩远哆哆嗦嗦地跪下了,感谢亮山兄弟的体谅,既然狠心地卖了闺女,那就卖个好价钱,狠狠地敲一把彩礼,这笔钱给亮山的弟兄们添置一批武器装备。

亮山扶起张恩远,抓着张恩远的手说,结拜兄弟永远是磕头之交。

就在张恩远向亮山负荆请罪的同时,崔黑子拎着裤子去了县城的东街,一头扎进了西医诊所,让刘芷芳给缝屁股。虽说血没少流,皮肉伤而已,刘芷芳在处置伤口的时候,喋喋不休地问一些事情,崔黑子有时回答几句,大多数的时候,是在喊疼,刚挨扎的时候还不怎么疼,现在疼得厉害,尤其是拿药水涂屁股那一下子,疼得像要杀了他。

刘芷芳停止了包扎,让崔黑子撅着屁股等,接待完两个待诊的病人,她插上了门,拉上了窗帘,回到崔黑子身旁,拿起一根针,吸了一小管药水,扎在屁股上,又问,疼吗?

崔黑子说,不怎么疼了。

刘芷芳三下五除二缝合了两针,笑着说,给你打了麻药。说罢,包扎完伤口,顺手从崔黑子的屁股滑下,摸到了前边,摸得崔黑子春心荡漾。她接着问,疼吗?

崔黑子满脸惊喜,好像屁股根本没受伤,满身膨胀,春情勃发,不顾一切地褪掉刘芷芳的裤子,野蛮侵入。

刘芷芳"呀"地叫了一声。

事后,崔黑子将这一天发生的所有事情,原原本本地告诉了刘芷芳。

这一天是公元1932年1月6日,冷寂的虹螺山下,突然响起了鞭炮声,一场婚宴在曹田屯仓促地举办。

除了孙县长以政务太忙为借口,没有参加婚礼,县城里的各色人等,包括曹凤仪这等有威望的老学究,都来捧场喝喜酒。主婚人自然落到袁凤台身上,知客的角色本该就是大管家崔黑子,何况他又是娘家舅。他忍着屁股疼,一扭一扭地接待四方高朋,在高家大院里跑圆了。

虹螺山前线,亮山、李树桢各守两个山头,眼睛擦得雪亮,监视日军的行踪。张天一死人说活了也不肯下山当新亲,参加姐姐的婚礼,他陪着两位长辈防守隘口。亮山抱着张天一的脑袋,低声说,你姐给我叫不成爹了,你就叫一声吧,从此,你就是我的干儿子,和天柱一样,都是我的孩子。

张天一低泣一声,爹。

亮山左手揽着儿子,右手抱着张天一,三个人怒视前方,流出的眼泪在脸上冻出了一行又一行冰,他们把仇恨记在日本人身上,没有日本人入侵,哪会有这场突如其来的婚变。

高家的花轿接走张月娥时,张恩远和张崔氏相拥而泣,闺女的闺房从今天起就会人去房空了,心里空落落的。女儿嫁走了,他们的灵魂也出嫁了,他们的魂本该是和亮山在一块儿的,现在却飘摇得不知所终。

两个人站在大门口,眼瞅着高家的人吹吹打打抬着他们的闺女,越走越远,轿子里传来了张月娥一声揪心的喊声,妈——

跟随迎亲队伍离开龙王庙的,是二叔张恩发,他回头喊了句,哥嫂回吧,我会照顾好侄女的。

不管张家如何凄凉,无法影响到高家的兴高采烈,尽管大敌当前,并不耽误酒宴,世道再乱,人们也得婚丧嫁娶。

酒桌上,喝得乱哄哄的,幸亏高家三进大院,屋子多得出奇,才不至于在院子搭席棚,不过,厨房却搭在院子的中心,呼啸的北风被焦炭炽烈的火驱离了高家,伙计们端着嗞嗞冒油的炒菜,高喊着,油了!油了!让客人给他们让路,四散奔跑进各个屋子,让客人品尝烫嘴的佳肴。

人们端着酒,纷纷跑到上屋的正堂,给高大老爷贺喜,给袁局长袁总司令敬酒,这是保卫咱县城的总瓢把子,哪有不敬的道理。袁凤台恰好把婚礼当成抗日誓师大会,端着酒杯,走到院中间,冲着各屋的老少爷们高喊,这是喜酒,也是抗日的壮行酒,酒宴过后,我们一起上前线,借这个喜气,打一场大胜仗。

各个屋里传出了长短不一的掌声,有人还拿筷子敲盆碗,当成得胜鼓。

左一杯,右一杯,袁凤台喝了不知多少杯,左一个人拍胸脯,右一个人攥拳头,袁凤台听了不知多少句追随他抗日的话。高家酿的酒,比老烧锅的酒顺溜,醇香而不醉人,袁凤台喝得很畅快,全县的五行八作,都统在了他的麾下,万众一心,就算日本人长了翅膀,也飞不过虹螺山。

刘芷芳端着杯来敬酒时,袁凤台有些醉眼蒙眬了,他本意是不想喝了,不是出于戒备,而是出于她和县长的风言风语,两个人眉来眼去,气得老中医都看不惯了,索性不再中西医相邻,离开医院,在街里另辟一地,独挂招牌。

当然,这是隐私,不是袁凤台拒绝喝酒的理由,他的理由是都是爷们儿,喝啥娘们儿敬的酒?根本没去想刘芷芳亲自斟满的这杯酒是蓄谋已久、心怀叵测的夺命酒。

刘芷芳施展开了她的甜言蜜语,奉承起袁总司令是顶天立地的大英雄,美酒敬英雄,天经地义。知客崔黑子,只顾喜上加喜,不知不觉地当了帮凶,也来替刘芷芳劝酒,芷芳大夫是医界的魁首,你们俩一个治社会的伤,一个治身体的伤,都是老百姓的福音,说啥也要干了。这杯酒,几乎是被崔黑子和刘芷芳强灌下去的。

袁凤台沉醉在万民拥戴的奉承声中,根本就没防范有人会谋杀他,就在临战之际,糊里糊涂地喝下了毒酒。等到筵席都快散了,人们收拾行囊准备跟总司令袁凤台一块上山时,突然发现,总司令的脸是紫的,歪在那里,七窍流血。

总司令遇害的消息,如晴天霹雳。张天一和亮山、李树桢骑着快马,急赴曹田屯,追查杀手。酒喝得那么乱,哪儿分得清谁下的毒?但有一个事实谁也推不翻,事情发生在高荣轩高大老爷家,一个上午,不仅逼了一桩婚,还让总司令死在了你家里,就算你长一千张嘴,能说得清楚吗?来的都是你家的客人,你能逃得脱干系吗?

既然说不清,逃不脱,那就靠枪来说话,亮山带来的人马和高荣轩东五会拔枪相对。亮山不容置疑地指责,是高荣轩毒死了袁总司令。高荣轩暴跳如雷,我家办大喜事儿,触上这么大的霉头,一辈子晦气。

高家最大的喜事,正是亮山家最大的悲摧,本来就剑拔弩张了,这句话如同火上浇油,谁搂不住火,先开了枪,那就是一场混战。

群龙无首时,这场灾难将是万劫不复,李树桢带着的人马隔在双方之间,生怕他们一时性起,火并起来。

人们只顾对峙,袁凤台的遗体依然窝在椅子上,没人管,没人顾。跟随张天一块儿飞奔过来的小号手,不忍心看着袁凤台这副毫无尊严的死相,想用手抚平袁凤台圆睁着的眼睛。张天一喊了声,等等。

小号手吓得缩回了手,张天一盯着袁凤台的眼睛,大声说,别争了,把枪都放下,我能断出谁是真凶。

张天一睁大眼睛,从袁凤台大而无神的瞳孔中望进去,仿佛从中探寻到了所发生的一幕幕。接着,他盘问了现场的敬酒过程,最大的疑点落在了刘芷芳身上。

张天一突然想到了半年前见到刘芷芳时,白骨精一样的脑门上,为什么会出现个红圆圈儿,为什么她不经意间把旅顺口说成关东厅,为什么日本间谍跑到她门前会突然消失。他拍了下自己的额头,真是愚蠢至极,刘芷芳分明就是潜伏下来的日本特务。

他声嘶力竭地喊,我们上当了,快去抓刘芷芳,还有我舅。

23

　　中午时分,太阳和每天一样,有气无力地挂在遥远的南天,漠不关心地照耀大地。日本关东军依田旅团第27骑兵联队的联队长古贺传太郎,带着近百名骑兵,如入无人之境般穿过虹螺山隘口,直抵老爷庙大岭,居高临下地俯视县城。

　　春岛芳子斩首成功,乌合之众乱了阵脚,各方抵抗首领居然擅离职守,跑回去奔丧,电波把这些消息告诉联队长古贺时,这个对辽西各县的地形地貌烂熟于心的老军官,立刻心花怒放,兵不血刃占领锦西县城的时机终于成熟了。

　　隘口上说了算的,只剩下杜三秃子,他不是不抵抗,放过几排枪后,日军一顿钢炮,轰得天翻地裂,饱尝炮弹苦头的杜三秃子,一下子就哑巴了。眼睁睁地看着日军骑着大洋马,风一般飞驰而过。没多久,松尾辎重队赶着几辆大马车,石野的步兵小队鱼贯而入。细心的人数过,三伙日军大概一百多人。

　　杜三秃子没这么心细,也不看日本人究竟来了多少,像只受惊的兔子般,带着他的人马急匆匆地撤出,跑回了香炉山,看守他的老巢。

　　最后一道关卡,本该是东五会和西五会分头把守,形成钳形攻势。东五会撤了,就成了一个巴掌,攻势不复存在,加上张恩远在城西的龙王庙打理闺女出嫁,没回来,西五会的那帮兄弟,手冻得枪栓都拉不动了,日军冷不丁一出现,先是手足无措了,后来看到日军一伙接一伙地进,不知啥时是个头,就听之任之了,眼瞅着他们从自己的眼皮底下走过。

下了老爷庙大岭,沿着女儿河畔,一路平川,古贺放心地纵马过来,直至距县城东门不足两百米,才停了下来,等待着孙县长主动出城投降。

孙国栋在县政府里踱着步,袁凤台死了,他活着却比袁凤台还要难。他不想当汉奸,儿子却在日本人手里,他不想当投降的县长,所有的出路都被堵死,已无处可逃。古贺派来的人,来来去去地跑了好几趟,督促孙国栋出城迎接,孙国栋以欢迎仪式没准备好为由,反复推托。

古贺失去了耐心,架起小钢炮向城里轰了一炮,一户人家被炸死了三四口人。城里人惊慌失措,往城西逃,翻译官举着铁喇叭,站在高处喊,皇军不杀人,等着孙县长出城迎接,孙县长没有诚意,所以才开了一炮,只要孙县长出城接皇军,绝不开第二炮。

好多人家跑到县政府,央求孙县长,一炮就毁了一家人,我们都是平头百姓,谁也惹不起,快出城接日本人吧。许多人家忙三叠四地找白布,画日本旗,准备跟随县长举家接日本人。只有校长曹凤仪,呵斥人们,各回各家,别露出一脸奴才相。

老百姓怕打仗,想过安稳日子,孙国栋无奈,除了顺水推舟,他已走投无路。

县城的东门外,寒风瑟瑟,县长孙国栋挂着文明棍,戴着礼帽,身着西装,外披狐狸皮大衣,手举一面膏药旗,带着县城里的士绅、商户、官吏,哆哆嗦嗦地守候着,迎候古贺传太郎入城。

至此,锦州所辖七县,全部陷落,县长们或降或逃,没有一个人组织起一次有效的抵抗。

古贺跳下高大的战马,鞠躬施礼,随后,握住孙国栋冰凉的手,用流利的汉语说,老朋友,又见面了。

孙国栋怔住了，旋即认出了，这位年过半百的老军官，原来是锦州大信利陈列馆的老板，推销日用百货时，曾随多田来过锦西县。对于日本礼节烂熟于心的孙国栋，没有还礼，直截了当地问，我儿子呢？

古贺说，多田已将贵公子送还府上，你回家便知。

没有杀猪，没有宰羊，没有大锅煮饭，更没有大锅炖菜，县政府空空如也，没有那个能力，也没有那个心情招待日军。古贺并不计较，不消几刻钟，占领了教育局的大院，部署完指挥所，随即封锁了电报电话局，接下来，征用了学校，接管了监狱，把县政府守卫得水泄不通。

日军忙碌这些的时候，有条不紊，熟悉得好像回到了家。

可是，那些士绅商户官吏却休想回家了，统统成为人质，扣留在县政府。怕他们挨饿，家属自然来送饭，等于变相犒劳日军了。

张天一后悔死了，他那双能预测未来的眼睛，只盯着过去了，没有发现这一切都是日军环环相扣的计谋。更没想到他训练了这么久的民团，真的打起仗来，一击即溃。现在，县城沦陷了，县长投降了，总司令殉职了，想要夺回县城，一切都要从头再来。

没时间追杀特务刘芷芳，也没时间抓捕汉奸崔黑子。既然绿林与民团的首领都聚在曹田屯，索性借用村里的大庙，边祭奠袁凤台，边研究抗日大事。亮山既是袁凤台的表兄弟，又是排名第一的副总司令，丧事自然由他来主祭。家有千口，主事一人，张天一提议亮山为锦西县血盟抗日救国军新的总司令，李树桢、高荣轩次之。

危难之时，谁不希望有主心骨？亮山成为锦西县血盟抗日救国军的新首领水到渠成。

　　太阳很快沉下去了,高家堂屋的汽灯大亮着,张天一绘制了一张锦西县地图,他谋划着下一步的围歼战。虽说锦西县城是天府之地,却也是个大瓮坑,四周皆是高山峻岭,只要动员起上万的民众,从四周封锁住县城,打日本人,就是瓮中捉鳖。

　　御敌于县城外,和彻底消灭敌人,孰轻孰重?张天一重新掂量了一番,不要纠结县长投降了,也不要在乎县城陷落了,塞翁失马,焉知非福。日军犯了孤军深入的大忌,只是狂傲得浑然不觉,现在各路绿林还沉浸在县城失陷的悲观中,不知道全歼日军的大好时机正等着他们。

　　张天一抬头瞅了眼亮山,亮山就在张天一的对面瞅地图,虽然他瞅不懂,却相信干儿子的本事。猛然间,张天一发现,亮山硕大的秃脑袋在汽灯下格外耀眼,他凝视着这油汪汪发亮的光头,一幅画面渐渐浮现出来,一面面膏药旗烧秃了,一个个日本兵倒下去。他的眼睛也发出了熠熠的光芒,好多天心乱如麻了,眼光都陷在了当下,没有凝神静气地看未来。县城陷落了,他反倒轻松了,忽然打开了天眼,未来的胜利提前预示给了他。

　　可在内心深处,张天一最想看,始终无法看到的,还是他的伊兰。日军进了县城,伊兰安否?

　　亮山在锦西县血盟抗日救国军中的核心地位不可动摇地确定下来,一盘大棋在张天一的心中逐渐成熟。他要把北大营七旅肇参谋教给他的作战谋略用于实战。

　　战事先从骚扰战开始,这是张天一的第一步战术,麻痹战,声东击西,顺便侦察一番日军的火力。夜半三更时,张天一让父亲带着西五会的人放出了第一枪,主攻的方向貌似是县教育局,实际上却是教育局西侧的监狱,里面的囚犯不是亡命徒,就是悍匪,包括他曾经抓获的三四十个杜三秃子的人。

打仗就需要一批不要命的人,开监放人,等于武装出一个敢死队。打下监狱,就是给亮山添凝聚力,监狱里关着的人,大多是各路豪杰的贴己弟兄,这般大礼,送给绿林弟兄,胜过黄金。更何况其中的三四十人,正是杜三秃子迫切地想要回的人。各路绿林,真逃回去的只有杜三秃子这一股,别的绿林都隐藏在各个村落,等候亮山的命令,整装待发。这三四十人是杜三秃子的死党,也是杜三秃子立足江湖的本钱,张天一把这些人捏在自己手中,不愁杜三秃子不重新返回战场。

仅仅一个下午,教育局的四周支起了岗楼,屋顶上又修建了工事,火力布置没有死角,尽管是深夜,张恩远几次试探性的进攻,都被日军的机枪打得头都探不出来。

打监狱却很顺利,不到一个时辰,就攻了进去,监狱的看守没有开枪还击,一溜烟地跑了,两名驻防的日军边打边撤,退进了教育局。两百来个犯人一拥而出,跟随西五会的人,撤离了县城。

张天一步入监狱长的屋子,摇通了县长办公室的电话,明确告诉孙国栋,带人解救他来了,只要县长在,县城就不属于日军。

孙国栋唉声叹气,劝张天一不要白费劲了,一旦县长离开,平民百姓就会遭遇生灵涂炭,县长的职责是保一方平安,既然跳进了火坑,就可他一个人烧吧。张天一还想问深陷虎穴的伊兰怎样,听筒里传出日本人叽里咕噜的话,电话便断了。

趁着教育局的佯攻打得正酣,张天一蹿房越脊,干脆夜探伊兰的家。

县政府后院县长的家，果然没有前院和教育局守卫得严密，张天一灵巧的身子躲过了明岗暗哨，跳进了伊兰的家。县长家的院子，堂屋的灯明晃晃地亮着，全家人谁也没睡，伊兰和她母亲紧紧地依偎在一起，睁着一双惊恐的眼睛。

伊兰的哥哥孙春城攥着一个冻透了的驴粪蛋子，不畏寒冷，前院后院到处乱跑，边啃边喊，好吃，好吃。看守前后院之间通道的日本兵，拿枪托拍了好几下他的屁股，都没阻止住他对驴粪蛋子的热爱，依然前后窜来窜去。显然，伊兰的哥哥成了十足的疯子。

孙国栋从县长办公室出来，站在院中，看着儿子那副样子，捶胸顿足，唉声叹气。一名日军推搡着孙国栋，用日语警告他，联队长找他问话，不许随便出入，把他赶回办公室。毫无疑问，县长也是人质，尊严丧失殆尽。

经历过日俄战争的古贺传太郎，对枪声有着敏感的判断，混乱的枪声中，他清晰地分辨出哪一声是火铳，哪一声是汉阳造，哪一声是辽十三，凭着这些微薄的火力，想攻打进来，简直是蚍蜉撼树。防守的事情，他交给了副官米井大尉，无须亲自指挥，他留在县长办公室，讨论的是如何出城剿匪，一举歼灭匪首亮山，如何捉住东北军的抵抗分子张天一，还孙县长一个朗朗乾坤。

孙国栋连连摇头，亮山匪患，一直以来是他的心头大患，时局一变，势力膨胀得无可限量了，出城剿匪凶多吉少。

古贺一笑，千军万马埋伏在虹螺山，隘口重重，都没阻挡住他的步伐，几炮就轰跑了乌合之众，集中兵力剿灭一股土匪，何谓其难？

孙国栋不语，反正该劝的话他已说完，胜负是你们之间的事儿，和他这个县长无关。

古贺没在乎孙国栋的未置可否,反倒安慰心神不宁的孙国栋,不要担心贵公子的病,日本医术高超,时局稳定下来后,治疗此等小病不在话下。

孙国栋还是没吱声,心里在说,你们不走,永无宁日。

张天一的脚步比猫还轻,比风还快,还是被疯疯癫癫的孙春城看到了,两个人目光相对的瞬间,屋里的灯光正打在孙春城的眼睛上,张天一看到两颗比星星还闪的光斑,随即,光斑消失。外面的枪声依然爆豆似的响,孙春城却浑然不觉,扭过身子,又向前院跑去,边跑边咬驴粪蛋子,嘴里喊着,好吃,好吃,妹妹,你也吃一口。

伊兰也快被哥哥的声音折磨疯了,可她不愿意走出屋子,她害怕无处不在的日本兵,害怕空中乱飞的子弹。哥哥啃驴粪蛋子倒也罢了,还从前院跑回来,"乓乓"地敲窗户,高低让妹妹出来陪他一块儿啃。

躲在暗处的张天一,从孙春城眼中的两点光斑中,迅速地捕捉出智慧的光芒。张天一的眼睛能直视太阳,孙春城眼里瞬间释放的光芒怎能瞒得住他如炬的目光?

伊兰到底被哥哥的声音折磨出来了,走出不远,被张天一拽进阴影里。伊兰吓了一跳,想喊,被张天一捂住了嘴,定睛一看是张天一,一下子软到了他怀里。两人进到了伊兰的闺房,伊兰低泣着,带我走吧,我爹顶不住压力,投降了,家里片刻也不想待。

张天一说,我们正在收复县城,解救县长,需要日军的情报。

伊兰抱着张天一,什么也不回答,一味地说,带我走。

就这样,张天一抱着伊兰,久久地抱着。教育局那边的枪声渐渐停了,张天一很清楚,既然劫狱的目标已经实现,佯攻也没太多的意义,子弹这么贵,还是省着点儿好。奇怪的是孙春城疯疯癫癫的喊声也突然停了,回到了与伊兰相隔一墙的屋子。

世界突然静下来,静得死了般,偶尔有几声狗叫,极力地唤醒死亡。

不知是屋子冷,还是真实的恐惧,过了好久,伊兰还在张天一的怀里哆嗦。别看伊兰在抗战宣传和募捐时那么活跃,那么泼辣,日军真的来了,她也是羔羊一般无助。张天一抚着伊兰的头,吻着她的额头、脸和嘴唇,告诉她,有哥在,不怕。

尽管两人紧紧相拥,曾经发生过的激情,没有心情再次重温,他们的身上压着同样的大山,就是侵入县城的日军。恐惧,浸满了伊兰身体每一个细胞。

与哥哥相隔的门缝,传来了"窸窸窣窣"的声音,像是老鼠偷偷摸摸地出来了,没多久,"啪嗒"一声,一个信封掉在了地上。张天一咬着伊兰的耳朵,悄声说,告诉你个秘密,你哥精明无比,没疯。

伊兰似乎不相信,扳过张天一的脑袋。张天一重复一句,你哥没疯。

张天一挣开了伊兰紧抱着的胳膊,走了过去,从门缝下捡起信,借着窗外的灯光,他辨清了里面的文字,是日军在县政府与教育局的布防,军官的名单,近日的军事计划。精通日语和英语的孙春城,在疯子面目的掩护下,把断断续续听到的内容完整地归纳了出来。

好了,知己知彼,百战不殆,张天一闪现出了更详尽的作战方案,他不再与伊兰缠绵,推开门,纵身一跃,抓住房檐下的椽子,一个鹞子翻身,转身上房,消失得无影无踪。

屋里传来了伊兰无助的哭声,撕心裂肺。

各部首领的军事会议在龙王庙村张恩远家召开,活跃在锦州以北的老梯子,深藏在热东清风岭的王老凿,两位远道而来的客人也被邀请进来。亮山摸着秃脑袋,粗糙地说了几句开场白,打仗不是劫道,咱不懂,我干儿子张天一东北军出身,他说咋打就咋打,谁不听命令,我就摘谁脑壳,听懂了吗?

地图画得再详细,这帮绿林出身的人也看不懂,张天一又一次在屋地上做出大沙盘,把县城四周的地形清清楚楚地模拟出来。张天一的作战计划叫瓮中捉鳖,分成大小两个包围圈儿,大的一圈儿沿着县城盆地四周的群山布防,由老梯子、王老凿等快速召集外地的抗日义勇军,所有的山头和路口,都不能有遗漏。

围绕县城周边的小包围圈,就是锦西血盟抗日救国军的家事。东部的虹螺山一线,离曹田屯最近,给了东五会的高荣轩,切断日军和锦州的联络通道。北面的五虎山,交给了杜三秃子,他们擅长守山,不过那三四十人,暂时留在龙王庙,等打完了仗,才能还给他。西北的北地碾子、南地碾子两个村,还有柴屯锰矿,交给了陈应南的闺女陈小娴,那些矿工都有些好身手,张天一放心。西面的龙王庙、上坡子、周铁屯、拉拉屯交给了父亲的西五会。东南面紧临县城的凤凰山还有南面高耸的狼洞山则交给了亮山。

一番布防过后,张恩远杀牛祭旗,与众兄弟再次歃血为盟,共度生死。大碗喝酒大块吃肉时,他又一次奋臂高呼,一腔热血给谁?给天,给地,给爹,给妈,给国,给家!

张天一无心喝酒,歃血为盟是长辈们的事儿,晚辈自有晚辈的事儿。面上的布防做完了,还有更隐秘、更仔细的事情没安排,除了自己,李树桢和亮山的儿子刘天柱,一直是枚闲棋,没做安排。

张天一有自己的考量,日本特务无孔不入,救国军的成分如此复杂,他连自己的舅舅都没看住,一不小心就当了汉奸,还能确保谁不会被日本人拖下水?从孙春城那里获得的情报,回来后,连总司令亮山都没告诉,都没经过训练,谁知道哪句话说走了嘴,传到日本人的耳朵里。他只能一对一地安排最关键的环节。

孙春城的情报清楚地告诉了张天一,两天后,松尾辎重队去锦州领取补给,古贺亲率一个骑兵中队、一个步兵小队出城剿匪。此场歼灭战,有两个重要节点,一个是怎么能让古贺有来无回,另一个是怎么让松尾辎重队在虹螺山里消失。

张天一最不放心的是高荣轩,两次关键时刻,高荣轩都找出了借口,撤兵自保。让高荣轩守虹螺山,阻挡松尾辎重队,无异于放虎归山。然而,高荣轩为副总司令,与亮山的过节那么深,若是表露出不信任,仗还没打,救国军就分裂了,后果不堪设想。好在他留下了后手,让李树桢秘密出发,潜伏到大小虹螺山的衔接处——钱褡子岭,那里是绝好的伏击地。只要把各村的民团都动员起来,就是一张天罗地网,苍蝇都飞不出去。

另一个重要的差事,张天一交给了自己曾经的姐夫现在的义兄刘天柱,让他和他的叔叔刘存山带着十几个枪法好的兄弟,监视日军,一旦发现日军出城,马上占据城西防土匪用的炮楼子,那里是城西唯一的制高点,日军想退回县城,那是必经之路。

万事俱备,只欠东风了,让谁吹这口东风,又不让日本人怀疑呢?张天一想到了一个人,那就是舅舅崔黑子,他不信崔黑子和刘芷芳消失得无影无踪,肯定在暗中监视着这一切。所以,他反反复复地让亮山出入龙王庙村,让古贺确定无疑地认定,龙王庙就是亮山的新老巢。

张天一不信古贺不上当。

24

崔黑子果真没有走远,通过各种眼线,把亮山每天的行踪都告诉给了刘芷芳。自然,刘芷芳又把这一切传递给了县城里的古贺。不过,崔黑子还是有所保留的,从来不向刘芷芳透露外甥张天一在哪儿。尽管刘芷芳不止一次地询问,张天一在干什么,崔黑子仅仅回答,黄毛小儿,不足挂齿。

刘芷芳说,人无远虑,必有近忧,你会后悔的。

崔黑子嗤之以鼻。

把东五会拉出去,蹲守虹螺山,是高荣轩最不愿意做的事情,他依然有保持中立的想法。倒是张天一的一番话,吓得他魂飞魄散,你不是没见过日本钢炮的厉害,长了眼睛般准,你以为据守曹田屯就安全了?防土匪没问题,若是防日军,墙高过房也白扯,你住的炕头就是日本人的活靶子,一发炮弹,全家人性命不保。

高荣轩无奈,筹备着把东五会拉到山上,坐山观虎斗,也未尝不可。

崔黑子到底还是跑回了曹田屯,还愿意在高家当管家,他向高荣轩打包票,日本人不会动他家一草一木。高荣轩没说什么,他多少还顾及些自己的脸面,抗日大势所趋,上万人围打一百多日本人,谁能胜,还不是明摆着吗。

高荣轩顾虑的不是眼前,而是将来,短短半年,整个东北都陷落了,即便亮山等人夺回了县城,还能坚守多久?倒是高冠雄坚决不妥协，催促父亲，既然答应了，就得拉上虹螺山，打出东五会的威风。

高冠雄感谢父亲将他心爱之人娶到家中，提出父亲年龄大了，受不了风寒，最好的尽孝方式是替父亲上山。

崔黑子不再坚持，再度以大管家的身份服侍少爷，由他张罗着，把武器弹药送到山上，让少爷替老爷指挥东五会。

高冠雄在虹螺山守了两天两夜，冻得不行，貂毛大衣都冻透了。第三天启明星亮起的时候，山下突然传来一连串轻微的马蹄声，影影绰绰的，高冠雄看到有五辆大马车行走在山下路上。他不知道山下的人是谁，也不知道松尾辎重队趁着凌晨人们正在酣睡之时，悄悄地出了县城的东门，去锦州领取给养。随着马车越走越近，朦胧的下弦月下，高冠雄终于辨出了，那是日军装束。

高冠雄喊了声打，举起驳壳枪，扣响了扳机，奇怪的是，枪没有响。东五会的其他人，听到了少爷的命令，拉起枪栓，推弹上膛，然而个个都是撞针空空的碰击声，没能击发出一粒子弹。

听到喊声，松尾催促着马车，跑得飞了般，没过多久，就消失在高冠雄的视野里。

一场伏击战，机会瞬间丧失，高冠雄痛苦地拍着大腿，他弄不明白了，这么多支枪，这么多子弹，怎么会一枪也打不响呢？

只有崔黑子知道答案，分发给大家的子弹用开水煮过了，打不响，再正常不过了。有人飞奔着跑回曹田屯，通报高荣轩，子弹有问题，高大老爷装聋作哑，权当没这回事儿。

东五会放过了松尾辎重队，坏事儿却变成了好事儿，李树桢的机会来了。

松尾辎重队来到钱褡子岭的时候,太阳已经升起一竿子高了。正是大寒节气,凛冽的风在大小虹螺山间强硬地穿行,即使阳光透彻地照射进来,也驱不走鬼龇牙时辰的寒冷,大地冻得坚硬成了一块石头。

从县城出发,走到这里,起码四十里了,松尾辎重队的人一直坐在马车上,纵使棉衣再厚,也被寒风打透,加上肚子饿,冻得缩成了一团,承受不住了,不得不停下来。他们从山坡上找到一堆柴火垛,背风向阳倚着柴火垛,添柴引火,埋锅造饭。

李树桢在山头上,将松尾辎重队的人一遍一遍数个通透,共二十九人,其中五个赶大车的,没穿军服,也没拿武器,衣服的样子,像是朝鲜人。李树桢笑了,对张天一钦佩极了,算得这么准,小鬼子去锦州拉给养,在钱褡子岭下歇脚,都被算计到了,真是军事奇才。

见到松尾辎重队停下来,他立马把人派出去,告诉附近村屯的民团,快速聚集,将这二十九个小日本团团围住,全歼,一个不留。

吃饱了烤暖了,小日本该养足精神头了,李树桢不会给他们这个机会,点燃一个火药桶,顺势从山上滚向柴火垛。一声爆炸,柴火垛燃起熊熊大火,锅翻了,马惊了,车跑了。松尾辎重队的人立刻分散出去,寻找土坎、田埂、沟畔做掩体,开枪还击。

附近村落的民团得到消息,八方打鼓,四面敲锣,有人拿着土枪,有人端着洋炮,有人拎着锹镐,呼呼啦啦上千人,蜂拥而至。他们凭借着对地形的熟悉,迅速占领了所有的高地和山头,把大块石头搬在身旁,充当礌石。

起初松尾用机枪开道,面向锦州方向,强行突围,可路口即是隘口,被人们滚下的石头、堆上的树木和柴草堵严了,爬上去挪开,就成了显著的目标,当了活靶子。松尾只好退回来,寻找掩体,靠武器的优势和单兵作战能力,困兽犹斗。

见到五辆大马车全都跑散了,李树桢心花怒放,他清楚地看到,日军的弹药箱子都在大马车上,大马车跑了,仅凭日本人身上携带的弹药能打多久?反正这是荒郊野岭,锦州锦西的日军得不到消息,一时半会儿增援不上来,他们消耗得起。他立即派人骑马追向马车,扛回弹药,那些才是他们奇缺的宝贝。

鼓声锣声越来越近,越来越密集,钱褡子岭四周人头攒动。松尾意识到,插翅难逃了,却依然奋力反抗,固守待援。毕竟,民团的武器太差,虽说声势浩大,命中率却不高,有几个民团的人,自以为枪法好,拿出打猎的姿态,站着射击,结果先被日军击中了。

打仗哪有不死人的,李树桢安慰大家,别慌,别撤,压缩包围圈儿,枪没日军的好,咱近距离射击,这么多人,靠撇石头也能把敌人埋了。

虽说每打死一个日本兵,都费了很大周折,毕竟日军人太少,死一个战斗力就要减少几分。从开打,到中午,两个时辰过去了,双方僵持着,松尾辎重队跑不了,民团也攻不下去。

李树桢睁大眼睛,盯着松尾,干掉这个辎重队的头儿,其他的日军就好收拾了。他没想到,这么一小股的日军,还有非战斗人员,就这般难打,几十发子弹发射出去,都被松尾闪转腾挪地躲了过去。

渐渐地枪声稀了,显然,日军的子弹快打光了,节省着进行有效还击。没有日军火力的压制,李树桢平心静气地瞄准松尾的藏身地,就在松尾探头观察的瞬间,他一枪击中了松尾的右眼。松尾捂着眼睛,茫然无措地跳了起来,身体完全暴露出来。一顿乱枪骤然响起,松尾命丧黄泉。

日军枪声顿时稀落下来,一股青烟从日军的藏身地升腾起来,剩下几个日军正在焚烧文件和钞票。人们壮起了胆子,包围圈越缩越小。

枪声引来了从县城方向飞奔过来的两名日军通讯骑兵,这两天,他们一直在这条路上跑来跑去,确保锦西与锦州之间道路畅通。他俩跳下马,本想将松尾辎重队解救出来,李树桢怕他俩跑回去通风报信,索性一块儿包饺子,或骑马或奔跑,带着上百人将两名通信兵围个水泄不通,直至分别击毙。

等到他们返回时,枪声已停,李树桢看到,仗打完了,数一数日军的尸体,一个不少,恰好二十九具,加上两名通讯兵,共击毙三十一人。

有几匹受惊的马,挣脱了缰绳,在山坡上乱跑,有人骑着自家的马,追上去,抓住战马,戴上笼套,牵回自家的牲口圈。还有一堆人围在被打死的马旁,挥舞着斧头或菜刀,分解马匹,背着一块块马肉往家赶。受伤没死的马,被人放了血,摆脱不掉被割肉的结果。

李树桢带着人将一团团人群围住,高喊着,停下。人们只顾抢东西,不听李树桢的高喊,李树桢冲天开了一枪。人们以为日军的援兵来了,刚要跑,李树桢大声喊着,别怕,别跑,日本人来不了这么快,可谁也挡不住日本人要来,你们也不想想,把尸体血迹都丢在外边,离哪个村近,日本人就会屠哪个村。听我的话,东西送回家,马上回来,拿回锹镐,找条远离村子的深沟,把尸体埋了,把所有的痕迹都擦干净了,一个子弹壳也不留在外边,像是啥也没发生过。

大家一听,有道理,各村带着各村的人,天黑之前一直在用洋镐、铁钎子刨坚硬的冻土,忙活着把日军的尸体埋了。

李树桢没时间打扫战场,带着他的人马,急速返回县城,那里的一场大战正等着他们去增援呢。

围剿古贺的大战是在日上三竿后拉开的,虽说县城的外围埋伏了千军万马,却都藏起了身子,不是在村落,就是在山岗。离城近的几个村庄,乱叫的狗被勒死,烀肉吃了,惊乍的鹅被拧断了脖子,炖进了酸菜锅。驴马骡牛都被借走了,牵到远离县城的地方,承担打仗的运输工具。

县城外的世界,一片死寂,见不到几家炊烟。

张天一趴在城西一个烟楼子里,拿着望远镜,不时地往城里望,他只盯着一个目标,老对手古贺。和孙春城提供的情报一样,古贺率五十多名骑兵,从南门出发,驮着好几挺轻重机枪,骄傲地挺拔身板,目空一切地直奔龙王庙村南的高地上坡子。石野率步兵小队,约三十人,从西门出发,跑步奔向龙王庙村,绕向村后,准备占领另一个高地——西山。

典型的骑兵突袭,步兵拦截的夹击战术,目标就是自己的家,亮山指挥部。

张天一拍了拍刘天柱的肩膀,刘天柱心领神会地爬下烟楼子,领着一群弟兄,分成两伙,向外跑去。一伙沿着女儿河,跑向城东,割电话线,要割出好几里长,日本通信兵想接都接不上。另一伙去城北,把从南票输送来的电线给弄断了,没了电,城里的日军就没咒念了,电报也发不出去。

既然是关门打狗,就得防备狗急跳墙,倘若县城里留守的那个小队和外部联系上了,日军的飞机眨眼间就能飞过来,仗就没法打了。所以,不能留下一丝纰漏。

切电源,割电话线,事先都准备好了,费不了多大的周折,刘天柱很快就做完了。看到古贺已经扬尘而去,石野步兵小队也不见了踪影,他带着自己的三个叔叔,还有老烧锅的十几位兄弟,背足了火药,奔向菜园子中间的炮楼子,一头钻了进去。那里除了炮楼子是制高点,周围全是开阔地。

张天一带着小号手,骑着快马,率领所剩不多的几位东北军的弟兄,跟踪在古贺的身后,增援上坡子。毫无疑问,上坡子即将成为主战场。

除了东北军的几个弟兄,张天一的身旁又多了一个帮手,那就是猎户郑世吉。大凌河之役结束后,郑世吉等于脱离了东五会,寸步不离地跟随在张天一的身旁。他是个知恩图报的人,张天一对他那么好,关键的时候,不能袖手旁观。同时,他也是个胆小的人,他需要侄儿张天一对他的保护。

出城三里,不待古贺接近龙王庙村,零星的骚扰就开始了,三五成群的人,从沟里冒出头,端起洋炮,远远地轰一下子,然后,骑马就往西南方跑。让土匪跑了,那是古贺联队长的耻辱,策马便追。另一伙人突然冒出头,也是远远地用洋炮轰,阻挡骑兵联队追击的速度。如此两番,古贺已经摸清楚了,洋炮不过是雷声大,雨点稀,弹片满天飞,射程不过百八十米,便加快了追击速度,直到上坡子。

正如张天一预测的那样,上坡子战斗一打响,古贺立刻采取中间突破、两侧迂回包抄的战术,机枪中队居中,两个小队为左右两翼,快速进攻上去。老梯子替张恩远带着西五会的部分弟兄守在这里,老梯子是何等精明,不可能让西五会的人被日军包围吃掉,按事先设定的路线,疾速撤退,把古贺引诱进龙王庙村西南方的南门沟。

来自各地的上千名义勇军突然冒出头来,迅速拉开大网,企图在南门沟形成合围。久经沙场的古贺,马上意识到犯了轻敌的错误,没有抢到有利地形。他快速调整战术,停止追击,以机枪为支撑点,组成弧形反击圈,切断包围圈的最终形成。

张天一不得不佩服古贺,所有的进攻点都在火力的控制之下,莫说是滚石头、撇砖头没用,就算有手榴弹,也甩不了这么远。还有他们的战马训练得比人还懂事,匍匐在岩石之下,多么爆裂的声音都纹丝不动。

西五会和各路增援上来的义勇军,挥舞着杂乱不一的各色旗帜,亮山、西五会、震东洋、"羿"字号、东北军、老梯子,还有青天白日满地红旗帜,反正能举的旗帜都举了起来。满山摇晃,锣声、鼓声、钢盆声,还有杀小日本的呐喊声,和旗帜相互呼应。张天一在制造一种声势,只要能鼓舞士气就行。

真的交起火来,火力的差距立刻显现出来,西五会和义勇军大多是土枪火铳,射程近,准确度差,与古贺联队的精良武器装备是天壤之别。然而,人海战术加地形优势,古贺骑兵的优势,在山区也无法发挥。机枪的优势突显了出来,山上岩石后的人,只要一冒头,机枪的子弹就扫过去。

双方就这样僵持着,一直到晌午后。

僵局是被军号声打破的,张天一命令小号手张响奔跑在各路义勇军的身后,每跑一百米,吹一段冲锋号。新兵怕炮,老兵怕号,古贺的骑兵联队也知道流传在中国军队的口头禅,山上到处吹冲锋号,那就意味着山上的土匪要不顾死活地冲下来。

古贺命令机枪手,追着号响的地方打。

老猎户郑世吉抓到了探头的机会,操起张天一赠给他的辽十三,沉静瞄准,一枪打爆了机枪手的头。机枪手的尸体向后一仰,失控的机枪斜过来,枪口恰好歪向了郑世吉。郑世吉补上一枪,子弹直接钻进了机枪的枪膛。一挺机枪毁了。

少了一个火力点,封锁的范围便出现了空当,趁着机枪扫射得不那么密集,西五会和义勇军一个接一个地往下蹭,越来越接近沟口的古贺。

僵持的平衡点开始倾斜。

张天一拍拍老梯子的肩头,让他领头,拖住古贺,不让日军撤退。若是古贺与石野兵合一处,形成火力支撑,那就麻烦了。他挥旗指挥小号手,继续到处吹冲锋号,迷惑敌人。自己带着郑世吉和几名东北军的弟兄,增援龙王庙,那边的枪声特别激烈,父亲没有作战经验,不像老梯子,与小日本打过好几仗了,有经验,有招法,日军相互间的喊话,也听得懂,他相信老梯子定能让古贺焦头烂额。

龙王庙之战,打得异常艰苦,双方都争抢西山高地。石野步兵小队从东面和南面两面爬山,张恩远带领的西五会从北面爬山。双方在山头开始激战,四挺机关枪一起扫射。西五会终因火力不足,无法抢到制高点。

虽然如此,占据高地的石野小队也占不到多少便宜,本来人就少,事先派出的三个尖兵,沿着村里去侦察,一个也没回来。听到龙王庙响起了枪声,热东来的王老凿带着多路义勇军,增援了上来。没有遭遇到日军的亮山，恐怕结盟兄弟吃亏，带着他的人马，还有整个刘氏家族，靠拢过来。加上周边村子的老百姓，足有上千人，将石野步兵小队团团围住。

张天一增援上来时，仗已经打了一个时辰了，日军有伤亡，西五会和绿林也有伤亡。

父亲张恩远用儿子教他的方法，匍匐上去，亮山用机枪在他身后掩护射击，他举起驳壳枪，近距离击毙了日军机枪手，跳上去抢机枪的时候，被另一日军开枪击中了右手腕，顿时筋断骨碎，血如喷涌，莫说是摸枪，右手都保不住了。幸亏二叔张恩发也是枪法超群，一枪击毙了还想开第二枪的日军。亮山的火力压上，张恩远才得以从山下脱身。

老烧锅刘氏家族中的一家兄弟三人，穿过村子，从日军的后面上山，本来往上摸得挺顺利，与日军短兵相接时，却吃了大亏，前赴后继中弹牺牲了。虽说如此，却也击毙了三四名日军。

亲人阵亡，亮山报仇心切，架起机关枪，和日军对射。张天一火冒三丈，绿林出身，就是我行我素，事先布置好的用围点打援的招法，实现瓮中捉鳖，亮山却把战术全丢在了脑后头，居然没攻县城，跑回了龙王庙。

不容分说，张天一将亮山拉出战场，违反了军规，总司令也不行，他挥起鞭子，猛抽亮山的屁股，鞭刑二十之后，让亮山带着自己的队伍，马上攻打县城，龙王庙之战有他这个参谋长在呢。

二十鞭子，浇灭了亮山复仇的火焰，心甘情愿地承受过鞭刑，他带着本部人马，快速地向县城奔去。杜三秃子见大势已定，怕张天一没收他那三四十人，从五虎山上下来，配合亮山，一块儿攻城。

亮山留下的机枪，张天一交给了自己带来的东北军，毕竟他们受过训练,不会盲目射击。在机枪的掩护下,郑世吉爬上了离西山最近的一株大树,卧在一根粗壮的枝干上,寻找好一根树枝,架稳他的枪。

张天一让郑叔只做一件事,藏好身子,不能让大树成为目标,别人不打,专门瞄准穿军官服的日军,一枪毙命。

连郑世吉自己都不知道,他一直瞄准的军官,就是步兵小队的队长石野中尉。枪声响过,正中石野左胸,郑世吉豹子般"唰"的一下子,从树上滑下,转瞬间,大树成为目标,子弹雨一般扫过,藏身的地方立刻被打成马蜂窝。惊悸之余的郑世吉,滚到沟里,大口喘着粗气,冲着张天一竖了下大拇指,示意成功。

张天一盘算了一下,石野步兵小队起码阵亡了三分之一,指挥官也丧了命,已不足为患了。父亲虽然受了伤,脑子还清醒,还有王老凿等绿林兄弟帮衬,领着围攻残敌,不成问题。他便带着郑世吉和几名东北军撤了下去,顺路赶到南地碾子,带走了陈小娴和她手下的二百多名矿工。

一切按作战计划进行,大战的关键节点马上来临,那就是围点打援,全歼日军,在此一举。亲自坐镇指挥的张天一,需要一批守规矩的人马,满县城只有陈小娴带来的矿工,受过纪律的约束,堪当此任。张天一带着东北军和郑世吉爬上了城西与炮楼子相对的烟楼子上,矿工们埋伏在烟楼子两侧的房顶上。炮楼子和烟楼子之间的开阔地,就是古贺骑兵联队的葬身之地。

25

亮山猛攻县城时,李树桢从钱褡子岭赶了回来,同时,也把钱褡子岭全歼松尾辎重队的消息传播了出去。围打县城的队伍顿时一片欢腾,李树桢用缴获的机枪,向固守县城的日军宣誓火力。

别看守县城的日军只剩下一个小队,防卫得却不保守,县政府、教育局、监狱、学校外围民房的房顶全都构筑了工事,进攻的所有路径,都在交叉火力的覆盖下。几门迫击炮严阵以待,一旦哪里遇到重点攻击,炮弹立刻支援上去。

守城的小队长村上中尉,拿出了大佐架势,把每一名日本兵的战斗力提升到了一个班。村上无所顾忌的原因,是手中握着王牌——人质。县城的士绅、商户、官吏,包括县长的一家四口人,都是他的人肉盾牌,遇到危机,随时推上去。

亮山以为,三四百人围攻三十多人,还不是小菜一碟。可是,打了半个时辰,除了打死了一个出来进去反复侦察的军曹,其他的日本兵,连毛都没伤到。难怪干儿子张天一告诉他,不许强攻县城,把声势造足就够了,围城的目的是打援。

枪声、爆炸声是声势,还有一种声势,那就是放火。隔墙放火,那是绿林好汉们的拿手好戏。一时间,日军防守的前沿,浓烟滚滚,火光冲天。

亮山喊,狗日的,熏也要熏死你们。

一个苍老的声音传了出来,房顶上,一个老士绅颤颤巍巍地站起来,哀求道,亮山啊,别打了,我们还在里边呢。

亮山抬眼望上去,房顶上站着一排人质,他的头大了。

龙王庙的战场,人越聚越多,百里外的人都赶着马车,骑着毛驴来了。有人跟着打仗,有人站脚助威,西五会占据了绝对优势。可是,真的想歼灭石野步兵小队,不比狗啃骨头容易。不怕死的刘氏兄弟,已经死了,敢夺机枪的张恩远,手腕被打折了,枪都不能拿了。再也找不出更勇敢的人,爬上去与日军近战,双方在僵持,反正我攻不上去,你也逃不出去。

日军如此顽强,因为他们的小队长石野并没有死,郑世吉的那一枪,只是穿过石野的肺部,暂时昏死过去罢了。石野恢复意识时,清楚地明白了,剿匪已经失败,反被土匪围剿了,必须求得古贺联队的支援,突围回城。一名军曹在机枪的掩护下,兔子般脱离战场,直奔上坡子。

张恩远和王老凿居然谁也没发现。

逃出去的军曹把石野身负重伤、步兵小队面临全歼的危险告诉了古贺。古贺沉吟片刻,回头向县城方向望去,那里浓烟滚滚,火光冲天,他知道,此次剿匪功败垂成,不但没消灭亮山,活捉张天一,自己还损失惨重,悔不该不听县长孙国栋的劝阻。

古贺先把通讯小组和军医派过去,增援石野,自己亲率一个中队两个小队,交替掩护,边打边撤。他要率机枪中队增援县城,另外两个小队速奔龙王庙,救出石野。

小号手张响最先识破古贺的意图,张天一说过,拖住古贺,分而围之,各个击破,是最佳战术,如今古贺想跑,这还了得。小号手急得跳在一块石头上,真正冲响了冲锋号。西五会也好,义勇军也罢,根本不懂得号,更何况小号手一直吹冲锋号迷惑敌人,现在,真正号令大家冲锋时,大家反倒熟视无睹了。

这种蛊惑人心的军号,早就让日军心烦不已。在此之前,藏着身子,到处乱吹,不过是扰乱他们的军心而已。现在,号手跳到了岩石上,号声突然变得更加急迫而嘹亮,透露着一股杀气,明显地号令三军,全体冲锋。别看西五会、义勇军听不懂号,日军却明确地猜出了,哪个是假冲锋,哪个是真冲锋。几挺机枪不错时机地同时扫过去,小号手大睁着眼睛,身子直挺挺地倒下去,至死他还在遗憾,日军已经挺不住了,漫山遍野的人,为什么不冲下去,一鼓作气,全歼残敌?

小号手滚下山崖,直至一棵虬状的油松收留了他,右胳膊不知折断了多少处,那只压扁了的军号依然牢牢地攥在手中,即使眼睛里扎进了松针,依然睁得圆圆的。

没人懂得他的号声,小号手死得很委屈。

几挺机枪泼雨般向山上扫射,古贺骑兵联队在机枪的掩护下,跨上战马,飞一般地逃离了战场。两个骑兵小队快速穿插到龙王庙,西五会的人没等把火药塞进火铳子里,日军的骑兵便旋风般冲进来,人们只好闪开,战场上的平衡立刻被打破了。

张恩远眼睁睁地看着骑兵小队把步兵小队救走了,没有一点儿办法。儿子交代过,一个不放过,可他抵抗不过骑兵,全放跑了。好在骑兵救走的一多半是尸体,全胳膊全腿的没几个。那个命大的石野,也没多活几个时辰,军医没救过来,死了。

张恩远想,反正儿子那里还有一道埋伏呢,自己带着西五会,追上便是了。

古贺骑兵联队的战马,是关东军中最出色的战马,从上坡子撤下来,风一般快,没多久就赶到了城西菜园子。可再快的战马也跑不过子弹,菜园子中间那座炮楼子,山一样挡在骑兵的面前,炮楼子射击孔里的子弹,飞蝗般射出,挡住了骑兵。

围城打援,让古贺骑兵联队有来无回,守住炮楼子至关重要。张天一在烟楼子上挥舞旗帜,埋伏在南边高坡处的亮山和李树桢的部下立刻冒出头,一齐开火。北侧埋伏在烟楼子两旁平房上的人马,早就耐不住性子了,张天一的小旗一落,马上和炮楼子里的火力交叉在一起,封锁住了古贺回城的路。

回城路途被封死,后边大兵压境,古贺联队插翅难逃了。

打死古贺,让日军群龙无首,空旷的菜园子,日军的火力再强,也是无处藏身。张天一举起铁喇叭,冲着炮楼子里的刘天柱喊,穿呢子大衣的是小日本的指挥官古贺传太郎,打死他。

一顿乱枪,一齐打过去,日军听懂了张天一的喊话,机枪围着古贺,形成火力压制。可是火力再强,也敌不过炮楼子居高临下的优势,虽说枪不准,射出的枪砂与子弹很零乱,都朝着一个目标打,还是有一发子弹击中了古贺的肚子。

日军不惜战马,给古贺当掩体,挡住了炮楼子的视线,军医忙给古贺做包扎。机会留给了张天一这一边,同样,烟楼子也是制高点。张天一问郑世吉,能不能打中古贺?

郑世吉目测了下距离,起码二百米,他感受了一下风速,平心静气地瞄准,从掩护古贺的日军缝隙间寻找到了古贺的身体,一枪打过去,子弹从古贺的左肩处射入,横穿整个胸部从右腹部射出,他手中的指挥刀再也举不动了。

和每一次打野兽一样,虽说没将野兽一枪毙命,但他清楚地知道,贯穿了内脏,还能活多长时间。他很清楚,古贺肯定救不活了,这么一想,他的手哆嗦了起来,再次端枪怎么也瞄不准了,好像古贺的魂儿提前飞出来,落在了他的准星上,压迫得他枪都拿不稳。

毕竟,这是郑世吉这辈子第一次知道打死的人是谁,若是不知名姓,他只当穿黄衣服的日军是狼,是土豹子,是猪獾,扣过扳机,埋下头,身子滚进旁边的掩体,把眼睛一闭,权当休息,就不会产生心理负担。

几名日军背起古贺,相互交叉掩护,企图撤到安全地带,实施战场急救。张天一不可能让他们逃走,郑叔的手抖了,他的手却平稳得很,睁开他能直视太阳的眼睛,盯住掩护古贺的日军,一发接一发的子弹直追过去。弟兄们随着张天一,数不清的子弹直追过去。

日军一个接一个地阵亡,却不畏生死,前赴后继地掩护古贺。张天一清楚地看到,替身负重伤的古贺而死的,有日军的大尉副官,有勤务兵,也有少尉和军曹。最终,他们还是把古贺拖进了能掩藏身体的秫秸帐子里。

古贺撵走了最后一个守候在他身边的日军,向替他指挥的机枪中队长下达了最后的命令,攻下炮楼子,回师县城。

身旁无人的古贺,知道秫秸帐子被绿林土匪盯上了,不安全,挪动着身子,爬进了一个院落,藏进了一座牲口棚里。

西五会的人从后边追了上来,也围向了菜园子,怕被机枪打中,一个接一个往民房里藏。不知是谁发现了古贺,喊了一嗓子,好几十人一起围过来。此时的古贺别说是抽刀拿枪了,就是把手举起来的力气都没有。

古贺瞪着眼睛,从未想过,自己的死,和强大的对手没有任何关系,被乱棍打死,他死得憋屈,死了也闭不上眼睛。

古贺一死,大局完全掌控在张天一的手中,可他还是低估了日军的战斗力,没有古贺的古贺骑兵联队,在机枪中队长的指挥下,集中起轻重机枪,对炮楼子发起了猛攻。一个接一个日军士兵,抱着一捆捆柴火,哪怕身体被打烂了,也要拼着最后的力气,把柴火堆到炮楼子下面。

很明显，对于炮楼子，轻重武器全都失效，日军要进行火攻。

张天一着急了，这正是炮楼子的软肋，他想起了小号手，让小号手吹号，此时此刻，就不能怕牺牲了，趁着日军伤亡惨重，立即冲锋上去，可以迅速地解决战斗。刚刚赶过来的老梯子，悲伤地告诉张天一，小号手牺牲了，号也摔瘪了，没法吹响。

张天一狠狠地捶了下墙，土坯墙上的土，扑簌簌地掉下来，落在了他的头上。看着机枪喷着火舌，封锁着炮楼子的射击孔，张天一的手安抚在郑叔的后背，对郑世吉说，不要害怕，就当是打豺狼，打猛虎，狼虎不除，吃掉的就是咱家的孩子，毁掉的就是咱的家，想不断子绝孙，就得把他们消灭光，郑叔，你已经消灭了四个豺狼，拿出刚才的豪气，把豺狼消灭光。

在张天一的安抚声中，郑世吉重新鼓起勇气，虽说还有一些紧张，手却不那么颤抖了，他接连发出两枪，分别打在了日军机枪中队长的两条腿上。张天一感觉到了，郑叔的心软了，打过古贺那一枪后，突然冒出了杀人的心理障碍，只有在没要对方性命的前提下，才能找回打枪的手感。

好在两枪中有一枪贯穿了大腿的血管，血流如注，接替古贺的指挥官再也无力指挥，丢下机枪，昏死过去。

日军前赴后继地爬向炮楼子，点燃了堆在那里的柴火，在雪野里泡了半个冬天的柴火，冒着浓重的烟，无孔不入地往炮楼子里钻。最先承受不住烟呛的是刘天柱，从炮楼子上跳下来，好在他练过功夫，落地之后，就地十八滚，没有摔伤。

亮山看到儿子跳下来了，完全暴露在日军的火力下，生怕被日军打死，抢过李树桢的机枪，站起来，倾泻着子弹，拼着老命也要掩护儿子,让儿子快速向自己跑过来。

其他的人,就没那么幸运了,有的跳下来,摔伤了,被日军用刺刀捅死,有的跳下来,虽说没摔伤,奔跑的时候,直接被日军开枪打死。只有两个人和刘天柱一样幸运,留条性命跑了出来。

其他的人,见跳下去也是死路一条,干脆选择了坚守,用水蘸湿布衫,裹住鼻子和嘴,忍着烟呛,紧贴着射击孔,顽强地向外开枪,期盼援兵快点冲过来。

大火最终还是烧进了炮楼子,点着了里边的火药桶,一声剧烈的爆炸声中,炮楼子里剩下的九个老烧锅村里的人,全部阵亡,其中就有亮山的三个亲弟弟。

亮山大叫一声,嘴里喷出了一口鲜血。

缺少了炮楼子做支撑,阻击的力量顿时削弱了一大半。剩下的日军,不但能从容地穿过菜园子,还找回了古贺的尸体,和其他阵亡者的尸体,搀扶着伤兵,从城西打开一个缺口,与县城的日军会合在一起。

张天一数了数,进城的日军死了一多半,剩下的几乎人人带伤。加上钱褡子岭全歼的松尾辎重队,消灭的日军数字已经很可观了,假如北大营那一夜,七旅绝地反击,也不一定歼灭这么多日军。

围城打援,目标是全歼,张天一虽然遗憾,但也知足。毕竟是一群从没打过仗的散兵游勇,用土枪土炮石头锄头打死了七十多个训练有素的日军,自己伤亡才十几个人。打仗的目的是消灭敌人,保护自己,教官肇参谋教给的作战技巧,他已经灵活地运用到了战场上,和"九一八"那夜相比,这是个不得了的大胜仗。

现在,他们已经把县城团团围住了,四面楚歌的日军,只剩下被瓮中捉鳖了。今夜,就要发起总攻,张天一有信心将最后的四十几个日军彻底地消灭光。

苍黄的大日沉了下去,爆豆般响了一天的枪声渐渐稀了,一股股浓烟却没有停歇的意思,在远山和落日的注视下,直上云霄,像一桩桩擎天的柱子。死去的英雄需要祭奠,受伤的兄弟需要治疗,好几千张嘴呢,光顾打仗,连口热汤都没喝。

不再有日军的侵扰,县城四周的村落,炊烟重起,到处飘散着炖酸菜和蒸馒头的香气。仗还没打完,这么冷的天,不把各路血盟抗日救国军、义勇军、绿林兄弟们的肚子喂暖,怎能提振起士气?

于是,水筲穿上棉衣,装满猪肉酸菜炖粉条,笸箩捂上棉被,堆满暄乎乎的馒头,纷纷担到包围县城的各路英雄面前,让他们管够地吃。县城外呈现出过年才有的热闹气氛。

死气沉沉的,只有县政府和教育局。剩下的几十个日军,瞪大眼睛,困兽犹斗。亮山也是瞪大眼睛,死死盯在教育局的大墙外。转眼间三个亲兄弟和三个叔伯兄弟,生死两隔,此仇不报,枉当一回血盟抗日救国军的司令。

城外,不时有零星的枪声传来,有人向张天一禀报,有三五个骑着快马手持短枪的人,到处骚扰,打两枪就跑,带头的是个女的,好像是刘芷芳。打县城的人马中,袁凤台的亲属起码有上百个,他们寻仇心切,肯定会死盯着刘芷芳不放。

打击外围的骚扰,有他们就足够了,刘芷芳没有重武器,也没有援兵,不过是纠集起来的几个潜伏下来的特务而已,小泥鳅掀不起大浪。张天一全部的心思都放在县城,他在思考,怎样用最小的代价,迅速全歼守城的顽敌。

打县城的参谋部暂时设在了郑世吉的家,郑叔的家离教育局较近,临阵指挥方便,郑婶把屋里烧得很暖和,冻了一天的张天一,需要缓一缓。正当张天一面对自己绘制的地图冥思苦想时,院里进来一位不速之客,日本商人多田。

县城外人山人海,各路英雄围得水泄不通,满街都是巡逻的人,多田是怎么渗透进来的,又是怎么准确地摸进他的屋子?张天一打了个冷战,如果多田是举着枪进来的,正对着自己的后脑勺,自己就会和袁凤台一样,被日本人斩首了。好在多田是褪着袖进来的,进门就是鞠躬,没有动武的意思。

防备得如此松懈,哪里像个军队,这一点,张天一不得不折服日军,狼一般机警,虎一样凶猛,无论单兵素质、战斗力,还有警惕性,血盟抗日救国军差得十万八千里呢。打完这场仗,必须整肃军纪,哪怕整顿得只剩下几百人,也要练出一批精兵强将。

警惕所有日本人,植根于张天一的骨髓,他不由自主地拔出了枪。

多田很平静地坐在炕沿上,他不是第一次见到张天一拔枪了,他相信自视为盖世英雄的张天一,不可能对一个手无寸铁的人开枪。何况,既然敢孤身前来,早就不惧生死了。他说,两国交兵,不斩来使,何况我只是一个说客而已。

张天一的恼怒更多的来自羞耻,自己的参谋室,应该是森严壁垒,日本人居然想来就来,如入无人之境。他大声喊着,来人,把多田捆上,押下去。

多田不甘心被绑缚,那是对他贵族血统的亵渎,他可以成为张天一的阶下囚,但不能像牲口一样被捆绑着。他说,我是商人,不是军人,商人解决问题的方式是协商,能用钱解决的问题,决不动武。

张天一冷笑一声,协商?大半个东北都被你们鲸吞了,除了杀戮就是掠夺,有这种不让对方说话的协商吗?

多田说,起码我不是,只要我耐心等一等,等到军队占领之后,陈应南的煤矿、锰矿,还有其他矿山,我便唾手可得,用得着用真金白银购买吗?我还知道,这笔钱陈应南交给了你们,变成了武器、弹药。你们是拿着我的钱,买了武器,打我的同胞。我若是军人,这就是滔天大罪,可我是商人,等价交换是基本原则,既然我把矿山买下,必须付款。

张天一怔了下,多田的做法,的确有悖常理。

多田接着说,中国有句古话,和为贵,战争只能增加仇恨,我在锦西县有这么多产业,不想毁于战火,你们放了被困的关东军第二十七骑兵联队,我会说服依田旅团长,不再计较阵亡的官兵,既然是战争,难免有伤亡,谁都要面对现实。

张天一终于明白了,归根到底,多田是想不费一枪一弹,救走剩下的四十多个日军。他忽然想到了暗中送情报的孙春城,一个文弱的书生,被多田绑架了,弄得人不人鬼不鬼的,来东北的日本人全民武装了,连老太婆都会拼刺刀,他不信多田只是一个说客,不能上日本人的当。

管他妈你是不是贵族,张天一喝令,绑了,咱也拿他当人质,换回县长一家人。

多田瞅着地图说,慢着,让我猜猜这场仗你想怎样打,我若是你,肯定选择火攻,把各家各户的油都收缴上来,抛入教育局和县政府,顺风放火,用不了多久,二十七骑兵联队就会全军覆没。

张天一瞅着多田,眉头拧在了一起,他的谋划不幸被多田猜中。

多田接着说,当然,你也有顾虑,士绅、商户会与骑兵联队的官兵玉石俱焚,你们和他们的后代便结成了世仇,从此,锦西县永无宁日。

张天一烦了,一个日本人,把事情分析得如此透彻,简直是可怕极了,他打断了多田的分析,直截了当地问,你究竟想干啥?

多田说,维护我自己的利益,战争会增加仇恨,仇恨会让我失去职员,失去矿工,失去经商开矿办厂的和平环境,一个毁灭掉的锦西县,不符合我的利益,也不符合锦西县各界民众的利益。时间给你们留下的不多了,今晚若不能和平解决,天亮以后,关东军的飞机便会狂轰滥炸,一切恶化得不可收拾。

张天一说,说得天花乱坠也没用,这个人质,你当定了,我要拿你换回县长一家人。

吃饱大块炖肉,喝足爽口暖心的酸菜汤,如血的晚霞"倏"的一下子,被老天爷吸光,天"唰"的一下子黑了,各路人马举着火把,开始轮番进攻。张天一思忖着多田的话,这场仗确实不能拖到天亮,除了火攻,其他的办法都不能立即见效。

学着日军进攻炮楼子的办法,各路人马开始往教育局和县政府的墙外甩柴火,准备火攻,几千人一起怒吼着,烧死小日本,烧死小日本。张天一就是营造这种气势,逼迫日本残兵迅速投降,否则死路一条。

教育局和县政府房顶上的工事居高临下地摆好了阵势,机枪口黑洞洞的,迫击炮、掷弹筒严阵以待,随时轰向最危险的方向,尤其是日军旗手,把军旗裹在身上,望着墙外的柴火,做出了一种与军旗共焚的姿态,表示宁愿玉碎,不求瓦全。几天前被杀的六个日俘,给残余的日军带来巨大的阴影,被俘不仅可耻,而且性命不保,死拼到底,是他们唯一的选择。何况他们坚信自己的战斗力,一定能守到援兵赶到。

　　火攻,是无奈之举,张天一早就喊出,攻城的目的是保家卫国,消灭日寇,救出县长,救出士绅商户。如今,把所有的一切付之一炬,显然不是上策。亮山早就豁出去了,高低要像火烧赤壁那样,不把小日本烧得精光,决不罢休。

　　万事俱备,只欠火上浇油,油从哪里来,当然是大户人家,小民小户一年就那么一瓶油,打死也舍不得交出来。大户人家的家长,都成了人质,让他们拿家里的油烧死自己的亲人,不但油要不出来,还跑出来阻挡人们抱柴火。

　　战场上出现极其别扭的一幕,一百多人奋不顾身地跑到两军之间,阻挡着各路人马攻打教育局和县政府。亮山大声央求着,舍不得孩子套不住狼,没有别的办法,只能玉石俱焚,驱逐日寇,哪有不死人的,今天我家六个兄弟,都死在战场上了,权当他们为国捐躯了。

　　被日军当成人质的人,哪一个不是家族的顶梁柱,一百多口人都指望他们活着呢,谁也不肯让步。最有效的进攻方式,就这样被阻拦住了,张天一犹豫了,没再督促进攻,他在惦记着伊兰,大火无情,谁能保证伊兰不会葬身火海?那可是他的心肝,舍得自己的命,也舍不得伊兰呀。

　　房顶的工事里,每个日军的前边,至少挡着一个人肉盾牌。士绅们惊恐万状,大声喊着,亮山啊,谁都知道你是英雄好汉,我们和你们家世代相交,情同手足,可不能不顾我们的死活。

人质中，唯有曹凤仪的喊法是另一种滋味，老朽活够了，高僧说我修炼出了舍利，那就让我涅槃吧，让我在火中永生，你们能捡到奇世的宝贝。见到大家没听懂，他直截了当地催促着，赶快点火呀。

曹凤仪的意思再明白不过了，他已经豁出去引火烧身了。日军堵住曹凤仪的嘴，把他拖下房子。

既然火烧连营的架势摆出来了，为啥不点上一把火？可是，这是个艰难的选择，毕竟，县长和县里有头有脸的人都在里面呢，谁也下不了这个手。是否采用火攻，亮山与张天一也产生了严重的分歧，争执不下。

总司令和参谋长意见不合，会动摇军心的，李树桢将他们拉进了郑世吉的家，回避了大庭广众之下，等争出个子丑寅卯，再让各路人马执行。

刚一进屋子，两个人互不相让地拍桌子瞪眼睛。

亮山的态度非常鲜明，烧，烧毁一切，尤其是烧死孙县长，他一点儿也不心疼，谁让孙县长总想剿灭他，若不是孙县长引狼入室，举着小旗迎出去，日本人还不敢长驱直入，占领县城呢，这一次就把孙县长和日本人一勺烩了。还有那些士绅商户，更是为富不仁，大难来临之时，只求自保，脸都不要了，跟着县长一块出城，一副奴才相，丧家辱国呀，连一条好狗都不如。

张天一丝毫不让，血盟抗日救国军，杀的是日寇，救的是民众，不能不顾一切地纵火烧城，何况，县长是国民政府存在的标志，收复的县城，不能没有县长。

亮山拍着胸脯说，烧死孙县长，还有刘县长呢，我又不是没当过县长。

张天一苦笑一声,县长是国民政府任命的。

亮山说,狗屁政府,日本人来了,全跑了,谁打江山谁坐殿,县城是我打下来的,县长就归我做。

张天一说,绿林作风,士绅商户官吏都烧死了,县城也成了废墟,士农工商学快损失光了,你给谁当县长,谁又能服你当县长?

亮山说,傻小子,只要有一个日本人留在县城里,锦西县就不是咱们的,和毁灭没啥区别,别跟我打马虎眼,你实话实说,是不是舍不得县长家的闺女?

张天一急得团团转,最后不得不说,别觉得咱们了不起,东北军一个旅打不过一个日军联队,咱们快把古贺联队打光了,是因为他们钻进了咱们的口袋,让咱们的土枪土炮随便打,没有孙县长委托伊兰递出的准确情报,咱一个日本兵也打不死,没良心的事儿,我不做。

即使逼到了这个份儿上,张天一依然守口如瓶,没肯透露出孙春城是装疯。

亮山说,你要算大账,不用火攻,那就得豁出几百条人命,否则根本攻不上去,咱们这帮人,让谁送死,谁都不干,除了让里边的人陪葬,没有别的办法,就算他们为国捐躯了。

张天一死活不肯。亮山一甩袖子,临走前丢下一句话,不用火攻,这场仗,你带着打,老子不管了。

举着火把,再度进攻教育局,张天一发现,靠一枪一弹和日军对攻,人再多也打不出优势。火攻不成,只能希冀于日军的弹尽粮绝了。他让人从民房里卸下大锅,把两口大锅扣在一起,命人背着大锅,学着乌龟,爬到教育局墙下,把大墙凿开一个洞,从洞中攻进去。

最初的时候,铁锅真的能抵挡住子弹,重机枪的子弹扫了过来,威力骤显,生铁铸成的铁锅,再也承受不住子弹没完没了的冲击,炸裂开了,眼看着单层铁锅没法护住身子,里面的人赶忙逃了回来。再想用铁锅当掩体往上冲,房上的日军早就做了准备,直接丢下手雷,铁锅被炸碎了,人也随着铁锅四分五裂。

凿开的墙洞,日军没有拿砖石堵,索性把孙春城拎过来,挡住墙洞。孙春城咬着砖头,大喊着,好吃,好吃,声音高过了枪声。

张天一立刻停止了从墙洞处突破进教育局,别人不知道,他很清楚,没有孙春城的准确情报,他们不可能一举消灭七十多个日军,即使再想一举歼灭日军,也不能牺牲这位装疯卖傻的无名英雄。

进攻教育局唯一的缺口被堵住了,张天一绞尽脑汁也没想出更有效的办法,双方对射的子弹,基本上属于无效射击。

攻城战打得乱七八糟。

后半夜,传来两个坏消息。高荣轩高大老爷在曹田屯按兵不动,不肯配合进攻县城,其他队伍人困马乏,越打越懈怠。另一个消息更坏,崔黑子趁人不备,偷袭了看押地,放跑了多田,交换人质成了泡影。

第七章　收复县城

26

枪声在凌晨时刻,渐于平息,打了一夜,毫无结果。守城的日军,夜猫子一样,有个风吹草动,子弹就追过去。攻城的各路兵马,脸冻紫了,脚冻木了,身子冻僵了,手冻得枪都端不住,人也累得不行,不停地有人往屋里钻,去暖身子,焐手,打瞌睡,有人干脆往炕头一趴,倒头就睡,拽都拽不起来。

张天一不再强行让大家进攻,一盘散沙,团起来,实在不易。仗打赢了,无论哪路人马,猛虎般穷追不舍,恐怕战利品抢少了。攻难克坚,啃起硬骨头,莫说是狗的耐性、蚂蚁的韧性,就连蜜蜂的纪律性都没有,舍生忘死的劲头儿,还不如老鼠。这样的队伍,承受不起磨难,一场仗打败了,就会一哄而散。

率领这群散兵游勇,能够坚守下去,还要夺回县城,已经不易了。好几天了,张天一没睡一个囫囵觉,他也困了,不由自主地打个瞌睡。瞌睡仅仅是片刻,耳朵里便充斥着强大的轰鸣声,他猛地惊醒,睁开眼睛,四下张望,除了天上一颗颗闪烁的星星,就是地上一堆堆燃烧的战火,没有其他的声音。

他问一直陪在自己身边的义兄刘天柱,听到什么没有?刘天柱摇头,身旁的人也都跟着摇头。他感到奇怪了,周围的人不是困倦地耷拉着头,就是若有若无地向教育局房顶的工事开上一枪,根本不像听到了震耳欲聋的声音。他的眼睛望向黑洞洞的虹螺山,突然间,漆黑的夜幕在他眼里变得一片惨白,像雪野,更像无边无际的孝布。虹螺山的轮廓,剪影般印在孝布上,山脊上曲曲弯弯地排着一溜日头,血红血红的,像是一头头饿狼张开了血盆大口。

天上本该只有一轮日头,为什么冒出这么多个?张天一突然意识到,他的第三只眼睛在提醒他,日军的飞机快来了,不计其数的日军援兵马上就会赶到。

危机就要来临,血盟抗日救国军面临着内外夹击,陷入混战之中,对于组织性纪律性极差的队伍,毫无胜算,一旦打败仗,这支队伍就会树倒猢狲散,好不容易聚起来的抗日力量,就会全线崩溃。他大声下达着命令,撤,撤出县城,撤到山里。亮山和众多首领蒙了,天亮之后,正是进攻的好时机,张天一的葫芦里卖的是什么药。反正作战方案都是张天一定的,还打了振奋人心的大胜仗,索性一听到底。

一批批人马,就这样悄没声地撤出县城,撤到了山脚下的村庄,休整待命。

正如张天一预见的那样,第一缕阳光爬过虹螺山,照射进县城的那一刻,十几架日军的飞机跟随着阳光,跳过山顶,黑压压地压下来,低得几乎贴着房顶,放肆地掠过县城的上空。

向北撤到五虎山的张天一,举起望远镜,追踪着那些飞机。尽管飞机上涂着红红的圆圈,他依然认出,这些都是东北军的。他经常陪着少帅到沈阳的东塔机场看飞机,都能分辨出哪架飞机的飞行员是谁。眼前这些飞机,不过是用油漆涂掉了青天白日旗,换成了红膏药而已。本该是东北军的利器,反被日军缴获,成了屠杀东北民众的元凶。

张天一扼腕叹息。

多田的分析,不幸言中,和大凌河之战一样,日军先派飞机轰炸,接着就是炮兵,最后是骑兵、步兵突入。日军大兵压境,歼灭县城内的残敌已经不可能了。

日军不知道血盟抗日救国军已经悄悄撤离了县城,飞机以城西和菜园子为目标,开始轮番轰炸。巨大的爆炸震得天地摇晃,整座县城天崩地裂,没过多久,张家的铁匠铺、高家的糕点铺、陈家的银行和商铺,还有集市、酒厂、染房、裁缝铺、绸缎庄,就连供奉死人的花圈画匠店也没幸免,全都被炸毁。除了县政府、教育局,飞机没炸的地方只剩下学校、监狱、变电站和电报电话局。当然,幸免的还有日本人投资的炼铁厂、轧钢厂等,那都不在县城的街区里。

只消几刻钟,锦西县原有的繁华,消失殆尽,只剩下漫天火海,一片废墟。

许多户人家,看到所剩无几的日军龟缩进教育局,昨天晚上兴高采烈地回了家,半夜三更在家里糊彩纸,等待天亮后,走上街头,庆祝全歼日军、收复县城。没想到,等到的却是狂轰滥炸,粉身碎骨,连个尸首都找不到。

飞机嗡嗡飞走的时候,虹螺山南北两处路口,奔过来两路日军。北路那一支是从锦州方向增援过来的,依田旅团的精锐——立足大队,他们怕兵力不足,又补充了步、炮两个中队。他们越过老爷庙大岭,直逼县城而来。南边的那一路,是几天前占领了兴城的步兵第76联队户波辩次大佐,他们乘坐火车,赶到连山,连夜行军,穿过偏道子,绕过富有屯,天亮前跨过仁义屯,占领了县城外东南角的制高点——凤凰山。

两路日军虎视眈眈,直扑县城。

既然是瓮中捉鳖,不妨多放进几只王八,张天一让开大路,占领四周,困也要把日军困死。

各家商铺,即使被炸得房倒屋塌,终究能够修补,一些存货被坍塌的檩木压在了底下,抢救出来,照例能抵大洋。一辈子的汗水和心血,都押在货物和店铺里了,小日本的飞机不分青红皂白,全炸了,谁不心疼?更让人心疼的是,爆炸引发的大火迅速蔓延,这些商铺紧挨着,一处着火,将会是火烧连营,仅存的货物将会荡然无存,人们纷纷拎着水筲,拿着扫帚,扛着铁锹,前来救火。

张家的铁匠铺,平时由张天一的二叔张恩发打理,张恩发手巧家什妙,大锤小锤落到砧上,一块冷冰冰的生铁,几经焙烧、锻造和淬火,再用锉刀和凿子反复修剪,涂上颜料时,一朵活生生的莲花便栩栩如生了。

如此这般手艺,几百里也找不出一个,城里城外的人对张恩发钦佩不已,尤其是那些绿林好汉,奉张恩发如神明,因为,受损的土枪火铳,让张恩发修,手拿把掐。铁匠铺虽然被炸塌了,风箱、模具,还有那么多铁匠工具都在,尤其是风箱,百里难寻的好木匠做的,风强火旺,轻轻拉动一下,铁炉里的火便会呼呼蹿起。这些东西,不可多得,一旦被火烧了,岂不太可惜了,虽说撤退的命令早已听到,张恩发还是迟迟没有舍得离开,直至被飞机炸了,还想往外抢,准备装车拉走。

张恩发对铁匠铺的依依不舍,牵连了张天一的母亲张崔氏,不等叔嫂二人推着车子走出县城,日军已经围了上来,所有没来得及撤退的老百姓,都被户波联队和立足大队围堵住了,就连二十多户有人被炸死、准备办丧事的人家,也不允许留在家中,全部被驱赶出来。

前些年,有积蓄的人家,为防范土匪,修了隐秘的藏身地,现在,没用了,飞机大炮炸过,露馅了。城西还残留一些完整的房屋,增援上来的日军,沿街放火,逢屋就烧,风助火势,火借风威,不管好房子还是废墟,整个城西二百多户人家的房子,全部陷入火海,熊熊烈焰,冲天燃烧,居然把几百米外的女儿河的冰面,烤出一片汪洋。如此熏烤,莫说是藏人,就连洞里的老鼠,都藏不住了,吱吱地跑出来,满街乱窜。

就这样,四百多老幼妇孺被刺刀押解着,向凤凰山下走去,边走边回头看被大火吞噬着的家。以前,伊兰小姐带着游行队伍,在大街上喊,山河破碎,国灭家亡,人民流离失所,他们还当成笑话听,现在,灾难瞬间降临到他们头上,才体会到亡国奴的滋味,莫说是尊严丧失,就连能不能活到天黑,都成了未知数。

被日军抓走的众人中,混进了三十多个香炉山上的人,他们刚刚被张天一从监狱里解救出来,编入西五会,没有领到枪,手持着扎枪头子。大队人马突然后撤,他们觉得机会来了,趁着没人管束,滞留到了最后,从前打家劫舍,有人防着,现在兵荒马乱的,谁顾得上谁,他们便挨家挨户地连偷带拿。倘若被人堵住了,谎称是救援队,帮助民众抢救财物,迅速撤离县城。

飞机来了,他们不知道跑,大凌河之战,他们还在蹲大狱呢,飞机有多厉害,他们不懂,等到懂了,有的兄弟被炸死了,有的逃了出去,绝大多数被日军围住了。他们将扎枪头子和抢来的财物都扔进了火海,用木炭抹黑了脸,装成平民百姓,混入人流之中。

人群被驱赶着,向县城的东南方挪去,离火海越来越远,离凤凰山越来越近了,然而山上却飞不来浴火重生的凤凰来拯救他们。呼啸的寒风越刮越猛,在树梢上刮出了尖锐的哨声,凄厉得像来自地狱。人们在恐惧中瑟瑟发抖。

刘芷芳露出了春岛芳子的真面目,站立在日本援军的最前列,目光直逼人群。谁也不会想到,救了那么多人性命的刘大夫,居然是潜伏在锦西的日本特务。

人们都低下头,躲避春岛芳子的目光,许多人家的秘密,就因为平时口无遮拦,让这个以医生面目出现的日本特务知晓了,谁被春岛芳子的眼睛盯住了,谁的小命就会不保。一双眼睛够可怕的了,现在又多了崔黑子的眼睛,这个在高家大院深居简出的家伙,满肚子里藏的不知是什么,和日本特务一丘之貉了,想让谁死,还不像踩死一只蚂蚁。他们搜肠刮肚地想,自己是否得罪过崔黑子。

把这么多人押在一起,日军的目标很直接,就是交出土匪头子亮山、西五会民团首领张恩远、东北军抗日分子张天一,追查出谁是枪杀古贺联队长的真凶。否则,阵亡一名日军官兵,就让一百个锦西人来偿命。

崔黑子补充一句,还有罪大恶极的匪首杜清和,他杀了六名皇军的战俘,香炉山所有的土匪全部杀绝,还不够给皇军殉葬。日军没理会崔黑子,显然,他们对俘虏被杀不感兴趣,天皇的战士,不应该成为战俘,想殉国,有一百种自杀的办法,苟活是日本人的耻辱。没人采纳崔黑子的建议,日本人根本没把惯匪杜清和当回事儿,更没闲心把杜清和当成罪魁祸首去通缉。

执行户波联队长命令的是驻扎连山驿的小队长平间中尉。平间很随意地从人群里抓出几个人,似乎是要问话,从他们嘴里抠出他们想要抓的人到底躲在哪儿了。可是,平间一句话也没问,操起步枪,刺刀一横,猛扫过去,几个人脖子上的大动脉瞬间被割破,一腔热血火苗般,蹿向天空。

屠杀不容分说地进行下去,杀人成了炫技的场所,无论谁被拎出人群,皆为一刀毙命,绝无生存的可能。没过多久,人群面前就横七竖八地躺着四十多具尸体。几百人像恐惧的羊群,挤在一起,不时地有人被推出人群,像只被推出笼口待宰的猴子。

此时,张恩远已经潜伏进了凤凰山,山下发生的一切,他看得清清楚楚。他是主动请缨,靠前侦察的,右手残了,已经定型,多高明的医生也接不上,只能耷拉着。枪打不成了,腿脚功夫还在,别看一把年纪了,爬山越岭,年轻人赶不上。

紧临着县城的凤凰山,不算很高,孤立在县城西南,山顶上只有两三名日军哨兵。张恩远凭着对地形的稔熟于心,沿着沟壑,绕过哨兵的视野,摸上了凤凰山的半山腰。埋伏在一座山岩间。陪着张恩远的,是郑世吉,还有西五会两个身手好的年轻人。郑世吉是张天一派给父亲的,郑叔枪法好,能保护好右手不能打枪的父亲。

平间的屠杀,离他们的埋伏地,不过是几百米。眼前的这一幕,惊得神枪手郑世吉灵魂出窍,日本人杀人,比杀猪还简单。还没看明白刺刀是怎么横扫过去的,几柱红色的喷泉,飞溅而起,几个身体直挺挺地立了会儿,便轰然而倒。这些昨天还在他眼前嬉皮笑脸的身影,转眼间就成了尸体。

一种疼痛魔咒般袭入郑世吉的脑袋,疼得要命,老天似乎在惩罚他，给他念了紧箍咒。这么多人接二连三地死去，都是因为他打死了古贺。四十多个灵魂撕扯着他的灵魂，让他片刻不得安生，他痛苦得"啊啊"地出声。

张恩远用左手按着郑世吉的嘴，恐怕声音传出去，好在他们藏得很隐蔽，山下惊恐的叫声，洪涛一般，山上的声音便显得很微弱。

平间中尉将张崔氏拎出人群的瞬间，崔黑子一头饿狼般扑上来，护在了姐姐的面前。动谁他都不心疼，唯有动姐姐和姐姐的孩子们，他决不允许。平间怔了下，杀了这么多人，崔黑子无动于衷，为这个半截子入土的老太婆，却张牙舞爪地扑上来。

户波联队和立足大队能从容地进驻县城，得益于崔黑子的引路，方能避实就虚，不费吹灰之力拯救了被困的古贺残部。应该说，崔黑子是锦西县第一个为日本皇军效力的人，名副其实的功臣，就连关东军司令部一直倚重的多田，也在夸奖崔黑子，对天皇的忠心，不亚于一名日本武士，训导所有官兵，没有满洲人效力，就没有东亚共荣，要学会利用满洲人治理满洲。

平间一直跟随在崔黑子的身后，目睹了崔黑子对皇军的忠诚，再杀人有瘾，也不能对崔黑子的亲人动手。户波向春岛芳子求证，问是否是崔黑子的亲姐姐，否则，一个不能放过。

张崔氏大门不出二门不迈，原本没打算去城西，西五会的人都上了前线，蒸好的馒头，炖好的酸菜没人送，她才推着手推车送进城来，日军抓人时，没有跑出去。

春岛芳子不认识张崔氏，也没有分析出眼前这个小老太婆就是张恩远的妻子，看在和崔黑子同床共枕的情分上，没有将张崔氏推入等待屠杀的人群。而张恩发就没那么幸运了，被平间揪了出来。

人群中,都是熟头巴脑的人,崔黑子想保的人多着呢,眼下,能保住姐姐就不错了。姐姐的小叔子张恩发被揪出来,姐姐颤抖着身子,求弟弟再救下一条命,崔黑子却紧紧地搂着姐姐,不肯张嘴。

从内心的深处,崔黑子对姐夫充满成见,父亲把姐姐嫁给姐夫,目的就是报仇。然而,姐夫有那么高的武艺,却从来不在杜三秃子的面前亮本事,更没有杀掉杜三秃子的企图,反倒与亮山等土匪沆瀣一气,还诱导他的外甥与土匪为伍。

张家人忘掉了娶姐姐时的承诺,让崔黑子错过了君子报仇十年不晚的最晚期限。现在,莫说日本人要杀掉姐夫的弟弟,杀死的人就算是他亲姐夫,他也不会眨眼睛的。眼下,他的靠山是日本人,他没有能力攻下香炉山,杀死杜三秃子,替父亲报仇,全指望着日本人了。所以,他不遗余力地让日本人高兴。

平间把张恩发从人群里揪出来,趴在凤凰山半山腰岩石后面的张恩远,心也被揪了出来,他扯出缠在腰间的震东洋大旗,用左手吃力地往木杆上拴,他要擎起这面大旗,跑下山去,营救弟弟。反正他的右手已残,刀耍不成,枪打不了,活着也是废物,不如换回弟弟一条命。

正当张恩远准备往山下冲的时候,儿子张天一也潜上了凤凰山,居高临下怒视着日军滥杀无辜。发现父亲已经按捺不住,他扑了上去,按住了父亲。

张恩远挣扎着低吼,我要换回你叔,救出你妈。

张天一抱住父亲不放,父亲武功再好,拖着受伤的手臂,也不可能挣脱出去。他很清楚,即使父亲下山,也于事无补,日本人已兽性大发,父亲羊入虎口,白搭了性命不算,那四百多老幼妇孺,日本人照旧不会放过。

他劝阻着父亲,你不在,谁指挥西五会。

张恩远说,我把他们交给你。

张天一说,西五会根本不听我的,你不在,西五会就散了,震东洋的大旗再也没人举了。

张恩远的一只左手抠着山石,抠得鲜血淋淋。身旁趴着的郑世吉,吓得头都不敢抬,血腥的屠杀令他头痛不已,冷汗迭出,泪水和汗水汇聚在脸颊,在猎猎寒风中结成了冰,沾在脸上的泥土和枯草,也被冻上。

如此屠杀无辜百姓,亮山也承受不住了,反正日军飞机不能再飞回来了,反正县城已经被日军炸毁烧光,索性就鱼死网破吧。他下达命令,让各路绿林英雄举起大旗,悉数下山,将县城团团围住,别拿老百姓撒气,来一场真正的大决战。

接到旗语之后,县城四周的各座山头,突然间冒出了漫山遍野的人头,密密麻麻地向县城围去。

锦西县民众自发武装歼灭日军古贺联队的消息长了翅膀般,飞过一道道山岗,一条条河流,不消一日,整个辽西便家喻户晓了。从甲午日清之战到"九一八"事变,三十多年了,莫说是消灭日军一个联队,就是打死十几名日军,也极罕见。

听说关东军精锐第二十七骑兵联队,几乎让锦西民间武装打光了,全省各地的义勇军热血沸腾,原以为日军以一当百,不可战胜,东北军都不敢碰,谁想到是纸老虎,民团都能打败他们。

于是,在锦州盟誓的各路义勇军,从全省各地快马加鞭地增援上来,给锦西的血盟抗日救国军助上一臂之力,一血大凌河战败的耻辱。只不过飞奔而来的各路人马,刚刚抵达,没来得及向亮山通报。

不知不觉间,和依田旅团决战的大旋涡酝酿在锦西县城的四周。

四方敲锣,八面擂鼓,各色旗帜,漫山遍野。亮山没有想到,胜利会如此振奋人心,依田旅团把占领辽西走廊的全部精兵都调动了过来,增援锦西,不但没有吓跑各路义勇军,反而是各地民团和义勇军源源不断地赶过来,将锦西县城里三层外三层,团团围住。

身后有了众多的依靠,战略纵深一下子延长了好几十里,亮山的胆子更大了,他带领锦西血盟抗日救国军,包围在县城的最前沿。离凤凰山下日军屠杀老幼妇孺的现场不过是数百米,屠杀与威吓老百姓的,不过是平间一个小队。假若谁都不顾死活,切断平间与县城里日军的联络,昨日的古贺,就是今日的平间。

亮山在凤凰山下喊,我就是你们想要抓的罪魁祸首,有本事放马过来。

山顶上的日军哨兵走出哨棚,警惕地四下张望。埋伏在凤凰山上的张恩远,再也用不着藏着身子了,他让儿子和陪他来的几个人同时开火,消灭山顶日军哨兵。郑世吉反应迟钝了下,他的枪没响,一名日军哨兵已经毙命,剩下的哨兵兔子般从山上跑下去。

张恩远终于在凤凰山顶竖立起了震东洋的大旗,冲着山下高声喊着,你们不是想抓老子吗,老子就在这儿,拿出真枪真炮真本事来,靠威胁老人孩子和老娘儿们,算个屁能耐,老子连枪都不拿,上山来抓我呀。

人潮突然间洪水般从四面八方汹涌地奔流下来,平间惊得目瞪口呆,忘记了挥舞刺刀。

县长孙国栋在多田的陪护下,从县政府里走过来。见到一具具尸体，孙县长连滚带爬，抚着一个个曾经熟悉的面孔，大恸，都是吾等子民，没能保护好你们，是我当县长的罪过。多田抽了平间好几个嘴巴，滥杀无辜，只会让治下的满洲人平添仇恨，将来如何统治，如何让他们臣服？

没穿军服的多田，在关东军中的名望，不亚于依田旅团长。平间忍着挨打，不停地向多田鞠躬行礼，中止了屠杀行动，押着众多百姓，立刻赶回县政府和教育局，免得被截断在城外，成为第二个古贺。

孙县长边走边喊，乡亲们啊，我孙国栋是锦西的罪人，我把大好河山弄没了。

27

援兵越来越多，战事越陷越深，双方僵持下去，将会是一场不小的战役，靠杀戮平民，无法震慑住锦西的绿林土匪，即使平间将抓住的老百姓全杀了，对战局也毫无影响，没有任何事情能够动摇各路人马攻城的意志。因为，战事不再是锦西人的事儿了，也不是收复家园这么简单了，锦西已经成了东北的焦点，扩展成关东军与东北民众较量的爆发地。

关东军为了荣誉，必须为古贺复仇，参谋部已经将其列入满洲事变以来最大的悲惨事件，称之为"锦西冬季之风暴，闻之皆血泪也"，不剿灭锦西"匪患"，决不罢休。

整个东北，整个中国，眼睛都盯着锦西县呢，国人渴望收复一方国土，光复一座城池，打赢一场战役，以提振国民的信心。歼灭古贺联队的电波从热河传到上海，《申报》马上刊登专号，记录锦西民众抗击日寇入侵的英雄壮举,誉为"南有三元里,北有江家屯"。

声援锦西民众的声浪,从上海到北平,从浙江到河北,声声不息,就连少帅也通电表态,支持东北民众保卫家园,驱逐日寇,允许散落的东北军官兵还有东北军的旧部组建义勇军,鼓励民间有识之士,捐赠抗日物资。

有人散尽家财,雇专机从上海专程飞来,将报纸连同慰问品一块儿送到锦西前线,鼓舞士气。

没有沦陷的热河,成了锦西的大后方,各种战略物资源源不断地输送过来,各路人马纷纷鸟枪换炮。流散的东北军在此聚集,北平的学生军直接从学校穿上军装,增援了过来。短短几天,县城四周的山上支满了帐篷,亮山真正成了指挥千军万马的大司令。

亮山一扫失去亲人的阴霾,谋划着如何攻取县城。

张天一还想混入县城,获取日军的情报,他相信,孙春城会把他听到的一切逐条归纳整理,判断出增援日军的下一步部署,借此机会,他还能看一眼日思夜想的伊兰。然而,这已经成了妄想,不管他武功有多高,都无法接近县城。

户波不是古贺,决不贸然出城,抓捕的百姓成了他们的劳工,枪口的准星成了他们的监工,发现谁有逃跑的动作,或者消极怠工,就把子弹送进谁的胸膛。死亡的恐惧让每一个人的手脚忙成了机器,将防区之外的废墟清理得干干净净。射击范围内,一片旷野,连个沟坎都没有。炮击范围内,一览无余,连一个断壁也没有。夜晚降临时,烧得残剩的檩木,被堆在城外,篝火整夜整夜地烧,县城四周亮得连只猫都藏不住。

没有掩体,无处藏身,焚烧与清理过的县城四周,与从前相比,面目全非,地形与街巷的优势荡然无存。吃过亏的日军,不再像古贺那样不可一世地张狂,变得比狐狸还要狡猾。

别人看不懂玄机,多田却看得清清楚楚,这个比中国人还懂中国的中国通,早将各种情况汇聚到自己的案头。城外的敌人越聚越多,底气越来越足,一旦被打散的东北军聚焦过来,整合好各路人马,这场决战将是没有胜算的冒险之战。毕竟,关东军人数有限,各地义勇军又风起云涌,弹压每一处乱民的暴动,都需要兵力。即使多半个依田旅团都增援给锦西,那也改变不了是孤军深入,犯了兵家大忌。

户波才不管是否犯忌,锦西之战,涉及帝国的颜面,不能不打,否则,增援进来,还有什么意义?况且古贺是他的恩师,一直在提携他,直至与老师比肩,同任联队长,此仇不报,枉为弟子。

多田的观点是,哪怕拯救出一名帝国军人,也能体现出大日本帝国的国家意志,体现出天皇对士兵的温暖,现在,这些任务都完成了,当务之急是平安地撤出锦西。

撤退就意味着占领锦西县城的失败,就意味着战无不胜的关东军,打了一场败仗,守住锦西县城,惨胜,那也是胜利。户波决心要打下这场战役,对方不过是群乌合之众,人再多,也没用,几千人围攻一夜,居然打不过古贺留下的四十多人,现在,兵精粮足,还有什么可怕的?

多田费尽了唾沫,几乎给户波讲了半部《孙子兵法》,告诫户波,天时地利人和,均不占优,尤其是地利,锦西县城的地形是座深坑,而且是填不满的深坑,帝国的兵力应集中于战略要地,锦西县不过是鸡肋,没有必要深陷其中。

户波虽被说服,但仍过不去将县城拱手相让这个坎儿,直至多田严厉地斥责他,你的职责是驻防战略要地兴城,一旦敌人弄明白兴城是座空城,乘虚而入,切断了辽西走廊的通道,帝国俯视华北的战略意图就将毁在你的手里,届时,你切腹自杀都难辞罪责。户波怔住了,他只顾服从依田旅团长的命令,想得确实没那么深远。

多田想了个折中的办法,既能护住户波的面子,又可真正地实施战略转移,把锦西县城的治所迁至七十里外的连山,把这个驿站小镇改造成新的县城。这个谋略,不是多田忽发奇想,锦西县城没有铁路,没有海港,深居一隅,发展空间狭窄,不利于商贸。连山不仅是北宁铁路要冲,有完备的车站,还毗邻葫芦岛港,无论政治军事和经济,比眼下的县城江家屯都胜过一筹。

县城迁址,发布者不能是户波,也不能是其他日本人,必须由县长孙国栋倡导,县城里的士绅贤达附议,才是合情合理又合法。反正这些人都在他们手里,什么时候需要,让他们按手印罢了。最要紧的问题是县城四周,人山人海,包围得铁桶一般,离开县城,就意味着敌人的围追堵截,猛虎还难敌群狼呢。必须制造矛盾,瓦解敌人,从内部打出突破口。

多田陷入深深的思考中。

剩两天就是腊八,天奇寒无比,满天的繁星被冻住了,不肯闪烁。崔黑子是后半夜出的城,回到曹田屯,顺便把姐姐也带出了虎口,只是身后跟着多田和春岛芳子。他伸出冻僵的手,敲开了高荣轩高大老爷家的门,同时也等于敲开了一道生死之门。

很多年以后,张天一也没想明白这个问题,双方对垒,留下了空旷的隔离带,有人出入,逃不出对阵双方的眼睛,他们是怎么从眼皮子底下溜出县城的？张天一不止一次懊恼地拍着自己的脑袋，也许是亲情一叶障目，他那双能洞悉未来的眼睛，居然没能看到四个大活人。

四个人出城，扭转了一边倒的战局，张天一第二次围城打援，彻底困死来犯之敌的计谋最终流产。

摸进曹田屯，也是悄悄的，高荣轩设立的层层哨卡，对别人管用，对崔黑子如同摆设，直至他把门敲响了，门卫才如梦方醒，大管家回来了，还带来了在高家毒死袁局长的日本娘儿们和一个陌生的日本人。

多事之秋，高荣轩不想见任何人，谎称病了，不见客。崔黑子又说，正好带来了大夫，顺便给高大老爷瞧病。下人传过话，高大老爷不想看病，是药三分毒，怕喝死了。春岛芳子心里冷笑一声，高荣轩暗指她不该在他们家毒死了袁凤台。

崔黑子又说，我还带来一个人，你的亲家母，见不见。

高荣轩没回话，张月娥闻讯，顾不上穿厚棉衣，不惧凛冽的寒风，居然追了出来。出嫁这么多天了，因为打仗，三天娘家回门也给省了，一个亲人没见到，听说母亲被日本人抓去了，她抓心挠肝地难受，日本人杀人像玩儿似的，况且父亲扛着"震东洋"的大旗，母亲肯定凶多吉少，如今母亲就在家门口，一切她都不管不顾了，抱着母亲，放声大哭。

亲家母来了，想不见客也没有理由，高荣轩硬着头皮去见给他带来大麻烦的几个人。

多田毕恭毕敬地给高荣轩行晚辈礼，并告诉高荣轩，关东军是仁义之师，已经辨明了，张崔氏就是匪首西五会的首领张恩远的妻子，尽管如此，仍不想伤及无辜，宽宏大量地放出，让她和亲人团聚。

高荣轩身上的那根弦始终紧绷着,打仗不主动,并没有投降日本人的意思,图自保而已,天下大乱,跟上了谁,都是奴才,只有守住自己,才是高高在上的高大老爷。

多田没说一句劝降的话,也不谈一句双方胶着的战事,不过是唠唠家常。高荣轩的戒备之心慢慢地放下了,反正日本人正处于劣势,不敢拿他们东五会怎么样。交谈之中,多田更多的是对高荣轩的赞赏,保持中立,是人生的最高境界,儒家思想的精髓,中国文化博大精深之处,就是中庸之道,高大老爷运用得炉火纯青,有时间一定请教。

高荣轩虽被奉承得很舒服,却不断地提醒自己,这是精神鸦片,情感上的贿赂。凭着多年来对多田的了解,多田特讲效率,不可能为了奉承到曹田屯来做无用功。

可是,种种迹象表明,多田此行,没有功利,也没有索求,有点莫名其妙。临走之前,他不仅交还了高荣轩的亲家母,还拿出了四五根金条慰问高荣轩。

高荣轩是见过钱的人,不会被黄金打动,双方正是交战之时,此时接受敌资,等于变相投敌,他不肯接受。多田说,这本该是你的财产,皇军飞机不分青红皂白,一律轰炸,高家在县城里所有店铺,损失惨重,这笔钱是赔偿金,我以民间的方式,替我国空军向您道歉。

金条就这样丢在了高家的八仙桌上,高荣轩嫌烫手,连碰都没碰一下。

此次见面,多田貌似一无所求,也貌似一无所得,可崔黑子已经从下人嘴里打听到了,亮山对高荣轩不放心,防守的地方从虹螺山北麓调整到南麓,锦州的日军,不可能绕上百里的大圈子,跑到南边去增援。

把不放心的人,放到最放心的地方,亮山才能放心。

离开曹田屯的多田,没有回到县城,穿过高荣轩的防区,直奔连山。崔黑子如获重释,县城已经四面楚歌,一旦被各路绿林打下来,自己必死无疑。他暗自庆幸,多亏了多田,不仅带出了他,还捞出了自己的姐姐。

崔黑子认为日本人买他的账,为日军领路功莫大焉,才放了他姐姐,根本不会想到,姐姐是多田出城的人质,一旦行踪败露,张崔氏就是盾牌,谁有天大的胆子,让西五会魁首的老婆陪葬?把张崔氏留到曹田屯,不过是多田的顺水人情,以示大日本帝国的宽容与仁慈。

春岛芳子没有跟随多田去连山,她还有更大的事情要办,独自一人溜过女儿河的冰面,沿着五虎山下的羊肠小道,奔向半山腰的一幢屋子,去拜见香炉山大当家的杜清和。

对于春岛芳子,杜三秃子早有耳闻,县城西医院刘芷芳刘大夫,医术高明,待人文雅和气,被誉为观音菩萨,比县长还受人尊崇。谁想到女菩萨居然有这么多的面孔,县长大人的情人,崔黑子的姘头,现在,摇身一变,又成了日本的特高课。别人不知道特高课是啥玩意,对日本人的许多套路,杜三秃子却很熟悉,否则,怎能一宗又一宗地与日本人做成军火生意。

一个日本间谍,深藏多年,这次准确无误地登门造访,轻松地探明他在五虎山的藏身之地,可见其在县里已无孔不入了。这是个危险人物,杜三秃子不得不防。他故作威严,让人蒙住春岛芳子的眼睛,押解上来。

进了屋子,摘了眼罩,春岛芳子说,你住进的是谁家的房子,我都一清二楚,蒙上眼睛,有意思吗?

杜三秃子说,谁进了你的医院,谁睡了你的身子,我都一清二楚,见了我,你还穿衣服,有意思吗?

众人跟着大笑,一齐起哄,脱光衣服,脱光衣服。

春岛芳子说,把火盆里装满烧红的炭,看我给你跳一段日本裸体舞,再让你当众尝尝日本女人的滋味。众人以为是说着玩呢,没想到炭火撂进火盆,春岛芳子真的开始脱衣服,除了文胸和三角裤,一丝不挂。

春岛芳子开始督促杜三秃子脱衣服,一个人跳舞,多没意思。

这种西洋景儿,一辈子也见不到,所有的喽啰都在督促杜三秃子,到嘴的肉不能不吃,大当家的,脱!

杜三秃子不肯脱,娶妻纳妾也好,劫持民女也罢,哪有大庭广众之下行苟且之事的,狗还知道背个人呢,这个日本女人居然连人都不想背。

春岛芳子说,跟县长睡,有人敲窗子都不能中断我,你是土匪,还怕这个。她边说边往前走,抓过杜三秃子外面罩着的大衣,甩到了一边,伸手去解外衣的扣子,看到扎着的皮腰带还有枪套碍事,统统都解下来,扔到一边。

杜三秃子心荡神驰了,不住地咽唾沫,本想夹起春岛芳子,找间没人的屋子,把该办的事情办了,没想到春岛芳子居然从文胸中掏出小得不能再小的小手枪,顶在了他的脑门上。

春岛芳子说,你这个人渣,也想污辱我们日本女人。

杜三秃子立刻阳痿了,就差尿了裤子,举着双手,忙说,有事好商量。

春岛芳子说,来你这儿,本想送给你三件大好事儿,你非但不领情,居然拿出土匪那一套对付我,告诉你,我不是中国的老百姓,欺负我,你要掉脑袋的。

杜三秃子称日本姑奶奶惹不起,让喽啰们给春岛芳子穿衣服。春岛芳子蔑视地一笑,她"高贵"的身体,容不得土匪们碰,把脱掉的那些衣服扔到炕上,她用脚把杜三秃子踩在炕沿下,从容不迫地穿上衣服。

春岛芳子让人拿过一只凳子,命令杜三秃子坐在上面,商量事情就像商量的样子,不能踩在脚底下,那样显得不公平。

杜三秃子像条被捏住七寸的蛇,顿时没了吐着芯子的嚣张气焰,其他土匪看不到杜三秃子的眼神,没人有反扑的意图。春岛芳子索性收起了枪,伸出手指头,一件一件地数给他们的三件大好事儿。

她说出的第一件,就是香炉山土匪们最担心的事情,杀俘虏的事情,大日本皇军绝不会追究,身为帝国军人,就该宁死不屈,杀就杀了,省得皇军清除异己。第二件是放人,归还混在老百姓群中那三十多名香炉山的土匪。第三件事是给香炉山的土匪黄金,一两骨头一两黄金,这么值钱的骨头,就是西五会的头领张恩远。只要杜三秃子生擒张恩远,献给皇军,几辈子的荣华富贵都够了,还犯得上占山为王吗?

杜三秃子陷入了沉思,三件事,归根到底是一件事,要张恩远的命。杀了张恩远,就是和整个绿林为敌,退路只剩下归降日本人。众多的土匪不断地怂恿他,大当家的,一两骨头一两黄金,打一辈子劫,也见不到这么多钱,这笔买卖值了。

春岛芳子接着说,除了张恩远,他儿子张天一,他结拜兄弟亮山,还有李树桢,这些硬骨头,都值等量的黄金,留给你,慢慢来,一个一个地收拾。

杜三秃子说,盗亦有道,这事儿,太缺德了,身在江湖,不大讲究,我需要一件积德的事情来抵消,要不,你们干脆把那三百多人都放了,我劝张恩远主动去换他们,如何?

春岛芳子说,可以。

杜三秃子拍响了炕沿,力气大得把春岛芳子都颠起来了,这买卖,我做了。

28

张恩远做梦也不会想到,有人背地里卖了他,价格是一两骨头一两黄金。

时节正是腊七腊八,冷得冻掉下巴,张恩远右手腕的伤口受了冻,肿得馒头一样,高烧一直不退,人也撂倒在了炕上,老中医熬了好几剂汤药,没管用。幸亏支援锦西抗日的北平医疗队及时赶到,给他打了贵比黄金的盘尼西林,才消了炎症。医生建议他截掉右手,他说啥也不肯,宁愿耷拉着,成为摆设。

大雪越积越深,覆盖了城外烧焦了的土地。日军躲在城里,坚守不出,无论各路救国军如何挑衅,骂得有多难听,就是不肯跋涉过雪野,与救国军交战。飞机增援到了别处,很少来了,即便来了,人们也学会了怎么躲避轰炸。张恩远放心地回到龙王庙村里,温暖的屋子,不至于让受伤的手再度冻伤。唯一让他痛苦的是,兄弟和老婆都让日本人抓走了,偌大的家,没有亲人相陪,好在西五会的弟兄们热热闹闹地住在他家,没让他感到孤独。

右手残了,张恩远练左手打枪,又远又准的三八大盖端不平了,换成驳壳枪。只要得空儿,他便举枪训练,有时枪管处还吊着块砖头。东五会的高大老爷派人来报喜,亲家母平安了,日本人给崔黑子面子,放了她,希望亲家公也过来,两家人坐下来叙叙家常。

这桩婚姻,本来就很别扭,张恩远以养伤为名,拒绝赴约。再说了,小舅子成了汉奸,不管救出了谁,都洗刷不掉耻辱,假如小舅子没去曹田屯,把姐姐送回龙王庙的家,他也不会手软,左手提刀,也能手刃了这个汉奸,免得后患无穷。

守在五虎山的杜三秃子派人来报,一伙日军沿着冰封的女儿河,从北面摸上来了,请求张恩远带人过来增援。按照规定,各守各的地盘,不允许张恩远带着西五会的人擅自离开,西五会的主要职责,按照号令,攻城。来人按照江湖的规矩,端上一百块现大洋,哪怕就带几个人,也是站脚助威,杜大当家的,只会打劫,不会打仗,恳请张首领临阵指挥。

既然拉队伍,就像个队伍的样儿,张恩远瞅着亮山,亮山不发话,大洋是买不动他的。事先,亮山也得到消息,外边有日军来骚扰,总共才十几个人,来历不明。他想都没想,立刻答应了,让张恩远带几个弟兄瞅瞅去。他正担心杜三秃子耍滑头,不全力以赴地动真格的,万一日军从薄弱的北面钻了空子,打出个缺口,接应出困在城里的敌人,这些煮熟的鸭子便飞了。

亮山太信任绿林的弟兄们了,不会想到,一句不假思索的承诺,断送了结拜兄弟张恩远的命。

来自华北的人马,源源不断地增援上来,有枪有炮,有米有面,有油有肉,还有战地帐篷,战地记者天天采访各路英雄。来自四面八方的支援,令张天一信心十足,他不停地进行沙盘推演,他的目标不仅仅是困在县城里的日军,而是以户波联队、立足大队为诱饵,全歼整个入侵锦州的依田旅团,以雪大凌河之耻。

万余人的兵马,全归张天一调兵遣将,他简直成了一个军的参谋长,不能浪费了这些人力资源,干脆把明哨暗哨一直派到锦州城外,监督日军的一举一动。只要锦州的日军派兵增援,不消几刻钟,张天一便会知晓。虽说他们没有步话机,也没有电台,但他们有古人的智慧,恰好辽西处处都有烽火台,他们学习古人样子,放狼烟,点烽火,第一道在锦州的南山,第二道在杏山,第三道在塔山,狼烟烽火一放,就是全面围点打援之时。

张天一唯一困惑的是,远在锦州的依田旅团,究竟是何种打算,他丝毫不晓,困在城内的户波是什么样的人,脾气秉性如何,选择何种方式突围,他也是一概不知。知己知彼,方能百战不殆,现在,虽说各路大军气势如虹,毕竟是临时凑合上的,莫说是知彼,就算是知己,也不是件容易的事儿。

打古贺,之所以漂亮,那是因为他已经研究透了这个傲慢、不可一世的家伙,北极熊都能生擒活捉,"东亚病夫"的小绵羊们,根本没被他放在眼里。自以为是,极度轻敌,加上孙春城的准确情报,知彼知己,歼灭古贺,顺理成章。

张天一后悔不迭的是,心软了,没有一鼓作气。现在,他恒心似铁,亲爹热娘也好,真心挚爱也罢,为这方热土,都豁出去了,谁做人质都不怜惜。他要像父亲喊的口号那样,一腔热血给谁?给天,给地,给爹,给妈,给国,给家。

亮山走到沙盘前,对沉思中的张天一说,五虎山外发现小股增援日军,我派你父亲增援上去了。张天一怔了下,从锦州到锦西县城,一百多里路,处处都设了眼线,道道都有明暗哨,昼夜不停地监视,这伙日军是从天上掉下来的,还是从地里钻出来的?

张天一觉得,此事太蹊跷了。他睁大那双能洞悉未来的眼睛,世界一片纷乱,唯一轮廓清晰的,就是一个木偶穿行在纷乱的街巷,那个木偶和父亲是那么的相像。

这个世界太复杂了,复杂得他连过去的事情都看不清楚了,比如"九一八",从秋到冬,快过去了两个季节,到底是啥原因,亲历者张天一依然说不清楚。即使未来摆在眼前,也是一片混沌。张天一觉得,沉重的负担,压走了他的灵光,让他和这个世界一样混沌。

但有一点他非常自信,他现在就是指挥千军万马的将军,比张大帅年轻时指挥的人马不知多了多少倍,天降大任于他,需要饱经磨难。拨开眼前的迷雾,他将看到更远的光明。

父亲说过,能直视太阳的眼睛,是真命天子。他真想成为一个国家的统领者,动用全国的力量,与小日本一决高低。可眼下,带着的兵再多,也是老百姓,一个与日军匹敌的精兵强将都没有。他需要的是训练有素的兵,能和日军一对一匹敌的兵,哪怕只有几百人。

站在五虎山山岗,张恩远疑惑不已,山下越走越近的日军,非常散漫,散漫得不似纪律严明的日军,反倒像无拘无束的土匪。再者说了,就这么十几个日军,用得着他亲自增援吗?这里面是不是有猫腻?

果然,杜三秃子一阵冷笑,称到底是老江湖,看出了门道。他毫不避讳地向张恩远说出实话,五虎山以北,根本没有日军,不过是使了手段,从日本人那里弄出了十几套军服,让手下人穿上,假扮的而已。

张恩远突然意识到,自己遇到了麻烦,想脱身,已经不可能了,以前右手没伤,拳打脚踢,十个八个的,靠不到近前,没有子弹追着,即使深入虎穴,挡住他,也很难。受了伤,又高烧了好几天,身体弱得很,挣扎了一番,便没了力气,只得任人宰割了。带来的几个人,也被下了枪,捆绑进一间小屋。

杜三秃子说,你扣了我三十多人,我要拿你换他们。

张恩远知道,遇到了大麻烦,杜三秃子的人,是自己儿子抓进去的,仇自然记在儿子的身上。从监狱里解救出来,儿子没有马上归还他,留在西五会,反倒留成了惹祸的蛆,匪性不改的这帮人,若不是喜欢趁火打劫,怎能被日本人抓走?

日军的飞机早就撒下传单,称抓住他们三个元凶,一两骨头一两金,这么大的诱惑,哪路土匪不为之心动。张恩远的骨头硬,分量沉,怎么也能量出个二百两,揣着二百两黄金,远走高飞,享福去了,谁还守着寒窖似的香炉山。

杜三秃子决不谈张恩远的骨头有多少两,绿林讲究的是义气,他要把不义栽给张家父子,称你们父子只顾逞英雄之气,害得县城陷入血光之灾,三四百老百姓落入日本人的手里。他杜清和决不做对不起兄弟的事儿,不能让日本人杀了他的兄弟们,你的亲兄弟不也被逮进去了吗?你就不想让他活着出来?现在,所有的办法都没有用,日本人看中的是你,拿你一条命,换回几百条人命,谁不夸你是英雄好汉。

土匪就是土匪,江山易改,本性难移,国难当头了,居然还想发财。这么多年了,杜三秃子绑架的人,有谁逃脱掉了?他是口口不咬空,穷人也能榨出二两油。落到杜三秃子的手里,命该如此,张恩远不再选择,若是一腔热血能救活这么多人,活这一辈子,也值了,英雄就是英雄,决不做狗熊的事。

茫茫大地,白雪皑皑,毁掉了一多半的县城,在大雪之中,显得孤零零的,若不是有一面接一面的膏药旗在寒风中哆哆嗦嗦地飘扬,日军一个接一个的钢盔露在工事后面,真是觉得,这是一座死城。

望着毫无生机的雪野,张天一冥思苦想,如此沉寂,实属反常,日军肯定有大动作,作为战役的总参谋,预判不准敌情,就无法有效地歼灭敌人。他真恨自己不能像老鹰那样,生出翅膀,飞进县城,或者变成人人喊打的老鼠,从洞里钻进县城,好把情报刺探出来。

张天一相信,此时,他的伊兰和他的心是相通的,也迫切地想把城里的一切告诉他,装疯卖傻的孙春城或许听到了更多的秘密。北风如此凛冽,哪怕放出一只风筝,也能把信儿捎出来,可是,县城里一片死寂。

白色雪野,突然间跳跃出一个小黄点儿,小得几乎看不见,张天一的眼睛,鹰一般敏锐,迅速被他捕捉到了。那是一只松鼠,时隐时现地在雪野里吃力地一拱一拱,这时节,松鼠不是在树上,就是在洞穴里,习性使它不可能长远地在雪野里跋涉,真是很奇怪。

张天一抓过望远镜,仔细观望,发现这只松鼠很特殊,身子绑着根杆儿,脑袋前吊着一个布袋。松鼠沿着一条直线,追赶着它眼前的布袋。张天一跑到了松鼠的正前方,把自己埋藏在雪地里,直到松鼠跑到他近前,他一跃而起,把松鼠捉到了怀里。

正像张天一猜测的那样,这是只特殊的松鼠,脑袋前的布袋里,装着一把松子,松子里还挤着叠得和松子一样小的纸条。展开纸条,只有五个字,敌欲逃,速歼。

这字体,张天一认识,孙春城的笔迹,可见,他们兄妹两人为了送出情报,煞费苦心。他想象得出,兄妹俩如何与日本人周旋,借着疯癫与游戏,在松柏成林的县政府大院,捕捉住机灵的松鼠,借着松子的香味儿,诱骗松鼠从他们家院里的排水洞钻出,一往直前地跑向血盟抗日救国军的阵地。

就像漂流瓶,能否被张天一发现,概率低得可怜,即使是万一,兄妹俩也要试试,如此可见,他们多么渴望冲出牢笼。

字数虽少,却道破天机,东北大地烽火四起,关东军增援兵力,已到极限,依田旅团不可能再派出援兵,来自兴城的户波联队、锦州的立足大队、连山的平间小队,这三股日军很快就要强行突围。

来吧,你想突围,我就布下天罗地网,把你们赶进虹螺山里的口袋阵,凭借天险,让他们和松尾辎重队一样,有来无回。

发起总攻的时候到了,张天一到处提振士气。

死寂的县城突然间骚动起来,有三十多个人从北卡子门一拥而出,在雪野里连滚带爬地奔向女儿河,仿佛后边有豺狼虎豹追赶,生怕晚迈一步,就被吃掉。这些被日军放出来的人,就是杜三秃子的心腹,半年前被张天一抓进监狱的那伙人。

与那伙人相对而行的,是一辆疾驰的马车,春岛芳子亲自驾车,车上绑着捆得结实的张恩远。马车溅出的雪末,漫天飞舞,快得风一般,直入县城。

人质交换是在杜三秃子的防区,他把这事瞒得个天衣无缝,也就是说,整个香炉山的土匪,对大当家的绝对忠诚,没人向亮山透露出半句,他们渴望着张恩远的骨头,哪怕分到一两,也能买上好几垧地。张恩远的命就是贵,死了还这么值钱。

户波联队长没有将张恩远当人质的意思,更没有送到锦州的打算,"就地正法",既可祭奠古贺联队长,也可震慑城外的绿林土匪。

杀害张恩远用的是一种特殊的方式,活剥人皮。户波联队中,每个小队都训练出几个剥人皮的行刑手,战场上任何一次软弱,就可能是一场祸端,户波联队长要把每一个士兵训练得杀人不眨眼,这是战争的需要,残酷在战场中习以为常。

张恩远被高高地绑在工事上面,在呼啸的寒风中赤身裸体,行刑手的刀尖闪电般从后背的中间划到尾骨。张恩远的皮肤訇然炸开,露出比白雪还要白的脂肪,白得直刺眼睛。转瞬间,鲜血迸然而出,染遍了他赤裸的身体,在雪野之上绽放出一朵硕大的玫瑰花。

行刑手接过一盆热水,泼净血迹,继续行刑,三下五除二,张恩远身上的皮就彻底地离开了他的身体。行刑手居然把完整的皮展示在张恩远的眼前,以炫绝技。

皮被剥净的张恩远,并没有死,他的眼睛努出了眼眶,硕大无比。从第一刀割下后背,到最后一刀割下面皮,张恩远牙都咬碎了,居然一声没吭。

如此大张旗鼓地剥人皮,户波就是让所有的人看看,和日本皇军作对的下场,哪怕你是匪巢中的首领,日本特工照样能深入虎穴,把你弄出来,让你死得比活剥还要痛苦,借此让匪首们人人自危,瓦解群匪们的士气,让敌人在恐惧中丧失斗志,让张天一在愤怒中丧失理智。

那些被抓过来的老百姓,还有当人质的士绅商贾,也被押解过来,观看活剥人皮,有人吓得不停地呕吐,绿苦胆汁都吐出来了,有人恐惧得尿撒在裤子里都不知道,直到要押回去,还迈不动步子,仔细一瞅才弄明白,尿把棉裤冻得直挺住了。

城外的血盟抗日救国军、义勇军,也远远地看到了这一幕。张天一大声喊着爹,要冲出去救父亲,一群人抓着他,不让他冲动,日军把机枪都架好了,就等你飞蛾扑火呢。他愤怒地蹬踹着,身旁一棵碗口粗的树都踹折了。当父亲的皮被剥下时,他心疼得昏死过去。

亮山把手中的枪柄都攥碎了,发誓不报此仇,誓不为人。

剥皮仅仅是开始,示众才是根本,户波的目的是把围城的人心搅乱,让他们恐惧,让他们愤怒,让他们在慌乱中失去理智,方寸大乱,突围大计方可成功。

给人皮做了细致的柔化处理,里面充满了谷草,又做了简单的装饰,张恩远的模样重新回来了。户波命令士兵推出一百多个老百姓,用绳子将他们拴成两串,中间站着一个小队的日军,他们端着机枪,驱赶人群向城外走去,让老百姓扛着张恩远的人皮,一路敲着锣,走到各个村头,挨村游街。

张天一不会想到,父亲壮烈一生,却是这般窝囊地死去。他那双能预测未来的眼睛,所看到的木偶,原来是这种结局。他到处寻找着郑世吉,只有郑叔有这种枪法,透过人墙,打死被人质挡着的日军,抢回父亲的人皮,把老百姓都解救出来。

然而，谁也看不到郑世吉的身影了，大屠杀让郑世吉害怕了，就像猎人打死头狼，狼群会向整个村落疯狂地报复，咬死所有生灵一样，杀死一个古贺，日本人不可能善罢甘休，会无限度地向全城人索命，屠杀仅仅是个开始，以后还要血流成河的。反正家已被烧，无处安身，他索性抱着枪，带着家人，远走他乡。

张天一痛苦地拧紧了眉头，他山一样的父亲没了，最信赖的郑叔逃了，他带的队伍没有纪律约束，想来就来，想走就走，一盘散沙般，没有炼成钢铁意志。

游街的过程，也是零零散散的战斗过程，日军有人体盾牌，有恃无恐。西五会的也好，各路绿林也罢，日军押着的人质中，总会有他们的远亲近邻，谁也舍不得往人群里开枪，唯有张天一，恨不得一个人冲进去，夺回父亲。

亮山亮起大嗓门，警告张天一，你爹已经死了，那不过是个臭皮囊，冲上去，你就上了日本人的当。

尽管如此，张天一依然带着数百名西五会的人还有一批绿林的弟兄，始终如一地追踪游街的那支队伍。他承受不了游街时没完没了的锣声，不愿意看到日军羞辱父亲，锣声每响一下，都像敲在他的心房，颤抖得疼痛不已，他无时无刻不在寻找机会，打散人群，打死押解的日军，让父亲入土为安。

趁着西五会的大队人马被牵扯得越来越远，围堵县城的各路土匪稀落下去，户波联队长带着部分日军，孙国栋县长带着士绅，出了县城的东门。后面被关押的百姓鱼贯而出，他们抬着卸下的门板，门板上躺着一具接一具的尸体，每具尸体的遗容都整理得干干净净。门板旁，还有一群人抱着干柴，随队而行。

干柴堆在凤凰山下,柴上搭着门板,门板上躺着尸体,军装的衣角总是被寒风一阵阵掀起,仿佛是灵魂舍不得肉体,牵扯不断。

随着户波联队长一声凄厉的呼喊,古贺等七十多名阵亡者的火葬仪式开始,祭奠他们为圣战而英勇献身,为大东亚共荣洒尽最后一滴血。孙国栋端着冻僵的手,哆哆嗦嗦地用汉语和日语分别念诵着日军早就拟好的悼词,重复着"锦西冬季之风暴,闻之皆血泪也"。

日军开始齐声祷告,除了孙县长,谁也听不懂说的是啥。接下来,日军脱帽,冲天鸣枪,一队士兵举着火把,列队前行,点燃了干柴。冲天的大火燃烧起来,瞬间淹没了一具具日军的尸体,等到烈焰退却时,鲜红的炭火上留下了同样烧红了的遗骸。

户波联队长敬佩张恩远是个义士,不卑不亢,为拯救他人性命,从容赴死,居然将张恩远无皮的肉身等同于阵亡的日军,一同火葬。尊重英勇无畏的对手,是日军的习惯,他们崇尚英雄,用日本最高的礼仪,对待张恩远的遗骨。

火葬张恩远,还有更深一层的意思,不把肉身火化掉,怎能量出张恩远骨头的重量?既然依田旅团长喊出,一两骨头一两黄金,那就是板上钉钉,不能说说而已,真的要捧着礼盒,把黄澄澄的金子送给已退守回香炉山的杜清和。

一诺千金,兑现了这笔黄金,就等于分裂了抗日武装,何乐而不为?

29

狼烟突然腾起,从锦州的南山到杏山,几座烽火台一路传递,不消一刻钟,虹螺山顶的狼烟也直挺挺地插入云霄。虽说狼烟跑不过日军的电台,却远快于日军的骑兵。没有军号,没有战鼓,双方指挥官的眼睛,都凝望向天上那一缕缕强劲的北风都吹不散的狼烟。一切不言而喻,双方都清楚,一场突围与反突围的大战即将打响。

张天一丢下设在龙王庙家中的灵堂,不再面对空棺材,焚纸烧香,祭奠父亲。狼烟就是命令,锦州的依田旅团终于撑不住了,派出援军,想把深陷县城的日军解救出去。他不能让日军的企图得逞,留在家里哭灵守孝,那是徒悲伤,他提枪上马,要大显身手,用日军的人头祭奠父亲。

户波联队、立足大队等日军是紧急救援过来的,围困了五天,所需物资,仅限日军飞机有限的空投,携带来的粮食基本耗光,县政府、监狱、教育局等地储藏的粮食也极为有限。亮山下达了死命令,不管城内被圈禁的亲人如何哭号,决不准送食物,哪怕是一粒粮食,也要砍掉脑袋。

不惜代价,杀光敌人,仅仅是张天一立下的决心,而先动手的,却是日军,那是绝对的遇到喘气的一个不留。这支从锦州开过来的部队,是依田旅团的王牌,第二十五联队的野炮大队。

野炮大队清一色的大洋马,拉着炮车,出了锦州城,疾速赶到钱褡子岭。他们牵着军犬,嗅出了雪野和冰土之下埋葬的松尾辎重队的尸体,清除积雪,挖开冻土,搬出层层叠加的尸体,一番简短的祭祀过后,随即疯狂成了见屋就烧,见人就杀,连小猫小狗也不放过,钱褡子岭附近所有村落,都被付之一炬,侥幸逃离的数百户村民,顿失家园。

奉命埋伏在钱褡子岭的李树桢,没有办法将增援上来的日军引进包围圈。日军汲取了松尾辎重队全军覆没的教训,行进得格外谨慎,他们步步为营,遇到险路,决不冒险多走一步,怀疑有埋伏的山头,立刻引来空军的飞机,一顿狂轰滥炸。即使如此,仍不放心,几十门野炮还要补充轰炸,直至派出的尖兵侦察回来,禀报山上埋伏的敌人被赶走,或者被消灭,才肯向前推进。

飞机、大炮、机枪、迫击炮对步枪、抬杆、土炮、锄头、大刀、长矛,战场上的火力极不对称。李树桢的队伍虽说人多势众,占尽有利地形,可在排山倒海般的火力面前,依然脆弱无力,房子般大的巨石,飞机的炮弹落下,立刻分崩离析,即使远离百米,也会被爆炸声震得五内俱裂,七窍流血。

伤亡场景,惨不忍睹,李树桢无法支撑下去,节节后退。日军并不急于乘胜而追,而是停顿下来,回到挖出的松尾辎重队尸体面前,为一具具七扭八歪冻硬了的尸体正身整容,甄别尸体的姓名,拍照留影,编上序号,最后举行隆重的火葬仪式。

如此凶猛的火力,足以表明,依田旅团长要强力打开虹螺山通道,接应回被围困在锦西县城的日军。

虹螺山麓,处处天险,张天一嘱咐李树桢,不要计较每个山头的得失,大炮只有辎辘没有腿,马再有劲儿,也不能把炮车拉上山崖,只要诱敌深入,山上的每一块石头,都是咱们的兵。

依田旅团总共才三个半联队,到锦西来的两个半联队,一个几乎被全歼,一个半被围得水泄不通,再把增援上来的旅团精锐炮兵大队引进山谷,整座虹螺山,将是依田旅团的墓场。张天一有信心,击毙关东军混成第三十八旅团长依田四郎少将,收复锦州,迎请少帅回来主政,将日寇驱逐出东北,匡复大好河山。

正如张天一猜测的那样,户波联队和立足大队做了充足的突围准备,他们机枪开道,押着三百多老百姓,出了县城,遇到阻击,他们立刻拿老百姓当人体盾牌,向外射击。亮山下令,目标小日本,打死一个算一个。

围攻县城的这么多天,各救国军和义勇军尝透了日军的战斗力,人家士兵训练有素,三八大盖打得又远又准,二百多米,就把人撂倒了。而他们呢,土枪土炮,射程不过几十米,即使有些人手持汉阳造或辽十三等快枪,射程超过百米,子弹就不走直线了。

所以,阻挡日军突围的路途中,不断有人中弹倒地,即使人山人海,一时也无法靠近。张天一睁大那双能直视太阳的眼睛,抄起缴获的三八大盖,准星躲过熟悉的乡邻,射出的子弹从人缝中钻过,直接打爆日军的人头。

日军恼怒了,摇起野炮,架起钢炮,冲着张天一猛轰过来。冥冥之中,张天一感觉得到炮弹的飞行轨迹,机敏地躲过了一次又一次爆炸。可他身旁的人,却没那么幸运了,接二连三地被炸飞。如潮的人海,都是血肉之躯,没法抵挡狂轰滥炸,只能眼睁睁地看着他们逼近老爷庙大岭。

张天一让大家别急,放他们进山,狼烟骤起时,亮山、西五会,还有义兄老梯子,热东王老凿等队伍早就埋伏进通往锦州的虹螺山里,处处可藏伏兵,山石草木皆为兵,一山一岭一岗一崖,都是鬼门关,只要进了山,钢炮再猛,也无用武之地。

爬上大岭,过了老爷庙,就等于进了虹螺山,张天一早就张开了连环相扣的大口袋,等着他们钻呢。也许户波预感到突围出虹螺山的危险,可他们无路可走,只能冒险。他们驻足在山下,用电台喊话,没多久,天上的飞机乌鸦般铺天盖地飞来。

挨好几回炸了,飞机的厉害谁都知道,救国军和义勇军四散而跑,或躲进沟壑,或藏于山石的后头。一顿地动山摇的爆炸,硝烟滚滚,火光冲天,呼啸的北风又打着旋地席卷过来,满世界都昏暗了。

哭爹喊娘的声音,在振聋发聩的爆炸声中,格外微弱,看不见谁在喊,但有一点可以肯定,又是一次惨重的伤亡。

等到硝烟散尽,尘土飞远,张天一突然发现,山脚下数百名日军蒸发了一般,一个也看不到了。被日军裹胁走的,只有县长孙国栋一家人。那些被充当人体盾牌的老百姓,趴在地上,抱着脑袋,呆若木鸡地东张西望,还在蒙圈呢,即使得救了,也不知所措。

人群中,只有一人,顶着硝烟,冒着凛冽寒风,任凭穿着的长衫被风戏弄,直直地站立着,那就是校长曹凤仪。

曹校长早已无惧于血腥之气了,被拘押的日子里,户波多次让多田劝说曹校长,既然你们能降给野蛮的蒙古人、满洲人,凭什么不能接纳日本的文明呢?曹校长说,披着羊皮的狼更可怕,屠杀都能装饰成美丽的童话,这才是文明的毁灭。

户波记住了多田的话,文明的冲突胜负取决于对文化人的征服。硝烟四起时,他对卓然独立的曹凤仪拱手相辞,后会有期。

硝烟散去时,曹校长望着冒着敌人的炮火踏着牺牲战友血迹冲锋上来的亮山、张天一们,脸上露出了久违的微笑。

呆愣着的张恩发,看到侄儿张天一带着人冲上来,扑过去,抱着侄儿号啕大哭,为哥哥的惨死,也为自己的劫后余生。张天一顾不上安慰二叔,追问大家,日军往哪儿跑了?所有的百姓都摇头,他们惊恐万状,只顾埋头趴在地上,谁敢直视日军,在他们眼皮底下溜了,居然谁也不知去向。

只有曹校长的手坚定地指向了虹螺山南麓。

张天一捶胸顿足,后悔不迭。

步兵76联队长户波大佐原以为锦西县城解困之战,简单得如同轰走一群淘气的猴子,兴城、锦西、锦州三路援军都归他统帅,加上古贺联队的残兵,总兵力超过了柳条湖事变攻打北大营的人马。几路土匪听到大兵压境,肯定吓得屁滚尿流,没料想,土匪们编织了一张无形的大网,虽说软绵绵的,闯进来容易,闯出去却难了。几次出城剿匪,都被引向古贺的那条不归之路,甚至拿他们的同胞当挡箭牌,收效都不很大。望着四周连绵险峻的山,他只好望而却步,退城回防,不能再犯古贺的错误。

被围在锦西县城的日子里,户波手捧着一本《孙子兵法》,昼夜不停地看,他终于明白了多田的教诲,这么多帝国军人,深陷一个闭塞的地方,实现名义上的占领,意义不大。他要用中国古人的智慧,比对待东北军还要谨慎的谋略,欺骗这群土匪,来一个完美的金蝉脱壳。突围之战,他把调虎离山、声东击西、疑兵之计全用上了,最终在虹螺山脚下暗度陈仓。

让土匪们深信不疑的,从锦州远道而来的增援部队。电报中,户波叮咛增援的野炮大队,不择手段,不惜炮弹,造足声势。所以,野炮大队一路烧杀抢掠,又有空军没完没了的轰炸,给所有人的感觉是,日军一定要把锦州到锦西的通道打开,谁也动摇不了他们清剿土匪、为古贺报仇的决心。

这场智慧的较量,是张天一与户波之间的隔空博弈。张天一从未见过户波,所以,他找不到户波的额头,即使长着一双能预测未来的眼睛，也无法识破户波的诡计，他上当了。

户波在漫天的硝烟掩护下，丢下众多抓捕的百姓，放弃各界贤达和商贾，丢掉不必要的辎重，毁坏沉重的野炮，扔掉轱辘跑偏的大车，却带走了锦西县的象征——县长孙国栋，还有他的家人。他们突然折身，从东北转向正南，快马加鞭，疾速从曹田屯旁穿过，钻过虹螺山南麓高荣轩的防区，直奔连山驿。

高荣轩居然一枪未放。

户波不会承认慑于锦西城外民众汪洋大海般的包围，属于万般无奈的撤退，那有损他在日本帝国的尊严，必须有一个冠冕堂皇的理由。多田早就给户波铺好了台阶，而且是名正言顺，在孙县长等贤达的强烈呼吁下，大日本皇军"顺应民意，顺势而为"。

这个理由就是县城治所南迁。

孙国栋承认多田具有远见卓识，他不放弃江家屯为县城所在地，那是不愿意放弃县城四周丰富的有色金属矿藏，还有南票的煤炭资源，一旦他前脚走开，这些资源在多田的资本运作下，都将成为株式会社。

毕业于日本东京帝国大学的孙国栋，对日本的了解已经深入骨髓，他渴望多田的资本支持，却不想把矿山的主权出卖给多田，这一点，他对老帅的口是心非佩服得五体投地，可惜的是，他是白面书生，不会老帅的亦正亦邪，更没有老帅文攻武卫的本事。

其实，把锦西县建设成中国的神奈川，一直以来便是孙国栋的追求。他有一个大三角锦西县的构想，有色金属——江家屯，能源电力——南票，港口交通——葫芦岛。前两个愿望，他千方百计地融资引资，基本实现，最后一个心愿，才是他的宏图大愿，葫芦岛海岸水深浪缓,天然港湾,在此筑港,给东北打开一个门户,突破日本对东北的全面封锁,与渤海湾对岸的旅顺口形成竞争。

在孙国栋的心目中,葫芦岛是国际化大都市的构架,少帅易帜后,他多次上书,在葫芦岛筑港,再建一条十公里的铁路,和连山驿火车站连通在一起,把葫芦岛建设成东北的拳头,回击日本对东北的经济侵略。

这些想法,与少帅一拍即合,少帅的理由更充分,实现孙中山总理《建国方略》中的遗愿,找来国际合作方,刻不容缓地破土动工。

当然,这一切,孙国栋不能向多田透露,他既依赖于多田,又要摆脱多田的控制。别看多田年纪轻轻,早就诡计多端了,成了寄生在自己身上的魔鬼,如影随形,只要治所不迁,多田的势力也就局限于矿区,他们的关系仅仅是相互依存而已。

然而,这场该死的战争,打破了平衡,也打碎了孙国栋的宏图大愿。多田不仅强制地把县城迁至连山驿,还要担任锦西县政府的首任日本参事官(副县长),协理孙国栋治理新的锦西县。

孙国栋很清楚,从此以后,自己就是个傀儡。

公元1932年1月17日,天上出了俩太阳,锦西县分裂了,有了俩县城,两边同时搞庆典,一个庆祝治所南迁,一个庆祝收复县城。

平间小队带着立足大队和户波联队,列着队伍,进入连山驿。村落里的人走出家门,三五成群地站在路旁看热闹,他们还没见过走得这么整齐的队伍。连山区公所和商会的人,听说县城搬过来了,喜上眉梢,忙给县长一行人摆酒压惊,还在火车站广场搭了个台子,张张罗罗把四周村落的人都赶到火车站前,听大日本皇军训话,听县长宣布治所南迁的公告,搞一场庆祝演出。

风很大,天很冷,大台上黏贴上去的糨糊,没等晾干,就冻透了,没法固定住标语,边开会,会标边被风一一吹走,最后"庆祝锦西县治所南迁"只剩下三个字,锦西南。台下传来嬉笑,故意大声念,锦西难。

孙国栋本来准备了很长的讲话稿,结果被风吹跑了,剩下的话他没记住,便车轱辘话连番说,一个劲儿地夸治所南迁有多好,随后,草草地宣布闭幕。

崔黑子躲在幕后,却活跃得很,几天前,多田让他先到连山驿租大院,越阔绰越好,不在乎租金多少。几番寻找过后,崔黑子还是选择了本家的远房,肥水不流外人田,日本人出手阔绰,不咬白不咬。现在,他终于弄明白了,原来房子是租给新的县政府。

庆祝演出在火车的鸣笛声中继续进行,没有了会标的大台子,正适合草台班子唱戏,反正日本人也听不懂,一台戏全是"肉蒲团",黄得要命,惹得台下的光棍们不断地挑逗小媳妇。

演出还未开始,日军全体起立,让出会场,走得一干二净。他们不喜欢劫后余生的庆祝,他们的庆祝方式应该像在沈阳或锦州那样,举着枪,挥舞着军旗,站在城楼上,面向东方,向天皇山呼万岁,而不是嬉笑逗闹的二人转。

虽说县城被战火摧残得满目疮痍,那也是万众一心赶跑了小日本,用鲜血和生命换来的,没有不庆祝的道理。千军万马重入县城,人们喜悦和悲怆的泪水同时流出,他们用悲愤的力量,搭起了庆祝的大台。

张天一蘸墨为血,在一条红色的长绸带上写着:锦西县国民自治政府成立大会。

刘天柱带着一群小伙子,爬上大台的立柱,把横幅挂了上去。横幅在硬朗的北风中颤动着,发出了军号一般的哨音,张天一听哭了,他知道,那是父亲、小号手,还有众多阵亡弟兄们灵魂发出的吼声。

庆祝典礼如火如荼地进行,那是真正的庆祝,踩高跷,扭秧歌,锣鼓喧天,房屋没毁的人家,红绿缎子的被面都拆了,成了秧歌队里飞舞的彩带。

总司令亮山被上万人前呼后拥着,扔到天空又接住,他那只秃脑壳,在阳光下,铜镜一般闪着光亮,摸不着亮山的人,抓到了亮山的棉帽子,被人扔到了空中,抢来抢去。

庆祝收复锦西的典礼,在县政府大门口举行,少帅资助的东北民众抗日救国会也派人来了,宣布新的锦西县国民自治政府成立,此时,亮山不再是亮山了,人们重新叫起来他的大名。

刘存起被公众推举为县长。

东北民众抗日救国会的人主持了庆典仪式,承认了刘存起担任县长的合法性,中共满洲省委也来人了,宣读了一封又一封流亡学生的声援信。

刘县长宣布了三件事,第一件事是举行公祭,全体脱帽鞠躬默哀,祭奠张恩远等在收复县城战役中牺牲的英烈。脱帽时,刘县长的光头正对着太阳,闪烁出镜子一般的光芒,几千人的会场,谁都看到了这一幕,然而,没有一个人笑。

第二件事,刘县长用匕首刺破了中指,就像天上不能有两个太阳,一个县也不能有两个县长,发誓打下连山驿,全面收复锦西县,把日本人赶出连山,赶出辽西,赶进大海,活捉汉奸孙国栋,交给锦西县民众审判。

接下来,他又宣布第三件事,各路武装接受东北民众抗日救国会的领导,更名为东北民众抗日义勇军第三十四路军。

三件事说完,他又宣布第四件事,三十四路军整编集训,老子要过足县太爷的瘾,大权都给参谋长张天一了,谁不听参谋长的,下油锅他也不捞,练出的兵,要比日本兵还有本事,别他妈的一个个都是散兵游勇。

这番话说完,全场哄堂大笑,笑亮山就是亮山,哪有县长不识数的。

只有张天一没有笑,他走神儿了。他想父亲,人死了,皮却被日本人扛走了。他想伊兰,人活着,却装进了牢笼里,被日本人裹胁走了,一句话都递不出来。

30

送走了来锦西增援的老梯子、王老凿等各路义勇军,亮山扔下县衙,丢掉不干涉部队集训的承诺,瞒着正在制订整编计划的张天一,突然带走了三十四路军,全副武装急行军。

对于恩怨分明的亮山来说,当县长的第一件事,就是清算叛逆者,他再也不能容忍反复无常、见利忘义的小人杜三秃子。亮山瞒天过海,背着张天一,突然领走队伍,搞一次突然袭击,就是想送给义子一份厚礼——杜三秃子的人头。

亮山不能原谅自己的江湖义气,是他的一次纵容,才葬送了结义兄弟张恩远。"震东洋"的大号,多么响亮,打古贺的主力,大多来自西五会,枪准人猛,大旗一竖,日本人立刻紧张得头发都立起来,否则,不可能下了血本,一两骨头一两金,买他的命。

这条命太珍贵了,亮山不做点儿啥,县长的椅子会烫他的屁股。

于是,他把骡子马都带上了,驮着钢炮急行军,直扑南票的香炉山。荡平盘踞香炉山近四十年的匪巢,既能宣誓抗日决心,又能警告首鼠两端的人,更能安抚民心、稳定军心,这么一大串好处,何乐而不为?

冒着凛冽的寒风,数千人马一路狂奔,大汗淋漓地赶到香炉山下时,山上静悄悄的,上山的路被雪埋住了,看不到一双脚印,只有满山蒿草与荆棵在北风中摇头晃脑。山路险峻,依崖而上的小路,最窄处只有尺把宽,大队人马无法上山,亮山只能带着几个贴身的护卫。爬上山顶时,屋舍还在,窗子已破,裂开的窗户纸在风中摇摆,像招魂的幡。偌大的山已经空了,匪巢里只剩下一间屋子的烟囱还冒着青烟,几个行动不便的老匪蜷在炕头。

亮山闯进来时,惊恐万状的老匪连忙作揖,告诉亮山,大当家的得罪了亮山大司令,在收复县城那天,丢下了老巢,跟着名叫春岛芳子的日本女人,悄悄地下了山,趁夜投奔到锦州,给依田旅团长当差了。

亮山气得差点把几个老匪毙了,高喊着,要烧了贼窝子。儿子刘天柱反复劝说,现在香炉山归了咱们,咱们不能毁了自己的家,亮山这才消了气。

刘天柱告诉父亲,参谋长张天一早就掐算好了,县城收复之日,便是杜三秃子逃跑之时,参谋长说过,抗日的大本营设在香炉山最恰当,进可攻退可守,众多的山洞又可当储备库。大清和民国数次动用军队,几十年都没攻陷香炉山,杜三秃子因为心虚,拱手相让了,岂不是天大的好事?

亮山拍了拍自己的亮脑门,干儿子料事如神,让张天一给自己当师爷,何愁自己不成为第二个张大帅。当即把儿子留下,打理山寨,自己带着大队人马,继续以操练为名,返回县城江家屯。

踏着女儿河的坚冰,数千人马不紧不慢地溯源而上。眼看着就要到县城了,亮山突然下令拐弯,快马加鞭急行军,顺着女儿河的支流申河,直抵曹田屯。亮山还有另一笔账要算,那就是高荣轩。儿媳妇被高家抢走了,表哥也死在了他们家,放进了小鬼子,又放跑了小鬼子,收复县城寸功未立,即使不要高荣轩的命,也得扒他一层皮,这场大战所有的消耗,都由他们高家赔,否则就拿命来。

几千人突然拥进曹田屯,将高家围得水泄不通。东北民众抗日义勇军第三十四路军的成立,还有另一层含义,除了他刘存起的武装合法,其他的私人武装不再合法,必须接受整编,既然西五会被编成了一个团,东五会也不能例外。

此次大兵压境,高荣轩不仅要交出全部粮秣金钱,还要交出兵权,一枪一弹一人一马也不给他留,稍有反抗,那就灭了高家满门。

这么大的阵势摆在高家面前,院里头鸡飞狗跳,马嘶牛吼,乱成了一锅粥。能够镇定的,只有高荣轩一个人,儿子高冠雄强打精神,抱怨着父亲,哪能对日本人不放一枪一弹呢。高荣轩镇定地告诉儿子,留得青山在,不怕没柴烧。出去开门,迎接刘县长。

亮山的报复,早在高荣轩的意料中,户波联队长从他眼皮底下通过的时候,他就做好了准备,家里的三挂大马车就跟随在日军的身后,夫人带足了家里的金银细软,还有东五会中数十名他最忠诚的家丁,趁着夜色,悄悄地护送夫人,去了连山驿,投奔到了崔黑子门下。

高荣轩掰着手指头算计过,自古绿林草莽出身,有几个能成事儿的?贼就是贼,改不掉打劫抢掠的习性,既然亮山找上门来了,一切都随他的便。

高冠雄打开大门,没等施礼,亮山带着人潮水般涌进来。

高荣轩一改大老爷的做派,跪在正堂的门口,听候县长大老爷的发落。大冷的天,高冠雄急出了汗,不断地向刘县长解释,子弹被崔黑子煮了,打不响。

亮山看着高冠雄,气不打一处来,扬手一巴掌,把高冠雄打翻在地。

高荣轩说,县长大人教训得对。

亮山说,今天我来接管东五会。

高荣轩瞅了眼儿子,厉声说,还不出去敲锣。

出去敲锣,就意味着走出曹田屯,到附近的村落聚齐东五会的人,假若亮山动了杀机,那就是逃命的机会,高冠雄听得懂父亲的弦外音。高荣轩之所以没有让儿子与夫人一起避难,怕的就是引起亮山的警觉,一时性起,匪性大发。

急促的锣声中,好几百名东五会的民团都集中到了高家大门外的训练场,亮山押着高荣轩,走出了高家的高门楼。

高荣轩清了清嗓子,大声说,从今天起,锦西县不再有高家大院,我的房子我的地,都归刘县长支配,东五会解散,都归血盟抗日救国军第三十四路军管辖,高某人无能,不会带兵打仗,西五会的张恩远,把命都豁出去了,我倾家荡产又有何妨。

亮山怔住了,他想不明白,吝啬鬼高荣轩为何变得如此慷慨?片刻他又释然了,蝼蚁尚且惜命,高荣轩是怕死呀。

既然屈服到底了,且饶过你一回,尽管如此,亮山还要找回他的心结,那就是结拜兄弟的女儿,张月娥,那本是他的儿媳妇,他要把人带走,只要儿子不嫌弃是二婚,还要续上这份姻缘,以此告慰天堂里的兄弟。

推开二进院的正房,亮山看到,张月娥正紧抓着母亲张崔氏的手,局促不安地坐在炕沿上。亮山抓着张崔氏的衣襟说,跟我回家吧,我既是县长,又是司令,咱们两家再续前缘。

张崔氏的脸沉静如水,她说,兄弟,一女不事二夫,得罪了。

亮山怔了下,长长地叹息一声,明亮的光脑壳在屋里立刻暗然无光了。

张崔氏说,照顾好我儿子张天一,就当是你亲生的。说罢,满脸是泪。

亮山拍拍自己的秃脑壳,黯然离去。

大队人马离开高家大院的时候,数千人没人空手,刀枪弹药、猪马驴羊、鸡鸭鹅兔、车挽牛轭、锹镐锄犁、粮食谷草、布匹衣被、锅碗瓢盆,能搬走的都搬走了,就差没拆房子了,比土匪抢劫还彻底。只有张月娥居住的屋子,连根草刺都没人敢动。

亮山说,没把高家扫地出门,当成三十四路军的司令部,那是借我侄女张月娥的光,谁不舍命抗日,就让谁倾家荡产。

高荣轩擦着满头的汗,说,那是当然,那是当然。

说归说,做归做,真的倾家荡产,高荣轩心里也不舒服,等人走光了,他喃喃一句,贼不走空。说罢,他闭上眼睛摇着头,恐怕过了这个晚上,喝口凉水都要求人了。

转眼间,过了1932年的清明。

从县衙的作战室走出,张天一忽然看到,房檐下两只衔泥絮窝的燕子,飞累了,挤在窝里,你亲我爱,叽叽地叫。他的心弦猛地被扯动,疼了一下,如同芽苞拱动的春柳,心也鼓胀了起来,对伊兰小姐的思念,像城北融化了的女儿河水,春潮滚滚。

掐指一算,与伊兰小姐最后一次见面,已经过去百余天了。收复县城那天,安排参谋部作战室,他鬼使神差地就选在了伊兰的闺房,自己休息的地方,就是伊兰的卧房,屋里到处都是伊兰的气息。

百余天,不管昼夜操劳,有多么累,他的心总能得到一丝安宁,在他的潜意识中,伊兰从没离开屋子,尤其在睡梦中,伊兰无时无刻不陪伴着他的灵魂。

现在,几百名探子派出去,每天都有人回报。根据多方情报,张天一与东北民众抗日救国会的监军朱霁青反复分析敌我现状,制订出了一份庞大的对日作战计划,一场以辽西走廊为轴心的辽沈战役。这份绝密计划,他正揣在心口窝,准备遣人到北平,亲手送给少帅。

打古贺不过是小试牛刀,这场战役,势必引发一场真正意义上了两国博弈,空海大战在所难免,义勇军也好,救国军也罢,都没这个能力,需要少帅派来飞机和军舰。

走出县衙的后院,张天一再次回头,望着伊兰曾经的闺房,还有成双成对的燕子,心里暗暗地说了句,保佑我吧。

张天一独自一人,骑着马,绕过正街,拐向女儿河,他想安安静静地回到家,求母亲办件至关重要的事儿。

河水汤汤,清澈得泛青绿,几叶舟船,不紧不慢地行驶在河中。

冰封了一冬的水车，重新活润起来，吱吱呀呀地转动，带动了简易房里的石碾子石磨，替数千名救国军磨米磨面。

河畔的荒滩，整理出了一片又一片训练场，一队队人马正接受魔鬼训练，有人负重百斤，还要奔跑如飞，有人贴在地皮上，匍匐前进，有人枪管上挂着四块青砖，不许有丝毫颤动。百余天过去，三十四路军经历了和真实战争相差不远的严苛训练，已经按部就班，散漫与江湖习气，离他们越来越远。张天一欣慰地看到，这支队伍的战斗力不逊于北大营的七旅了，经过战火的考验，战斗意志却远远地超过七旅。

刚刚过去的冬天，张天一每天起五更爬半夜，天天摸爬滚打，练兵备战。那些吃不了苦，承受不起磨难的人，都被张天一用鞭子赶回家去，三十四路军里不留混饭吃的。一次又一次的淘汰之后，是不是当兵的料，最终确定下来。西五会和老烧锅的绿林们编成一个团，刘天柱任团长。陈小娴领来的矿工和东五会留下的人编成一个团，他兼任团长，陈小娴打理日常事务。李树桢的兵马自成体系，自然李树桢兼任团长。

几次小规模的遭遇战，双方都打成了胶着状，日军都没占到便宜，尝到了张天一练出的兵不好惹。日军知道进山围剿，会吃大亏，改成了派飞机边侦察边轰炸扫射。李树桢从张天一那里学明白飞机的结构，算出提前量，瞄准飞机的发动机，用缴获的三八大盖先后打掉两架日机（锦西县志有所记载）。

所以，依田旅团再也没有入侵江家屯的企图了，进攻热河也因此受阻，江家屯也因此被东北民众抗日救国会当成了反攻东北的前沿。

张天一有信心，打赢这场战役。

骑着马,绕着县城边缘走的张天一,本不想惊扰训练的士兵们,没想到被训练营的教官发现了,每过一队,士兵们整齐地跃起,齐刷刷地高呼,后羿万岁!

张天一怔了下,随后释然,因为每次训练前,他总是喊几句,我是后羿,专射东洋这颗毒日头。在呼喊声中,他不好再悄悄地潜行,必须来到士兵们的面前。他那双穿透世界的眼睛瞭望过去,看到了几千条身影后面,还藏着一个身影,那是个瘦长的身影,穿一件长衫,远远地注视着人群。

那人便是校长曹凤仪。

后羿万岁,这句口号,肯定出自校长的嘴,只有校长懂得,若想凝聚军心,必须树立出一个神一样的人物,然后再营造出崇拜的环境。如此震天动地的喊声,县长兼总司令亮山,不可能听不到。张天一觉得,义父心里肯定不舒服,可是,这又有什么办法呢?喊亮山万岁吧,肯定杂音一片,笑声不断。有人心里不服,也不舒服,绿林出身,只能喊大哥,哪有喊万岁的。

张天一不去纠正,也不能制止,高高地举起手中的长枪,应和士兵们的喊声。非常时期,将错就错,能鼓舞士气就好,好歹后羿是传说中的战神,喊几声万岁也无妨,况且父亲早就说过,他那双能直视太阳的眼睛,就该是天子的命。

喊就喊了,权当替国家收拾旧山河。张天一对万岁承受得理所当然,而在内心深处,念念不忘的,还是少帅。

另一双关注他的眼睛,来自女儿河大坝,大坝上坐着个人,大晴天打着一把油纸伞,那人便是来自中共满洲省委的刘澜波,晴天打伞的目的只有一个,把张天一吸引过去。

张天一走过来的时候,刘澜波微笑着收起了伞,迎了过来。他毫不避讳地阐述对万岁的警惕,告诫张天一,个人崇拜是我们的民族祸根,人和人的关系不是附庸,想让人民大众奋不顾身地去牺牲献身,唯有信仰与主义。

对于信仰与主义,张天一并不陌生,中共满洲省委把传单都贴到了北大营的岗楼,可他对刘澜波的劝说并不感兴趣。

刘澜波继续给张天一传导信仰的力量,张天一听不进去,心猿意马了,冥冥之中他看到刘澜波的脑门上一片鲜红,难道说刘澜波在不久的将来中弹了?可是,血的颜色是黑红,鲜红不会持久,更不会越来越亮,亮得像此时此刻虹螺山漫山遍野开放的红杜鹃。

感觉到张天一走神了,刘澜波问了句,你在想什么?

张天一说,我在想信仰能不能顶粮食,能不能换来武器,能不能让我们的义勇军个个像猛虎下山,没有这些实实在在的东西,信仰就是狗屁。

刘澜波说,这些东西,北大营都不缺,你没想想,为什么败得那么惨?

张天一怔住了,除了军舰,日本人有的东西,东北军都不缺,为什么败得一塌糊涂?

刘澜波继续说,缺灵魂,缺信仰,缺推翻旧制度的主义,更缺为谁打仗的意志。

张天一咂吧一下嘴,觉得似乎是这么一回事儿,能把日军赶出县城,还不是万众一心,保卫家园。这就是信仰,就是意志。

刘澜波说,我想在锦西成立东北第一个苏维埃政权,把从你们这片土地上出去的赵尚志请回来,他是黄埔一期的高才生,有他坐镇,你们没有打不赢的仗。

晴朗温暖的阳光下,张天一突然打了个冷战,那人不是脱离少帅,投奔共产党了吗?他可以抱怨和顶撞少帅,可谁要伤害少帅,他会拎着脑袋和别人干,怎么能几句话被人说蒙了呢?

不管张天一是否同意,刘澜波还是送给了他一个环环相扣的锦囊妙计。那就是赵尚志托刘澜波带来的江家屯声东击西、围魏救赵、暗度陈仓等全面开花的作战方案。

离开河滩上的训练场,穿过嫩绿鹅黄的榆树林,就是桃红柳绿的龙王庙村了。很久没回家,张天一特别想母亲,父亲没了,姐姐嫁了,他本该守着母亲,可是两军对垒,激战随时爆发,不容他松下一口气,他几乎天天和衣而睡。

他的眼光跳过村里所有的街巷,落到了龙王庙前的那杆牛血大旗杆上,旗杆的外侧,就是他们的家。旗杆上曾飘荡着"震东洋"的大旗,现在,大旗没了,一对喜鹊不错时机地在顶上搭了窝。看到张天一走过来,它们"喳喳"地叫着,似乎是向母亲报喜。

家门口,守着两个拿土铳的人,是西五会的老人儿,跟随张恩远多年,解散西五会时,张天一考虑到他俩年龄一大把了,没编入三十四路军。他俩却对父亲忠心耿耿,怕父亲的悲剧在母亲身上重演,跑到张家看门护院,不让闲杂人等靠近。

母亲正在把洗净的榆树钱掺进苞米面中,家里的好几囤粮食,都磨成义勇军的军粮了,颗粒未存,这点儿苞米面,还是别人家接济的,母亲要省着吃。看到儿子进来,她双手摊开,就这么呆呆地立着,眼睛盯着儿子,一动不动。

一百多天没见到母亲了,母亲瘦了一圈儿,头发染白了脑袋,水汪汪的地方只剩下了眼窝,还透露着一种孤独与无助。张天一走过来,搂着母亲的脑袋,轻声地唤了声,妈!然后,俯下身,用腮帮蹭了蹭母亲的额头,最后蹲下身子,伏在灶坑前,往炉膛里添柴火。

母亲这才抬起一直摊开的手臂,用袖子擦掉眼角沁出的泪花,看着锅里的水烧出了响边儿,忙将手重新插进面盆,抓起掺着榆树钱的苞米饼子,烙进锅里。

陪着母亲,吃饱了榆树钱苞米饼,张天一看到,母亲的眼睛里始终留着一种期待,那是无言的询问,究竟能帮儿子做些啥?儿子忙得吃饭都像打仗,不可能无缘由地回家。张天一从怀里掏出一个叠得方方正正的油纸包,求母亲把它纳进鞋底子里。

母亲没问油纸里包的是什么,从儿子的眼神里,她看得出来,这里边的机密不仅仅是为丈夫、为老师报仇那么简单,油纸包裹着天下。

正如母亲心里猜测的那样,油纸包里的秘密确实干系重大,老梯子攻打沈阳,谋取关东军总部,郑天狗打绥中、兴城,阻止日军图谋华北,几路大军分头骚扰锦州。这一系列声东击西、真假难辨的动作,就是让日军顾头顾不了尾,核心目标是夺取葫芦岛军港,打通辽西走廊,迎接东北军回家。

母亲昼夜做鞋,仅三天时间,给曹校长纳了一双千层底的布鞋,巧妙地将油纸包纳进鞋底中。曹校长穿着这双载着东北民众希冀的鞋,进兴城、穿绥中、过山海关,平安地闯过一道道日军占领区的关卡,来到了北平,觐见少帅时,毁掉布鞋的千层底,抠出小小的油纸包,递呈了东北民众抗日救国军的作战计划。既然国家军队不敢和日军直接宣战,那就让东北抗日民众在辽沈大地全面开花,让日军首尾不能相顾,直至各个击破。

半个月后,曹校长绕道热河,回归锦西,捎来了少帅赠送的一卡车轻重武器。

31

天主教堂的楼梯,窄得像一条瘦龙,旋转到神像的肩头,就到了尽头,想进顶尖的阁楼,非踩着神像的脑袋不可。张天一侧着身子,走悬崖峭壁般,挪了上去,最后踩着马利亚的发髻,借助神灵的力量,一跃而上,成了一只隐藏在里面的蝙蝠。

用不着望远镜,透过一个个蜂窝状的小窗户,整个连山驿尽收眼底,就连日军修的明碉暗堡,环城工事,火力布置,都没逃脱出张天一的眼睛。

这是张天一第三次亵渎神明了,神父再三容忍他欺负圣母,是缘于对平间的憎恨,否则不可能一边吃着张天一蹬下的尘土,一边由衷地唱赞美诗。锦西县治所南迁,依田旅团的精锐——立足大队干脆驻防到连山,不走了,平间小队长转任警察局的指导官,指导大名叫崔默加的警察局长。张天一做梦也不会想到,自己的姥爷给舅舅起的这么好听的名字,是留给日本人叫的。东五会那些被舅舅招募成警察的人,依然如故地叫局长为崔黑子。

崔黑子带着伪满警察,专门剿匪、征粮、抓丁。他的目标只有一个方向,杜三秃子的旧部,即使杜三秃子直接投降到了依田旅团长,那也不会放过。因为日本人说过,匪就是匪,就像狗改不了吃屎。况且他又杀死了自己的姐夫,拿着姐夫的骨头换黄金,新仇加旧恨,就算溥仪来说情,也不好使。

连山驿南临沼泽,北倚秃山,地碱人稀,物品集散全仗火车站来来往往的贩夫走卒。教堂穷得只剩下神父的胡子是多余的,每一口吃食,全靠教民奉送。即使如此,也被平间指导官视为大户,纳粮纳得神父的眼睛都花了,把蝙蝠屎当成了黑小麦,自己磨面吃。

张天一三次登顶教堂,都离不开神父的庇护,神父把张天一当成了打跑平间的救世主。

然而,每次从教堂登顶侦察回来,张天一都会大恸一次,策马奔腾到大小虹螺山中间的小酒馆,喝得个酩酊大醉。因为每一次侦察,张天一都会看到他最不想看到的一幕,多田搀扶着大腹便便的伊兰,在临时租借的崔家大院里挪着沉重的身子,缓慢地散步养胎。

无数个情报汇聚过来,真实度已无可置疑,县长孙国栋在连山驿最大的饭馆摆了一场酒席,心甘情愿地将唯一的闺女伊兰嫁给了锦西县政府参事官多田,成为日满亲善的楷模。尽管事实就摆在张天一的眼前,可他依然不住地摇头,他不甘心,不相信,更不想承认伊兰背叛自己,沦落成日本人的帮凶。

柳条湖事变时,伊兰紧攥小拳头,领着学生们游行示威;大凌河战役前,伊兰火线募捐,大量的银圆成为射向日寇的子弹;县城沦陷,伊兰不惧生死,把最有价值的情报送了出去。然而,是什么威胁到了伊兰,又是什么改变了伊兰,小鸟依人般傍在多田身旁,嫁给有妇之夫多田?

既然想不明白,张天一干脆不想了,战争就是战争,即使想伊兰想得抓耳挠腮,也得忍住,等到打下连山,活捉多田,一切都会水落石出的。

按照作战计划,抗日救亡的辽沈战役已经打响。老梯子攻入沈阳,拿下东塔机场,打进满铁附属地,占领了协和广场,搬进日本关东军总部逞威风去了;老北风夜袭田庄台,三打牛家庄,困死了营口港,坐进飞机摸云彩去了;郑天狗攻绥中四周,打兴城火车站,筑长城防线,常驻碣石宫,长袖善舞,学起了汉武帝。只有救国会的总监军朱霁青深藏不露,蛰伏在锦州西北的大山里,等待着三十四路军收复葫芦岛,再向锦州依田旅团发起总攻。

唯一遗憾的是,刘澜波答应的把赵尚志带回家乡,统领各路人马,没能实现。毕竟黄埔军校的高才生,全中国能找到几个?能为锦西县所用,何愁练不好兵,打不赢硬仗?遗憾的是担任中共满洲省军委书记的赵尚志,在哈尔滨组织起了抗日武装,不可能回到家乡了。

听说赵尚志不来了,亮山心中窃喜,竟然对张天一说,没有这个臭鸡蛋还做不成槽子糕了?张天一瞅了眼义父,刘澜波的一句话一下子跳进了他的脑海,自古草莽难成事儿。

辽沈大地,烽火四起,东北民众抗日救国会所属的五十八路义勇军,全都行动了起来,六十余个县城,不同程度地吹响了反攻的号角,京奉铁路旁,到处都是扒道轨、炸桥梁的队伍。

张天一打下连山驿,攻占伪县衙,拿下崔家大院,成了一场毫无悬念的战事,比当初在大车店拿下杜三秃子的那伙土匪还要轻松。原因是,守在那里的日军和警察得到了准确情报一般,全部撤离,攻占这几个地方,没费一枪一弹。

越扑越烈的抗日烽火,此起彼伏的狼烟战事,如火如荼的扒路运动,让敏感多疑的多田警觉了,连山周边日益活跃的陌生面孔,提醒猞猁一般的多田,三十六计走为上。所以,他带着县长孙国栋、警察局长崔黑子等一干人马,乘坐铁甲车,进了郑天狗连一垛女墙都没打出豁牙的兴城古城,与户波一道,龟缩在牢固的古城里,稳坐钓鱼台。

收复伪县衙,顺利得超乎想象,亮山以为,日军慑于他的威名,被打怕了,反抗的胆子都没有了,只剩下望风而逃。既然连山驿已经收归囊中,还不应该好好地庆祝一下。他让自己的公务员跑到连山火车站的出站口,拿着铁喇叭,大声张扬着,县长大人要训话了,大家都过来听。

县长刘存起怎么训话大家没听到,听到的却是一连串清脆的枪声。驻守在连山火车站的平间,不可能把铁路枢纽拱手相让,虎视眈眈地固守着几个据点,他的汉语听得一知半解,以为公务员就是土匪们公推的县长刘存起,子弹毫不犹豫地射过来。

锦西县的攻坚战,就这样在连山火车站打响了。什么衙门武器战壕,平间都可以放弃,唯独不肯放弃的,就是火车站。关东军在满洲的每一场战争,都和铁路血脉相连,断了日军的血脉,一个日本孩子都会和你拼命。

所以,暴露在车站广场上的公务员,就成了日军的靶子,就算他猫一般生着九条命,也无法保全住自己。

不怨刘澜波瞧不起亮山,要建立自己的苏维埃,仗还没打出个模样,就急着庆功,好像谁要和他抢功。刘澜波的比喻很形象,说,猴子跑上了金銮殿,让他坐也坐不稳。张天一索性不去想义父的得与失,眼下最要紧的是攻打连山火车站,平间小队四周的增援全被切断,武器装备一目了然,掩体工事全在张天一的视野之内,他觉得,打下火车站,等同于猫捉老鼠,备战练兵。

然而,这只大老鼠可不是那么好捉的,打了一天一夜,居然没有向前挪出几步。督战队用鞭子抽营连长们的屁股,责问他们贪生怕死,他们抬出了张天一,说参谋长命令,这场稳操胜券的仗,要打出巧劲儿,不能再死人了。

打仗哪有不死人的,督战队气得把鞭子抽向了站前的灯柱子。

终究来了背黑锅的人,背的是真正的黑锅,锅底的黑灰比鞋底还厚,他们背着锅,乌龟一般爬进战场,爬向守在车站尖顶房的日军。

平间害怕了,毕竟一个小队才三十几个人,补充进来的,大多是预备宪兵,刑侦破案、维护治安、执行军纪都是一把好手,打仗却不是行家。况且,围攻上来的敌人好几千,他们的枪械不是绝对优势,弹药也不是十分充足,恶虎难敌群狼,抵抗下去,凶多吉少。他们边打边交替掩护,从火车站的制高点,撤向站台,撤进铁甲车里。他们操起铁甲车上的机枪,边开动起铁甲车,边把义勇军抵御在安全的距离之外,不让手榴弹够到他们。一旦手榴弹炸断铁轨,炸飞车轮,他们就会瘫在铁路上,陷入任人宰割的绝境。

驻守在葫芦岛的日军海警部队增援上来,两辆坦克护卫着两辆铁甲车,直抵连山火车站。

平间驾驶着铁甲车,在两辆坦克和前后几辆铁甲车的护卫下,一路扫射着机关枪,开着小钢炮,向葫芦岛军港方向逃去。那里,他们有更坚固的工事,有装备精良的海警队和海军陆战队。三股力量合并在一起,在港口拒守待援,只要空军的飞机海军的大炮一到,立刻把义勇军打回到土匪的原形。

收复葫芦岛军港,既是收复锦西的最后一战,也是收复东北的重要一仗。就像下围棋,少帅想重新主政东北,做活东北这盘大棋，必须先做活两个连在一起的眼，一个是葫芦岛军港，另一个便是锦州城，连接两点的，便是京奉铁路。

眼下的葫芦岛军港，一片死水，日本海军把军舰都调走了，开往上海，和上海的抗日义勇军争夺淞沪。天赐三十四路军一个好机会，夺下葫芦岛军港，迎接东北军的海军回家，将日本海军驱逐出辽东湾。

张天一期待着少帅早日下令，东北军与日军全面开战。

三十四路军人潮如海，张天一跟随着亮山、李树桢骑着快马，追赶着铁甲车和坦克，后边的人呐喊着，沿着延伸进葫芦岛港的铁路奔跑。有铁路工人开着双摇式手动轧道车，追赶过来，三十四路军的战士们立刻挤上车去，双手划桨一般，追赶在铁甲车的后边。

几辆铁甲车冒着黑烟，一路号叫，十几公里只消十几分钟，就赶到了港口前的一栋大楼前。平间放弃铁甲车，带着他的小队，扛着轻重机枪、迫击炮，一头钻进大楼里，与守在大楼的海军陆战队会合在一处。

两辆断后的坦克，随即赶到，将一辆铁甲车推翻出铁轨，推进大海，恐怕三十四路军以铁甲车为掩体，进攻大楼。清除掉大楼前的所有障碍，大楼的四周平坦得连只老鼠都藏不住，两辆坦克像两个钢铁卫士，守护在大楼两侧，纵使千军万马，也休想攻占碉堡一样牢固的大楼。

日军藏进大楼，亮山挠着他的秃脑袋，一筹莫展了。他知道日本海军陆战队的厉害，一个班的作战能力超过一个营，况且大楼居高临下，迫击炮都架在了窗口，各种火力交叉在一起，就算神仙借给他们翅膀，照样攻不上去。

面对日军牢固的工事,张天一却开心地笑了。对于这幢大楼,张天一再熟悉不过了,筑港时,少帅曾派他督建此楼,名义上是海军筑港施工队的宿舍,事实上却是备战的地下工事,海军航校的预备校址。

本来这是筑港的第一栋楼,少帅却反其道而行之,把它命名为设立中的最后一栋楼,叫八号楼。少帅以此激励自己,将葫芦岛军港建成国际一流。

八号楼不是简简单单的一栋楼,门窗的木头,一个疤节不许有,就连普通的水泥都是800号马牌。少帅知道,尽管葫芦港以商用港的面目出现,但日本人肯定会猜出其军事用途,会百般破坏。所以,少帅所用的人,一律是大鼻子的西洋人,就连砌墙的,都是蓝眼睛的外国人,小鼻子的工程师,还有施工队,不管多么优秀,一律不用。

少帅委托他最信任的张天一,监督这一切。第一栋楼八号楼的下边,有暗道,有牢房,有仓库,有碉堡,有厨房。八号楼建成后,图纸毁了,西洋人走了,日本海军陆战队只知道,这栋楼是个宿舍,不知道楼下面藏着那么多秘密。知道秘密的人,只有少帅身边的少数人。

张天一就是这少数人之一。

带上刘天柱、陈小娴等数十个手脚利索、枪法出众的年轻人,张天一绕到海边的一片乱礁石,挪开一块貌似普通的礁石,他们钻进了一条通往八号楼的地道。

就像孙悟空钻进铁扇公主肚里一般,他们按照张天一的部署,分别从八号楼里的各个地道口冒出头,在外边排山倒海般的爆炸声的掩护下,他们双手持着盒子炮,腰间揣着手榴弹,逐个房间清理顽抗的日军。

日军被打个措手不及,在内外夹击中失去抵抗能力。

不可战胜的日本海军陆战队,第一次与张天一交手,就落得个全军覆没。唯一遗憾的是,指导官平间小队长逃了,经历过锦西县城江家屯之战,他被打精了,嗅出了港口难守的味道,楼里的枪声一响,他们立刻弃楼而逃,爬上早就藏好的一艘快艇,在蔚蓝的大海上犁开一道深沟,跑得比章鱼还快。

收复锦西县的最后一战,出乎意料地顺利,原以为会是一场恶战,结果却是一边倒的战事。从强势攻打连山火车站,到全面收复葫芦岛军港总共不过两个时辰,歼灭日军二十多人,还缴获了一挺机枪,两辆坦克。原本计划太阳落山时,结束战斗,事实上,太阳还浑圆地挂在天上,硝烟已经散尽。

仗打得如此顺利,张天一反倒惴惴不安。符合规律的是,到处是抗日的烽火,日军疲于应付,找不到真正的作战目标。不符合规律的是,葫芦岛港如此重要,日本人冒天下之大不韪,暗杀老帅、发动"九一八"事变,与葫芦岛军港不无关系,日军怎能疏于防范,轻易地让一支非正规部队攻陷了呢?

此时的张天一还不知道,淞沪会战,葫芦岛军港里的日本海军,全部开往上海,防守变成了留守。不管怎么说,打下葫芦岛港,就是打下了东北的一个缺口,他渴望少帅的海军赶快回来,像把利剑,插进日军的腹中,扭转东北的战局。

这不是张天一的一厢情愿,是葫芦岛独特的地理位置决定的,这里是辽西走廊的咽喉,卡住了这里,就卡住了日军虎视中原的路径。他要迅速联络少帅,把收复葫芦岛的捷报告诉少帅,让少帅立刻率领海军抢占港口。

尽管如此,张天一做了最坏的打算,撤离葫芦岛港,假如少帅不肯回归,港口也不能成为日本人的港口,宁愿变成空港死港。凭着对八号楼的稔熟,他有能力让八号楼成为日本海军的坟场。

于是,在张天一的布置下,几千枚还没派上用场的地雷和手雷还有手榴弹都派上了用场。楼角拐弯天棚暗道,整栋八号楼明雷暗雷,处处是雷,谁敢进来,早晚会触雷而亡。

日本海军敢回来,这里就是他们的地狱。

打扫战场的时候,张天一在八号楼里突然发现自己父亲的人皮。平间像保护战利品一般,保护着张恩远的人皮,不时地去湿涂油上色,一旦有机会,他总会拿出去游街展览一番,对反满抗日分子以儆效尤。

这一次,平间仓皇逃跑,忘记了带上张恩远的人皮。

张天一抱着父亲的人皮,哭得个翻江倒海,父亲人死了,本该入土为安,却承受着如此这般的羞辱,被日本人制成标本,到处示众。一个人,不能有两座坟,就像一个人不能有两个灵魂。他纠结着,究竟怎样才能让父亲的灵魂得到安息。

亮山批驳了张天一的观点,怎么就不应该有两个灵魂,张恩远的灵魂,一个属于他自己,埋葬在老家江家屯,另一个属于神,归位于佛,可将人皮塑成肉身佛像,安魂在望海寺,供僧众朝拜,保佑锦西的老百姓人人平安。

把肉身做成佛像,谁有这个本事?亮山知道,用不着求别人,张天一的二叔张恩发就有这个本事,他能把小银洋仿造得分不出真假,把哥哥做成佛像还难吗?

张天一是骑着快马去接二叔的,战马奔跑到虹螺山下时,他突然拨转马头,掉头去了陈家屯,那里是登上虹螺山最缓的坡,他的战马完全有能力爬到山顶。既然父亲属于神,位于仙,神仙是安静的,灵魂招摇过市地扔在望海寺干吗?况且,父亲只信道,不信佛。

何不将父亲的肉身像置于虹螺山顶的玉皇庙里,那里是锦西县最高的山,父亲的灵魂高高地站在那里,与天最近,可以保佑全县所有的民众,更可以看到他的儿子驰骋疆场,带领东北民众,赶跑日本人,推翻伪满洲国,成为一个真正的民族英雄。

父亲说,你那双可直视太阳的眼睛是真命天子。

张天一不想当天子,他只想做一个让亿万民众敬仰的抗日英雄。

站在高高的虹螺山顶,俯首望下去,整个锦西县尽收眼底。女儿河像仙女的玉带,蜿蜒地伸向远方,绿色的原野,生机勃勃,到处贮藏着生长的冲动。平视过去,天瓦蓝瓦蓝的,一丝云彩都没有,一轮圆日羞涩地枕着远山,望着山顶上的张天一,久久不肯落下。

落日的余晖里,虹螺山谷活跃起来。溪水冲撞着山石,像莽撞的小伙子,到处求爱。百鸟鸣唱起来,与山崖碰撞出了和弦。野花在昏暗中迷离,叫春的山狸子,搅得张天一心神不宁,攻打下兴城的欲望,像萌发的种子,强烈得无法抑制。

突然间,玉皇庙中传来了父亲的声音,一腔热血给谁?给天,给地,给爹,给妈,给国,给家!

张天一不再纠结,他仿佛看到了伊兰为多田挺起了大肚子,还是打锦州是国家大事。他牵着马,走下虹螺山,他要连夜骑马赶到锦州西北的大山里,见东北民众抗日救国军的监军朱霁青,按事先的军事部署,打下锦州的外围义县。同时,他也想见神龙见首不见尾的刘澜波,研究一下理想中的苏维埃到底是什么样子。

理想有多遥远张天一不知道,他知道的是,只要不赶走日寇,什么理想都是空谈,眼下最要紧的是增援义县,打下日军的后院,然后,集中优势兵力,利剑直指锦州,攻下东北交通大学,消灭驻扎在那里的关东军依田旅团。

　　圆圆的落日中,张天一孤身一人骑着战马,奔驰在广袤的原野里。风刮走了他眼里的泪,纷飞的眼泪和他纷乱的内心一样,没有方向。